那一片番薯园

周胜春 著

北方文艺出版社

图书在版编目（CIP）数据

那一片番薯园 / 周胜春著. -- 哈尔滨：北方文艺出版社，2022. 7
ISBN 978-7-5317-5648-4

Ⅰ. ①那… Ⅱ. ①周… Ⅲ. ①长篇小说-中国-当代
Ⅳ. ①I247. 5

中国版本图书馆 CIP 数据核字（2022）第 110422 号

那一片番薯园
NA YIPIAN FANSHU YUAN

作　者 / 周胜春

责任编辑 / 李正刚
装帧设计 / 书香力扬

出版发行 / 北方文艺出版社
网　址 / www. bfwy. com
由　编 / 150008
经　销 / 新华书店
地　址 / 哈尔滨市南岗区宣庆小区 1 号楼
发行电话 /（0451）86825533

印　刷 / 成都兴怡包装装潢有限公司
开　本 / 880mm×1230mm　1/32
字　数 / 175 千
印　张 / 9. 375
版　次 / 2022 年 7 月第 1 版
印　次 / 2022 年 7 月第 1 次印刷

书　号 / ISBN 978-7-5317-5648-4
定　价 / 58. 00 元

献给我的家乡，我的童年

目　录

楔　子

故事开始在遥远的1991年，那年暑假比往年要闷热一些，天上如后羿时期有十个太阳齐刷刷地烤照着地面，贪婪地吮吸着地球上的清水和甘露似的。

岸村龙溪潭中央的大石床水平线下降了一米多，东岸垟梯田里的稻谷储水需要每天早晚两次照看。在没有水渠统一引灌保证供量的条件下，长得最为茂盛正待开出稻花的稻谷如果遇到缺水，它们的主人需要低声下气向处于上游的左邻右舍借水，求比下游先前一步截到山上溪水或者水库水的他们开田放水，施予滴水之恩，来帮助他们渡过难关，保证稻谷生长。

我刚上完初中一年级，是进入新学习阶段后的第一个暑假。我的衣着，在大部分时间里上身穿着白色短袖T恤或者红色背心，下身着灰色卡其布长裤或者不到膝盖的浅黑色短裤衩，这样两套夏装轮流着换洗穿。我穿短裤衩时，里面就没小内裤了。

我做的事情，主业除了做好暑假作业外，就是在王夷的带领下，同陈成、周晓峰到母校中心小学打篮球，到龙溪潭或者西岸湾水库游泳，次业是到山上放羊，我家还有五只山羊要牧。

本来以为假期会和小学阶段一样，在渐渐减弱的快乐轻松和慢慢增长的莫名忧伤之中，波澜不惊地度过，但村里的莫洋死了，八竿子打不着的我，为此阴差阳错，鬼使神差，走上了一段奇怪诡异的旅程……

那一天傍晚5点来钟，晚霞像孔雀开屏一样布满了天空，极是斑斓绚烂。南方远处的陈岙峰，西面耸峙入云际的凌云山，还有背后的飘雨峰，东首的飘渺峰，四周一连串高耸绵延的山峰被涂了一层彩光。夏风不紧不慢，如扇子轻轻拂过脸庞，随着它的到来，大地开始降温，慢慢向睡眠走去。

“到飘雨峰上番薯园看热闹！”同到泽雅镇中上初中的陈成赶着一大四小五只山羊，经过我家房子后门，同羊一起穿过上间（正间），像一名将军一样威风凛凛而来，将坐在院子里看着夕阳发呆的我拉起来，一起跟在羊后面往他家走去。

他将羊赶进羊圈后，转过脸来对上我疑惑询问的眼神，说了一句：“莫洋出事了！”我跟着他撒腿就往山上跑。

一路上遇上三三两两零星往山上走的邻居，他们一个个脸色凝重，脚步很快，一边气喘吁吁，一边还在上气不接下气地窃窃私语。我们穿过一条宽约两米，两边一排排二三人高的松树、针叶林和桡树等绿树遮天蔽日地植满，往上曲折蜿蜒如通天渠般的黄泥古道，到达飘雨峰的半山腰，翻过一个山头，只见眼前豁然开朗，在四周群山耸峙中，一个圆桶状如福建土楼一般的平原山地赫然呈现，它从底到顶没有一根树枝，一溜烟全都是黄泥地构成，上面全都植着番薯，大片大片的番薯藤叶覆盖着，晚风吹来，阵阵绿波荡漾，在晚霞的映照里，如一个天池，如上天的一滴眼泪。这便是岸村人的番薯园。

平原表皮面积约为600亩，顶上一块约300亩的平整山地，四周上下左右是一块块呈45度角不规则的小圆状山地，从小到大依次往下延伸着，攀附在平原中间这块主山体上，垂直高度约为120米，如一群小鸡围绕着母鸡要食。

这是全岸村人的番薯园，每户人家少有1至2亩，多有3至4亩，也是岸村上千亩山林之间唯一一个有开阔视界和平整地块的山地平原。

站在飘雨峰或者飘渺峰顶上，由上往下望去，番薯园就像一个穿着白色褶皱长裙少女的下半身，让人想起古希腊维纳斯雕像的部分。

除了春风吹又生的杂草和地界上的映山红，一年四季大部分时间里，这片山地上只看到一种植物——番薯，几户人家在番薯收成后，会偶尔种上马铃薯，但那仅是万顷地亩中的一点绿，开的也是白花。

绿色修长的藤蔓密密麻麻地爬遍了山地，片片绿海之中，开放着中紫外白的番薯花，在夕阳下妩媚多姿。可以预见，今年又是一个丰收年。

“皇天啊，你真是瞎了眼，莫洋才三十多，你就这样让他走了，叫我娘俩怎么活啊?”番薯园顶上西边一块约一亩的山地里，围着二十来个人，人群中间传出撕心裂肺的声音，此起彼伏，宛转悠长，远远地进入了我的耳朵。我不由得毛骨悚然，这是游离在人间和阴间之间的声音，我感到四周阴风阵阵，鬼哭狼嚎。

那声音是莫洋老婆“大臀”陈明香发出来的，莫洋死了！

我们渐渐走近，大家围拢的中心点在两条隆起约40厘米高的土脊梁之间，中间是下窄上宽弧形半吊环状的土梁床，番薯就种植在土脊梁上。

“死得太可惜了，正当年！”在大家的七嘴八舌中，头部还只达大人肩膀的我们用眼睛上下探寻着，从他们的臂弯和腿缝里发现了莫洋的尸体。

我没看到他的脸，他躺在一张竹席子上，脸上盖着一条上面斑斑黑点如中国水墨画的白色毛巾，上身穿着一条白背心，黑色卡其布长裤裤脚挽到膝盖，露出的小腿煞白，像两条新种的白萝卜。我不由得瞧了瞧自己的衣着。尸体旁边放着一把小镰刀和一个畚箕，畚箕里放着几簇杂草，盖着下面的几个白蘑菇。

看最里面那一圈有莫洋女儿莫琳、父亲莫小武、爷爷莫阿崇，还有村主任“驼背人”陈明、书记张强等人，他们你一言我一语唏嘘着、叹息着，中间夹杂议论着一些后事安排的内容。

我

莫洋死亡这事，犹如在平静的山村里投下一颗炸弹，刹那间波诡云谲，风声鹤唳。

妈妈跟我说，她嫁到岸村之前，村子里从没有发生过有人英年早逝的悲剧，三十出头的莫洋是第一个。周士松老婆林菊花刚生下几个孩子，都夭折了，这种现象，各个村都有，那时候不算稀奇。莫小平骂莫忠还会有“把你打死扛到后山葬了，把你生下来怎么不马上葬到后山上去”的话语。关于这些未曾看过世界的婴孩，林菊花都是把他们偷偷地埋在了飘雨峰山上，具体在哪一个土坡，村里人一直讳莫如深，因为没有标记，吴阿婆和周太爷说这本就是不祥，还是不要标记好，婴孩也会各安其命，不会从地下爬出来兴风作浪的。

村子里年纪最大的周太爷说，他活了九十多岁，也没发生这档子事。女性里年纪最大的周太婆也说，实在罕见，是不祥之兆，要多去念阿弥陀佛了。前年六十岁的周康去世，虽然也算是年纪轻，但死因是肝病，死时满嘴喷血，床上和墙壁都吐满了。去世时间更远的林强爸爸和妈妈，经诊断是遗传病例，医治无效死的。这三个过世的人是老人们记忆中年龄最轻的了，但大家觉得也还正常。

英年早逝在村子里属于大不吉利和很不正常的大事，这件事的阴霾笼罩在村子的各个角落。有人说莫洋是中了邪死掉的，即遭到外地来算卦的江湖术士的施法致死。因为前段时间就有不明身份的术士拿着几个写着符号和字的木板子，来到村里走家入户，朝院子和东南西北各个方位占卜算卦。当时村民见怪不怪，没怎么引起重视。村里人说，在野外单独遇见他们，或者他们把人叫到房间里，一对一单独在一起时，就很危险。事故现在不就出来了？

还有的说，莫洋平时行为不端，常常做一些偷鸡摸狗和好吃懒做的事，被上天惩罚，突然暴死。我想，莫洋的不良行为虽然说不上罄竹难书，但他是个恃强凌弱、欺软怕硬、极不成器和带有不良习性的人。

还有的说是平时趾高气扬的莫洋得罪了邻村仇家，他判断失误，误以为对方是个软柿子，往死里整对方，不想对方是一块硬钉子，反击的手段就是下黑手，直接进行报复杀害了他，而且还没有留下任何证据，杀人于无形。至于哪个仇家，只有莫洋自己清楚。

一时众说纷纭，莫衷一是，这给大家平添了未知的恐惧感，于是家家户户在早上 8 点以后才开门，晚上 5 点就闭门，干农活也晚出早归，祈求不要惹上血光之灾。一时间整个村子弥漫着一片恐怖阴沉的气息，一直持续到 9 月份我开学时。

杨 树

回到学校，越来越繁重的课程任务，逼仄压抑的环境，让我很快就淡忘了莫洋这件事。

但世间自有安排，所有的缘分都已经写好。一次偶然的经历，让我与这个普通的死人事件又有了牵连，人与人、事与事、人与事之间总在无意或有意发生着关联，让我既感到神奇，又感到无奈。

为图清静自由，与陈成、周晓峰和赵勤一起租住在校外民宅的我，傍晚觅得一个到派出所和区公所合用的室外篮球场打篮球的机会。在篮球还属珍稀体育用品的年代，我们有幸从同学林金虎那里拿来一个。篮球是他从他的准姐夫那里借来的，材质不是我们上课用的橡皮球，而是牛皮球。于是，一有空我们就吆上三五个租住在隔壁的学长学弟或住校的同学，到球场放飞自我，大汗淋漓地打起了半篮。

一切都是因缘巧合，同班同学林金虎的准姐夫杨树除了是一位派出所民警，还是一个篮球的狂热爱好者。他看到我们在球场上借着路边、民宅和办公场所的微灯光挥汗如雨，也会过来跟我们一起打球。

在轮换歇息的间隙，他会滔滔不绝地说起他那辉煌的破案经历和匪夷所思的各类案件，其中许多破案的逻辑推理思维模式，和我正在看的福尔摩斯小说有许多异曲同工之处。

说者无意，听者有心，每每听到案发和侦查的片段时，我总会想起莫洋之死。到底是莫洋案件的影响力，还是书中故事神奇的魔力，如胶水一般粘吸着我，我不得而知。

“设想是多么重要啊，对已发生的事情进行设想，并按设想去办，也许就能找到结果。”这是福尔摩斯说的话。按照这个逻辑，我要对莫洋死亡的经过做一个还原，做一个推断，就是先行假定莫洋是被谋杀的，再行对莫洋接触的有利害关系的社会关系人一一进行排查，从而圈定嫌疑人。

莫 洋

按照学校连续上学两周休息三天的作息制度，两周后，我放假回家休息，发现村子里已经平静如昔。周荣家的二儿子周晓峰也开始回家放牛，他放完牛回家已是傍晚 6 点；周新到自家番薯园去治虫，距莫洋死亡的现场才 500 米左右；林松伯家挂的照妖符也取了下来。村子里就好像没发生过莫洋之死一样。

我控制不住好奇心，不由自主地向妈妈打听起莫洋的后事。妈妈的目光在我身上停留了三四秒，眼神里充满了不解，但还是说了："你到校后两天才下葬，就在番薯园附近飘雨峰的野山岭上。光为赶棺材的事，就弄了十来天，连林松伯都重操旧业，帮其忙了。"

我算了一下，在炎热的夏日，四十多天尸体能不腐败？我向妈妈提出疑问，妈妈再次将目光投在我身上，愣了四五秒，缓缓地说道："小毛孩从哪知道尸体会变质？除了棺材之外，莫洋的坟墓也还是没着落的。莫小武只好叫来叶顺利等人在野山岭上先挖好墓穴，做好棺材，15 天后，粗粗选个日子把莫洋的尸体偷偷先入土。待外面的坟饰等一切全都做好后，他再选一个好日子，从凤村叫来吹打、神职等人，按照丧葬民俗规定的程序施行了一遍，正式让莫洋入土为安，此事才告一段落。”

妈妈停顿了一会儿，接着补充说：“赶坟墓时，在为造两人坟和单人坟的问题上，曾经发生激烈争吵。‘大瞖’明香坚决不要双人的，自己年纪轻轻就要立坟，这不是诅咒她早点死吗？但莫小武等人认为，造双人坟是表明莫洋不是单身去世的，明香反正是要过去会合的，早晚也要做，没什么差别。为这事，明香在岙村的娘家人都过来了。我去送莫洋最后一程时，没近距离看过坟墓的格局，据说是莫洋的墓穴旁边留了一个空间，是不成型的墓穴。这个主意还是操作人叶顺利出的，有点走中间路线，搭个边又不全无瓜葛的意思。”

我想起来，那段时间人心惶惶，家家闭户，我们那个年龄段的孩子，是不可能知道这个动向的。

依照侦探理论和实践上的基本要求，我得弄清莫洋尸检的情况，这样才能知道其死因，以及个人的基本情况。

我接上妈妈的话，转换了一下话题：“村里人知不知道莫洋是怎么死的？”妈妈再次一怔，但很快做出了回答：“小毛孩，真是吃饱了饭没事干了，关心的东西越来越离谱了！莫洋死后，明香和村里其他人都没有叫派出所过来，看过的人都说他身上没有什么出血的伤口和其他什么异常。明香和莫小武对外说是累死的，但村里人都不大相信，平素很少上山的他，这次突然要上山锄番薯草，懒汉绝不会突然翻身变成耕耘田地的主人，恐怕是活得不耐烦了！”

我和妈妈继续着莫洋的话题，结合在村子里掌握的一丝半点信息，大致勾勒出了他的个人基本情况：

莫洋与我是远房堂兄弟关系，即我们有同一个太爷爷周太爷，爷爷之间是亲兄弟，爸爸这一代成了堂兄弟，由此我管莫小武叫伯伯，叫莫洋为阿大（哥）。

莫洋在村里懒得出名，不太安于上山下田干农活，学手艺也一无所成，花钱拜过许多师傅，都只是学会皮毛就因怕累怕难半途而废。所以他没个正经活，整天无所事事，游手好闲。

妈妈说，莫洋这个样子，是因为他是独生子，让莫小武和他娘陈花惯坏了。

曾经的他也有过良好的机遇，但被他亲自毁了，他这是咎由自取，怨不得别人。因为他念过初中，被中心小学聘为代课老师。课上，包村一个大龄学生咳了几下，他说是藐视他，就动手打了这个站起来跟他差不多高的学生几巴掌。后来学生的姐姐过来投诉，他就被学校开除。因此他不但没有光宗耀祖，从此一年黑鞋白袜穿到底的日子也与他无缘，他还成了全村人的笑话，莫小武后来因为这事还跟那学生家长产生了矛盾。

他平时穿着吃喝偏有讲究，喜欢摆阔，花钱大手大脚，经常穿着新买的衣服串家入户，招摇过市，每年莫小武养鸭养牛辛苦换来的钱都被他花个干干净净，一分不剩。

莫洋身上绝不只有一个恶习，欺善怕恶、恃强凌弱也是其个人风格之一。每每遇到像堂弟莫忠、莫愚这样的少年或者家庭条件不如他家的成人时，不管在哪种场合，他总会在言语上欺负对方，对于少年，开口就是：“你这么笨，将来一定没出息！”对于成人，则是比穿着、比吃喝。

有天晚上八点来钟，莫忠一个人在村民王国和家附近遇到莫洋，莫洋乜斜着眼睛对他说："怎么啦，又遭傻妈打了没地方睡了吧，那就到我家睡吧。笨死的人！"他那个眼神和话语不是真正的关心爱护，而是极不耐烦和满心眼看不起的施舍，如果莫忠真的要去他家睡，他可不会安排，而会赶他出门。莫忠讪讪地回答说"没有"，声音低得似蚊子一般，说完便转身像遇到恶魔一般跑掉了。而莫洋口中的傻妈是指莫忠之母傻花。

还有一次，莫忠在镇上参加完数学竞赛后坐拖拉机返回到乡上，与莫洋不期而遇上了同一辆车。拖拉机的后斗里坐满了人，莫忠怕腿伸开会占着别人的空间，于是就紧紧收拢着腿，放在身子前面，像螃蟹一样弓着腿僵坐着一动不动，把前面一块空间让了出来。他这样的善举获得了旁边一个青年女子赞赏："这个姆真乖，真有礼貌，小小年纪就懂得为他人考虑，不过你可以将腿稍伸出来些，这样会很难受！"莫忠感激地看了她一眼，一阵羞涩的红晕涌上双颊，但还是保持原样没动。一直以来在他头上趾高气扬不放过任何一个欺辱他机会的莫洋，果不其然接上了话头，冷嘲热讽着："那不是有礼貌，是他笨不知道放！"莫忠恨不得车子上有个洞钻进去。

本来性格就内向木讷的莫忠，在后来的成长日子里，总觉得自己很笨，很自卑，觉得处处低人一等，总是抬不起头来。即使实际上某方面是自己的强项，他也不敢施展出来。别人家由于傻花和他家庭的缘故，也不喜欢孩子同他和他弟弟莫愚交往。

莫洋最后的职业是货车驾驶员。莫小武咬咬牙一次性缴了近1000元的学费让他去学驾驶。共六个月的学习时限，每个月除了学费外，莫洋都要额外花费200块，包括送师傅红包和学员之间互相请客吃饭。驾驶员这一职业在当时可是香饽饽，只有家庭条件好的人家的孩子才可以从事，一是因为高昂的学习费用，二是可能将来天价的买车费用。但莫洋并没有抓住时机好好学习，他三天打鱼两天晒网，拉长学期期限，增加了费用支出不说，有一次还跟学员打架，被弄了个头破血流回来，还赔了对方的医药费，真是赔了夫人又折兵。

家已经被掏空，面对家徒四壁，莫小武气得无计可施，这个儿子自出生始就没让他省心过。他没办法，只好故伎重施，到丈人家去借，即使再一次遭到他们的白眼。丈母娘有一次在村里公开说他没用，撑不起这个只有一个儿子的家庭，他气得七窍生烟也无可奈何，吃人嘴软，这口气就是硬不起来。

鼻子高挺、尖嘴猴腮的“猴头”莫洋与本村和邻村好几个同龄女孩都传出过绯闻，其中就有同村女青年周永兴的女儿周新森。最后莫洋借到外省做割稻客之机，谎言连篇“拐”来了小翠。关于小翠其姓，少有人知。在与小翠结婚前，据说莫洋还被周新森敲了一笔钱，理由是莫洋已经和她发生了关系。

小翠生下儿子荣继一个月后，就在一个早晨神不知鬼不觉地消失了。过了一年多，她又回来，基本没干什么农活的她住了一段时间后又神秘地消失了。

在家停留这一年多时间里，冬天炭烤火箱不离手的林松婶时不时地来劝她，说不管村子及莫洋家有多不好，但有了荣继就要负起当母亲的责任，为了儿子留下来。这话有了效果，这次小翠待了一年多，还生下了女儿莫琳。但她想逃离的心不变，过了一段时间又再一次出走，而且还带走了荣继。她此后如人间蒸发，再也没有回来，村子里的人也没有在任何地方见过她。

莫洋汽车学成后，就开始帮别人开货车。他单身了几年后，近三十时再娶了陈村大龄剩女陈明香。而被人们称赞“屁股大好生养”的陈明香，却没能为莫家再添一男半女。

以上就是我搜集到的关于死者莫洋的全部信息，但有两个细节还没弄清楚：小翠是哪儿人？莫洋与陈明香没有孩子，是莫洋的原因还是陈明香的原因？村里人也搞不清楚，很多人认为是陈明香的问题，一个女青年因何成为大龄剩女？莫洋毕竟有两个孩子，可见经过实证了是没问题的。

傻 花

每个人都是难解的谜，可是把人类聚合起来，就有规律了。譬如说，你不能预知一个人的个性，但是能够确知人的共性。个性不同，共性却是相通的。

我返校后在球场又遇上了“鬼佬”杨树哥，他告诉我在排查案犯过程中，要紧紧咬住死者的关系人进行，关系人是指与其有利害关系的人，如存在仇怨、财产纠纷、情感纠葛的人等。

我明白，他说的这个在理论上叫作犯罪动机。

那谁会有弄死莫洋的动机？

毫无疑问，区域范围锁定岸村的话，第一号嫌疑人便是傻花。但我只知道零星的情况，其余详细过程是通过莫忠、莫愚和林松伯等其他人了解到的。

我只知道，傻花并非是她的原名，就算再没文化的父母，也不会给女儿取包含“傻”字的名字。

她原名叫什么，村里大多数人已经不知道了，除非去问她夫家或娘家。这个本就是绰号，绰号最容易被人所记，叫多了慢慢就把名字忘了，所以那时村里有说法，千万不要给人取绰号或者叫人绰号，一叫叫到老。叫她“傻花”实在有些勉强，因为在智力方面，傻花跟其他人一样是十分。

我通过妈妈等家人，以及从小到大的所见所闻，大致知道了她“傻”的由来。

婚前傻花传到岸村的信息，不是关于傻的，是关于懒。据说傻花在娘家干农活很懒，不是田里耕种的好手，也不是家里活计的好手，她也承认，曾经说起从小就不太“安分”于种地和放牧，没少遭父母的责骂和抽打。

在大姐、二姐出嫁后，她每天像被爸妈用刀顶着后背一样，被驱赶和逼迫着上山下地干活。

有一段短暂的时间，徐青和她一起度过。她与爸妈如橡皮筋一般拉扯博弈的两年日子，终于告上一个段落，是因为她嫁到了莫小平家。

傻花的“媛主儿”（少女）时代，是没有多少欢乐的，在她的记忆中，大部分时间都是全家在望眼欲穿地盼着生下男孩而未能遂愿的悲哀氛围中度过。她不想跟爸爸妈妈在一起，不想看到他们总是阴沉着似乎含着无限悲伤的脸。

在家庭背景相同、生活同样困顿的莫小平家，她觉得没有必要干农活。

上山下地的事，她做得拖泥带水，松土地时只铲一半，像夹生饭一样；筑田岸时，只是把泥土搬来堆在上面，上方及两侧没有匀平，堆起来像一座座小山包，莫小平说她是占山为王，或挖坟葬活人。

她倒是愿意上山放羊，但总不会顺带一些柴火或草料回家，来储存一些煮饭的基本烧柴，或天气不好羊不能放上山时给它们充饥的饲料。有一次雨下了整整一周，羊饿得整整叫了一天，无可奈何之下，莫小平戴着斗笠穿上蓑衣冒雨出门上山割了满满两筐草回来，才解了羊的燃眉之急。

她还有一个坏习惯，喜欢把两餐饭后的碗筷并在一起洗，锅灶上碗盘经常堆积成山。而她洗碗时，瓷碗、调羹和筷子时不时从她手中滑落，"砰砰"声不绝于耳，像珠玉碎或交响乐。当莫小平心疼得破口大骂时，她还嘴说"碎碎平安"。

时过不久，傻花的本性越来越充分地显露出来，即使莫小平眼睛瞪成了铜铃大小，田地里的活她也死活不去，顶多给他送去点心或午饭。她讨厌锄头和扁担，尽管它们如孙悟空手中的金箍棒，哈里·波特手里的魔法棒，使田野变绿，山地清秀。

"好事不出门，坏事传千里"，如果哪家娶过来的媳妇在农活劳作方面奇差，还好吃懒做的话，很快会传遍全村，成为全村人的笑柄。

于是，村里的好事之徒徐迟和李小红夫妇就给她取了一个"傻花"的称号，且很快就在村子里传遍。

这是周晓峰告诉我的，徐迟几个人在他家说起，而且还经过大家一致公开表决，合法通过。此消息传到傻花耳中时，傻花心里想，徐迟腿脚不便，耍嘴皮子功夫倒不赖，下面出不了力，光从上面出了。

当整天无所事事的莫小平之父莫阿崇左手拄着木拐棍，右手上发黄的食指和中指拈着牡丹烟，放嘴里狠抽一口后，不停地咳嗽着，来到周荣家坐着闲拌（闲谈）时，在陈东等人要他说说新媳妇的样子时，他当着一班人的面，全然不顾家丑不可外扬的古训，而是气不打一处来，破口就是大骂："这是个十足的懒虫，没一点用处，属于光吃饭不干活的种，不上山下地不说，干些老娘客（已婚妇女）该干的事，还干得乱七八糟，老出洋相！"

"怎么出洋相了？"大家在一阵哄笑之后，周永兴几个凑上来坐在旁边，不由趁机追问，其他个个竖起了耳朵，希望听到想听的内容。

"洗几个碗都要摔破，一窝小鸡养不大甭说，光冻就给冻死了10只。我家娶的这个女人不是当媳妇，是娶过来当老娘养当陈十四供了！"莫阿崇布着横七竖八皱纹的脸上像喝了黄酒一般浮上了红晕，像一个蒸熟的南瓜。

自此之后，傻花之名就如雨后春笋一般蔓延开来，后来慢慢就盖棺定论了。

"我的真名可是叫郑花，不是郑傻花，也不是傻花，即使是大伙给出的外号，也绝不能是这样俗不可耐、毫无意义的。"这是傻花一直以来想跟刚开始只有少部分叫她傻花的人说的话，但一直没有说出口。解释就是掩饰，她觉得跟别人解释没用，村里也就那固定的几个人闲得慌，就怕没个由头说说，没个绰号叫叫。

她知道，她是穷人家，没有人会听她的，反而会被当成一个新笑料并被人加以渲染，越描越黑，因此不必做这些无用功。

这个想法，傻花只跟林夷的爸爸林文汉透露过。

其实在傻花心中，那些所谓的傻事都不能算傻，那是村民强加给她的，不能怪自己，只怪这个村里的人除了吃饭睡觉种地种菜之外没事可做，因而总要弄点笑料，弄点新闻，来度过那漫长的闲散岁月，便于让每天的时光从朝阳在飘渺峰上升起，田野中的红花灿烂开始，到夕阳在凌霄峰上下山，月亮出来，星星闪烁结束。

其实，傻花在娘家压根儿就没洗过碗，她只知道妈妈郑小英大部分时间都在灶台间忙碌着，姐妹们一长大，就给撵到田地和山上去了。

但傻花洗碗的故事还在继续，有一天中午她饭后洗碗，洗好后把碗、盆、盘叠在一起差不多高至人脸了，两手端起来转身欲放到木橱柜里，可能是经验还不足，又端得多了一些，沾水湿漉漉的碗很滑，她虽然小心翼翼，但手还是一滑，一声巨响，最上面五六个碗应声而落，在地上如开花一般四分五裂，自是全部报销了。

声音引得莫小平过来，见地上又是一地的碎片，口里不由得再次骂出了声："小孩子摔碗也不会一次摔这么多个吧！"

在院子里的莫阿崇也闻声过来，不出意料地对傻花怒目而视。傻花感到那目光凶神恶煞，似要吞噬了她一般。她避开了他，一边转身往里间走去，一边在心里想，就几个碗吧，至于这么苦大仇深吗？

后来傻花洗碗有了经验，同时也掌握了技巧，就再也没有摔过碗了。

莫小平买来6只小鸡，小鸡走起路来一摇一摆，像一个个小圆球，小萌宠似的在滚着，煞是可爱。傻花很喜欢逗弄这些小鸡玩。但被莫小平骂得狗血喷头，说会把它们玩死掉的。

有一天她给小鸡们洗了澡之后，由于晚上气温突降，有两只竟然冻死了。第二天莫阿崇发现它们死了，知悉了死因，就来责问，莫小平知道是傻花所致，家里免不了又是一阵狂风骤雨。

傻花有点神经大条，在给小鸡喂食时，总是给了上顿忘了下顿，也就使得她养的小鸡长得瘦瘦小小，看起来弱不禁风。用秤子一勾，总比相同时期别人家养的轻。

人们不怕信息多，只怕没信息，一点风吹草动，也给挖个体无全肤，由此，也使得傻花的懒与不会干事继续在村子里传播和发酵着。

再加上她与莫小平相像的内向性格，与人不太会说话和交流，因此她找不到一个知心的姐妹或者年长的妇女作为密友。

傻花平素穿衣不太讲究，也不讲究卫生。有时她穿着绣着红玫瑰的上衣，几天后变成了黑玫瑰。天气变冷时，她还会流鼻涕，而且头发蓬乱，看上去有点像到村子里上门讨饭吃的乞丐。

这事归根结底，还在于她不太会洗衣服，不会用板刷把衣服上的灰尘刷干净，她只会把衣服放在鹅头提梁里提到村口龙溪的小蛇潭里，任由流水冲洗，她自己站在岸边干看着，也不管衣服上的污垢冲干净没有。

她洗好晒干的衣服，还会冷不丁从口袋里抖落出一包沙尘来，背后一团黄色赫然印在上面，像义和团的战衣。这让莫小平很难分辨，哪件衣服是已洗过的，哪件是未洗的。

当然，傻花傻事，绝非仅限于上面莫阿崇说的这些鸡毛蒜皮的小事，跟称号配套的还有许多猛料。只是这个“傻”经过泱泱之口，早就没有了标准。

根据村里人说，有一次傻花家母猪生猪仔时，她发现母猪哀号得厉害，突然一个箭步冲了上去，用双手抓住猪仔的脚往外拉，想帮助母猪生产。事发突然，莫小平等人没拦住。

幸好小猪被拉出来时还健康活泼，傻花称是自己的功劳，而对受到外力作用瘫倒在地的母猪，一声声有气无力的哀号，傻花则称与自己无关。后来过秤，母猪瘦了二十来斤。

莫小平心疼不已，这只母猪生仔前整整养了三年。他每天在山上、田里忙完活后，都会携带柴刀到田野里采来嫩青草、野菜、黄瓜叶和冬瓜叶，番薯园里采了藤蔓，自家院子里割来金瓜叶，杂糅着一起放在大锅里煮成熟食，拌入煮熟的番薯或其他佐料，一桶桶提到圈里，倒在槽里给它吃。无论寒冬酷暑他一顿不落，餐餐到位。傻花这个做法，莫阿崇说是剖腹产，是城里人生孩子的待遇，岸村人迄今没享受过。

还有一次，傻花和莫小平的大哥莫小古的媳妇赵小美，妯娌之间因后门小渠倒洗脸水一事发生口角，结下仇怨，让本就不和睦的两家人势同水火。后来二人再次发生口角，你一句我一句吵得很凶，什么难听的话都骂出来，似要把整个村掀翻才罢休。赵小美说傻花拿瓜瓢到她家米缸里淘米，为报复那芝麻事竟然做起了偷米贼。傻花死活不承认，称到她家房间来，主要是看看放在房间里的大规格的米缸，测量一下能装多少米，因为自家米缸太小了，要换一个新的，一时半会儿又没个定数，太大怕放房间里太挤，太小又怕放不下米，两家房间是一样大小的，压根就没有想要报复那档子事。

这个话让赵小美听得晕头转向，她后来找到莫小平痛骂了他一顿。胆小怕事喜欢息事宁人的莫小平没怎么帮傻花说话，任由赵小美在村里添油加醋给闹腾了一番，给傻花泼了满身的脏水。

傻花不太会干农活是一个事实，只是在锄地、种菜、种番薯、插秧时会个大概，比如她会做插秧的动作，却不会排列，插下的秧苗上下左右没有对整齐，像兵马俑被推倒一样。周小梁说这是因为她屁股没撅好，身子蹲下去七拐八弯导致的。

由于无知和缺乏经验，她也闹出了不少笑话。有一次，她提着农药瓶跟着莫小平到小蛇溪田里给稻谷治虫。二人分扛两个治虫喷雾器，分片进行药治。

一个来小时后，好不容易将一亩多的稻田喷洒完毕，莫小平发现有一半的药水还没打完，连瓶盖都没打开，于是就问傻花怎么回事。此时傻花才恍然大悟，原来她打的喷雾器里没加药水，加满水直接去喷就想来治虫了，等于是给虫子送水喝来解渴了。

当时莫小平气得说不出话来，不过他也无奈，作为比较了解她的人，灌水前应该帮她把药水注满，傻花毕竟是第一次干这个有点技术含量的活，要手把手地教，包括剂量的多少、容器里水位的高低等。

傻花不想上山，出外干活不多，对她家那几块地那几片山也不太熟悉。有一次，她一个人上山挖竹笋，中午上去，到晚上六点多莫小平一个人晚饭吃罢坐等着，她还没下山。莫小平到竹山上找也不见她的影子。他慌了神，叫上“六指”莫小吉等兄弟几个，打着电筒，举着火把，把后山翻了个底朝天，四小时后在莫小吉的提议下，才翻越过后山，在湾村凌岩峰顶的土地神破庙里，找到了被吓得六神无主窝在神像后面地上簌簌发抖的傻花，傻花说当时几乎灵魂出窍了。

原来她上山后，在竹山上没挖到竹笋，想到后山去采几个蘑菇，蘑菇也没采到几个，她越走越远，天色昏暗时找不到下山的路了。山上天色暗得快，当黑暗笼罩过来时，她慌不择路，彻底迷了路，发现一个破庙就进去躲了起来，胆小的她生怕山上坟墓里的鬼跑出来索她的命。

莫小平虽然个性内向，但脾气暴躁，性子也急，在傻花总是这样那样屡屡出洋相时，他是忍无可忍，因此他家里的吵闹声，不堪入耳的骂娘声，傻花声嘶力竭的哭骂声，隔三岔五地传了出来，慢慢全村人也就见怪不怪了。

但在孩子没出生前，这些对于甘于安身立命辛勤劳作的莫小平而言，还是能够忍受的。

可笑的是，傻花不仅行动“傻”，在言语和思想上也很“傻”，这反映在她的异想天开上，张强说她天马行空，爱做青天白日梦。

她不干农活，空闲下来便生出许多稀奇古怪的想法，这在莫忠和莫愚出生以后就逐渐多了起来，莫小平听得多了，根本没空搭理她，也没怎么进入耳里，因为根本没当回事。

夏天的中午最为酷热，整个天空上的云像火球，不断向下面喷吐着火舌，晒得整个岸村似乎都要冒出火气来。

和往常一样，吃过饭之后，“驼背人”陈明、陈东等人陆续到“大脚凳”周永兴家的院落里，坐在长木凳或者小竹椅上，将中间一张小木桌子围成一团，用扑克牌打40分或者接龙。全身仅着一条长裤衩，胸腹部两边的肋骨像包村赵屠户家售肉骨子架上吊挂着的一条条猪排骨的周永兴手执四张10和一张红司令，他双脚和双腿上的血栓青筋勃了起来，条条像美杜莎头上的蛇。

“傻花嫂来了，你这是要上山啊?”陈东一转头，发现了傻花。周永兴家院子位于朝正南方向的石子路后，石子路是三条通往东南北三个方向的小路，由于房子位于村子中间，村子里大部分上山下地、走邻串户经过的人都能看见。

“上山啊，阿嫂!”年龄稍大，站着一边看打牌的林业也抬起头来，顺口也问了一句。

“没哩，到周荣家买包盐!”傻花回答过后，脚步没有停，顾自低头走路。她后面跟着周荣家的小女儿周慧，手里捧着一个如苹果大小的铅碗，用筷子扒着里面的两片番薯，上面沾着星点的几粒米饭。她两条鼻涕如蚯蚓般在爬着，头发凌乱，如《平凡的世界》里面矿工的孩子。

“傻花，你将来还有什么理想啊，说出来大家听听，也给我们一点启示?”把背心放在肩膀上光着上身的陈东抬起头来，看着傻花一本正经地问。

听到此问题，大家全都转过头来，似笑非笑地把目光齐刷刷地投向了傻花。

“孩子出生后，我要带他们到城里江心屿玩，那个地方村里还没其他人去过，接下来还去中山公园玩，这两个地方玩过之后，将来还带他们到北京玩，看天安门和毛主席像。”

傻花低着头一口气说完便快步离开了。

“哇，你的理想好伟大啊，到时候可要带我们去呀，你说得对，我们都还没去过啊，走都不会走!”听到她的话，戴着一双黑框眼镜的王国和在她身后喊起来，接着周永兴等人发出一阵哄笑，弥漫在她身后的烟尘里。

有人说王国和是假斯文，眼睛根本没有近视，戴的是平光镜。一个跟读书看书毫无关联的人，凭什么戴着这玩意。

随着两个儿子的出生，傻花的手像一台机器一样，每天都在运转，从没停过，她觉得喘口气的机会都没有。孩子一年一年渐渐长大，傻花一直悬着吊着的心也随之慢慢放下来，她都不敢想象这几年是怎么过来的。

此时的傻花，好像变了一个人，生龙活虎起来，一去萎靡的精神状态，每次出来都是精神焕发的，衣着也光鲜亮丽起来，完全丢掉了邋遢肮脏的样子。

傻花的话说得多了，有些还成了经典，还让只上了小学背不了一首《咏鹅》的周永兴等人，在各种场合下不断嵌入“傻花说”或“傻花说过”，慢慢就在口头上编成了傻花语录。

有一次，家里有陈明、王国和等人在，傻花再度说起去江心屿玩的想法时，莫小平觉得无地自容，就说她：“你是人在井里心在天上吧，你倒自己霉也就罢了，还连本带利，把我们全家人的霉都倒光了。”

莫小平也是从小听到青蛙坐井观天的故事而受到启发的，故现学现用，用来说傻花。

莫忠、莫愚在听到这个故事之后，每逢到陈明康屋后的水井挑水吃时，都会找那只观天的青蛙。井里面只看到几条小红田鱼，是陈明康的儿子陈良华、陈康放进去养的，那只蛙一直没露面。周建池说，那只蛙是神蛙，藏在水底下的水宫，陈良华兄弟在小蛇潭里无论用哪种稻秆和芦苇秆吹它的肚子，吹成气球大，就是破不了肚皮，应该塑个像、造座庙进行拜祭。林康说可以供到教会里面去，给个神职位置，要离这里近，可以就在徐迟家后面后山上。周建池回说，上帝认为众生平等，在那里封不了官，除了上帝只有长老、牧师等，但在佛界却等级森严，孙悟空遇上与天上诸神有裙带关系的妖，都是被“挈篮子”（走后门）手下留情给保过去的。林康于是就叫周建池入基督教，周建池说不入，村里有几个信徒太虚伪，太自私。

那只蛙一直没露面。他们不知道，不是每口井都有蛙的。

年幼的莫忠、莫愚，牢牢地将妈妈这些话记在心里，慢慢长大的他们，只要傻花稍一有空，他们就去缠着她问：“妈妈带我们去玩，去很远的地方玩，那儿有大车，有高房子，爸爸也一起去。”而年龄尚幼的他们不知道，那时候去江心屿玩一趟是一件多么奢侈的事情。

傻花却眉开眼笑，兴高采烈，直说："可以，妈妈带你们去，你们可要乖乖的，要全程听妈的话，不要乱走，我怕你们走丢！"

在一旁的莫小平听着，除了嗤之以鼻，还说全身上下都起鸡皮疙瘩了，但他见他们这样热情万丈，也无可奈何。

在当时的交通条件下，去一趟城里最快也要花上一天时间。

全村大多数人都还没去过江心屿，只有教师周士松的姐姐带着他们八十岁的父母去过一次。包村赵屠户的妻子，村门都没出过。

村里人如果有幸在瓯江的南面马路上，或者在华盖山顶上、医院的高楼上，能够远远地看那个岛、两座塔几眼，回来后都可以在周荣家、周永兴家说上一个下午，连天上云彩的颜色，江上的水流清浊，双塔上面的枯草，塔身的倾斜度等，都可以描述得一清二楚，毫厘不差。

遥远神秘的北京、天安门，只是在小学和初中书本插图上，赵小文家分发的《人民日报》上见过，压根儿就没人敢想，不要提敢说出来了。

因此，当家庭生活困难、在本村山上都会走失的傻花，说要带儿子到江心屿玩，甚至说要到北京玩，而且是在公开场合面对着陈东等这一班人大言不惭地宣扬，很快就像酒精挥发一样，极速发酵成为村子里的头号新闻。大家在村头巷尾、饭桌灶台等角落将这一新闻口耳相传，当成在耳朵里流淌、在心灵里浸润的食料。

同时，一看到莫忠、莫愚或者傻花，陈明和周永兴就挤出笑脸，皮笑肉不笑故作姿态地问他们：“你们什么时候去北京？坐汽车还是飞机？”

傻花脸不红心不跳、头也不回地回答：“近几年吧！”

偶尔也会过来凑热闹的林强友接着问：“江心屿，这仅是温州市里的，已经去了吧？”傻花瞬间低下头来，一阵红晕飞上双颊，讪讪地回答：“江心屿预备明年去，要弥补一下在娘家时曾去过两次温州而未能去过江心屿的遗憾，一次是送二姐出嫁时，另一次是因哮喘生病爸爸妈妈带我看病时去过。后一次我都已经详细打听了去那里的公共车线路的。”

于是村民就记住了傻花确定的答案，江心屿明年去！至于同爸爸妈妈同去温州已经打听好线路的那次，已不可考。

林业有时对路上从汀兰桥经过的莫小平调侃着说起傻花的理想时，莫小平又是气不打一处来：“这个疯婆子，怕是脑子想坏了，老说这些丢人现眼的事，回家割掉她的舌头给猪吃了！”

但傻花的奇思妙想并没有就此戛然而止，她超人的想象力还在接下来的日子里继续开枝散叶。

到江心屿玩的事八字还没一撇，尚属于甚嚣尘上、滚烫发亮之际，有一天下午在周永兴家，林业再次爆出猛料：“傻花扬言不干农活了，要到温州挣钱来养家！”

“哈，这你也相信啊？这可是傻花的话，哪里凉快哪里待着去，不要让我们的心脏有压力啊！”陈明说得不痛不痒，不过这个爆料大家还是记住了。

爆料经过同样的轨道之后，全村又像是炸开了锅一样沸腾起来，一下子又将傻花推到了风口浪尖上。

在20世纪80年代初，岸村人除了村前这片西岸垟田野水稻梯田，村后的后山和飘雨峰上的番薯园，村前飘渺峰上的青草地外，就想不到还有其他可以挣钱养家的路子了。

村子里除了林强友等两三户人家是教师，赵小文一户人家是邮递员，上级政府给发口粮和工资，还有一部分水田山林给耕种等“铁饭碗”外保障，其他人家全都是过着背朝太阳面朝黄土的艰苦生活，虽然他们一年到头都觉得无比厌倦和苦累，但从来没想过要改变这种生活，也从来没有萌生过要离开这片土地，在另外一个地方可以过上比岸村好的日子的想法。

首先提出要改变生活，到城市里挣城里人钱的，是一个几乎全村人都认为有点傻的女人，这无异于平地里炸起的一个炸弹，天上掉下来的一声响雷，一下子又将夫妻吃过晚饭就上床睡觉前的枕头床头私密闲语，周永兴周荣家大家聚集地方的闲话主题，田野里山林中大家不期而遇除了打招呼外的随机话题，全都集中到这个上面来了。

就连张强的老婆陈小洁从田里回来，晚上在饭桌上吃饭时也问张强这个事，张强说：“你们女人可真喜欢打探消息，这个你也信啊，反正我是不信的。”

他是在陈明家听陈明说起过这事，当时一笑置之。

当春去冬来了，又是一年冬天来临时，村里人在路上遇到莫忠和莫愚，问题也从北京、江心屿等游玩的去向变成了挣钱做活计的去向：“你妈妈何时到市里挣钱给你们花啊？”这是陈爱聪问的，她看到他们鼻子下面都挂着鼻涕，还加了一个三句顺口溜的俗语："冬天冷，舅舅买火箱，火箱放在手上暖乎乎。"在全村的妇女里面，她是烧火煮食取暖调拨炭火最好的，最暖手又不会烫手，而且炭的用量也不大，不会造成浪费，有"火凤凰"之称。

聪明的莫愚嘴角漾着笑意，毫不羞涩，做出了巧妙自信的回答："有的，而且很多，快了！"然后拉着莫忠很快噔噔一溜烟跑掉。

只是当时的人们，一直没有出去看外面的世界，好像这是一个雷池，不敢逾越一步，除了觉得可笑之外还是可笑，不会想到后来的傻花，真的心想事成，达成所愿，而且还飞黄腾达了。

林松伯

把傻花列为头号嫌疑人，是因为她与莫洋的一段人身伤害纠纷，这个事的详情，我找了林松伯了解。

而莫小平与莫小武还有点“财产”小纠纷，即他们在屋子前面院子里三分地的纠葛。已经完全丧失威信和糊涂透顶的莫阿崇也没有给说法，他摆平不了兄弟二人，或许也不想摆平，本来嘛，由于莫小平家穷，他也不怎么在意莫小平，更不想花心思去维护儿子的利益。而个性倔强的莫小平，只认死理，脑袋不太会转弯。

傻花也不太搞得明白，为何莫小平与二哥莫小武自分家后，就因为莫小武家院子里的一块三分地一直处于水火不容、势不两立的紧张敌对状态。关于这块地的权属，两兄弟各执一词都称属自己所有。两家时常恶语相向，后来越演越烈几欲动手。

在土地种植收成还属物质基础的年代，因土地大打出手在村子里屡屡发生，土地是宝，大家依赖此而活着，寸土必争自是无可厚非。

而且这块地就在家门口，优势明显，省略了跋山涉水挑担施肥之苦，一跨出门就能耕作，方便快捷。在院子里随便种个菜养个鸡，都是对生活物质基础的添砖加瓦，按莫小平的说法：“种上了菜，光腌就能满一大菜缸了。”林菊花有一次从泽雅镇上回来，第二天发现家里种在房子猪栏旁边二分自留地里的菜瓜藤上的十只长成丝瓜大小的菜瓜被窃一空，她听陈娜说是郑义所为，就站在村口周士松等户所有的那排茅坑门口，指桑骂槐地骂了整整两个小时，直至嗓子沙哑、冒烟，最后瘫坐在了石阶上，嘴里还气若游丝地哼着不止。周荣说她要恨到来世去，在另一个世界里，也要跟郑义过意不去。

莫小平由于家庭条件更差，几个兄弟一直都不怎么瞧得起他，和他关系都很一般，由此就有了在他家所有人面前一直骄横跋扈惯了的莫洋，认为对傻花等人可以肆意而为，暴力相向大打出手而不需负任何责任的思维定式，而让傻花成了炮灰。燃起火星的是莫小武，让火熊熊燃烧的是莫洋。

这个事要追溯到三年前那个夏天的中午，莫小平在地里干活不在家，傻花刚好从路口买来冰棍给莫忠、莫愚吃。天突然变了，乌云压阵，黑压压地似乎要把这个小山村吞没。一切迹象表明大雨就要来了。

莫小武又搬了几块石头把那块地围起来，欲做属于己有的标志。正在另一侧晾衣服的傻花见状，过去同他理论。

此时，中午喝过酒脸红耳赤的莫洋过来了，他凶神恶煞地用手指直戳到傻花的额头上，开口就是一连串不堪入耳和嚣张至极的骂语：“傻花我忍你很久了。我今天正式宣布，这块地就是我家的，任何人不能动，连多看一眼都不行，我绝不允许你们再说三道四，否则的话，我就剥了你的皮！”

素来个性倔强吃软不吃硬的傻花毫不畏惧，丝毫没有意识到危险正在悄悄逼近，还振振有词地进行还击：“这地本来就是我们家的，你家是强盗啊，这般豪取强抢。这样没良心的做法，你还有理。有胆子放马过来剥啊，我不会怕你！”

“这是我们家的事，与你无关！”莫洋瞪大了双眼。

“与我无关，那还与你们下辈有关？你这是什么话，还有没有基本的道理和天理了？”傻花毫不退让。

这一句话让一直在他们面前优越无比的莫洋火冒三丈，借着酒劲伸手抓住傻花的头发往后一拖，身高一米五五、瘦瘦小小的傻花在莫洋面前，像一只山羊一样动弹不得，毫无还手之力。

莫洋的拳脚随之像雨淋一般洒下来，傻花感到胸部、腹部一下一下遭到重创，肌肉和筋骨收紧，一阵一阵痛楚如山洪暴发一样轰轰烈烈地过来了。

莫洋的脚上穿着的皮鞋，如石头一般的坚硬，像大铁锤子一样狠狠地踢在傻花身上各个部位。

“天杀的，有本事你就打死我啊，不打死是狗生的。有娘生没有娘教的狗崽子，你眼里还有没有人！”傻花的嗓子很尖，叫起来鬼哭狼嚎一样，愈发惹得莫洋打得兴起，他左手的拳头抬起来，像鲁提辖拳打镇关西一般，往下照着傻花的脸部雨一般淋了下来，同时右手加劲，像擎着一只小鸡似的拖她穿过厢间，往屋子后门走去。

此时，在院子另一侧玩耍的莫忠、莫愚听到响声奔了过来，见此情景，一边“妈妈妈妈”地叫喊着，一边哭着过来抱住傻花，用尽全身力气，欲帮她挣脱开莫洋的“枪林弹雨”。

可是身单力薄的他们哪是莫洋的对手？丧失理智的莫洋毫无怜悯之心，手上的动作还加了劲，揪住傻花头发的手用力往前一推，“扑通”一声，莫忠和莫愚感到一种巨大的推动力，像大山一般压过来，双手同时松开，双双摔在了后门那条莫忠曾经养过红田鱼的小河浃中。

莫愚只觉得后脑勺一阵剧痛，头上的鲜血如泉水般喷出来，住在上坦屋子的林松婶闻讯而来，手忙脚乱、连拖带抱地把莫愚抱到周荣家的小货店里，买来止血膏给他贴上。

莫忠只看到莫洋又像老鹰抓小鸡般抓住傻花，一路上拳脚并用打个不止，一边嘴里还骂得震天响：“打死你这个臭女人，看你还敢骂我，和我家斗！”

傻花的回骂声越来越轻，后来只有微微的喘息声了，手脚挣扎动作的幅度也越来越小，腿脚也从半蹬半拖到直直垂挂着，被一直拖打到林松伯、林松婶家的院子里。

莫洋待林松伯出来厉声呵斥时才停下拳脚，看到傻花瘫在地上像一团泥堆一动不动，只有轻微的呻吟声从鼻孔出来，素来不太出来管闲事的林松伯，此时也忍不住说了一句：“莫小平平时说话是难听，与莫小武关系处理不好。但今天就是你莫洋不对，不该这样欺负人家傻花，傻花无论犯多大的错误，骂人有多么难听，也轮不到你这样动手打她。她毕竟是你的长辈，你没有大小之分，没有尊老爱幼概念，将来会出事的！”

不想一语成谶。

莫洋一声不吭，只是在嘴里喃喃着，一只手紧紧攥着另一只手，指缝里流出几滴血，悻悻地走回家中。

当时作为兄长的莫小武手里拿着石头就没放下，一直在冷眼旁观，连一句话都没有说，一步也没挪动。

这是林松婶后来对傻花私底下悄悄说的，其实这也在傻花意料之中，本来这个事，就是莫小武指使和谋划的，这也是傻花一直保持的观点。

全身被打得血肉模糊几欲眩晕的傻花和莫愚，被莫小平、林夷、林文汉等人背着先后送到了乡上，再坐拖拉机到了集镇上的医院救治。

傻花全身青一块紫一块，没有一寸好的肌肤，在医院住了十五天才出院。莫愚后脑永远留下了一块伤疤，再也长不了头发，像被狗咬了一块一样。据说莫洋的一个手指也受了伤，这是傻花用唯一够得上气力的武器——嘴巴，用尽吃奶的力气留给他的。

“君子报仇，十年不晚！”这是莫小平在医治好傻花，傻花要求他向莫洋索赔医药费时说的话。从没读过书的莫小平却极其富有中国人的阿 Q 精神，这让当时在病痛之中的傻花气得火冒三丈。她抱着莫愚痛哭。

长大后的莫忠对我说：“妈妈曾经说过，这个事让她在很长的一段时期内不能释怀，她后来悟到了一个真理，所有的困难和问题都要自己解决，而不能依靠别人，包括莫小平。”

莫小平的大哥莫小吉和小弟莫小冲等兄弟对傻花她们仨被打一声不吭，装聋作哑袖手旁观，生怕会惹来一身臊，摊上麻烦。对于此态度，傻花也是愤愤不平。

作为远房亲戚的林文汉实在看不下去了，去找过莫小吉，但得到的回应是：“这事我管不了，都已经分家了，各管各的事了，我出面莫小武也不太会听我的，反而会说我不好！”

“那你是大哥，要主持公道啊！亲兄弟之间还有什么得罪不得罪之说的？”

“你还不知道莫洋的脾气，他会把我这把老骨头都收拾掉的。”见他这样说，林文汉只有摇摇头的份，再也不说了。

“驼背”陈明没有吭声，张强更是一句话也没说，面对林夷和林文汉的要求，他们异口同声地说莫小平都没怎么说，这是亲兄弟之间家庭内部的事，村里不太好插手。

见村里人都不管此事，林文汉儿子林夷提了一个建议，说到派出所报案交给公安处理。林文汉去找莫小平，说明来意。但莫小平说找公安办事要送钱送礼，家里穷送不起，报了也是白报。

“亲兄弟，明算账”，这是古训。在当时的农村，罕有亲兄弟感情好的，都是为了分家或其他的利益分配，争一点粥或羹而弄得死去活来。其实，这也不奇怪。

在后来的日子里，傻花还是深明大义，有着与她文化教育程度不相称的宽容，在莫忠和莫愚的成长历程中，她从没有叫他们要报仇或者再次提到这件事。即使性格较为激烈的莫愚在稍稍长大后，在与莫洋家发生口角，屡屡摩拳擦掌拿刀拿枪要与他们决一死战来血债血还时，也总是被傻花劝住。

在那段艰难的岁月里，或者也可说是傻花继续成长成熟的日子里，傻花一直认为这是她最大的一次灾难，永远不能忘，永远不可原谅。

而这次事件，是她人生的一次分水岭，是成为她思考今后人生和生活规划的起点，也从根本上改变了她的生活轨迹，虽然她还是原样没有文化，也看不懂莫忠在学习的语文教科书。

但人都是有思想，有尊严的，特别对于傻花这种有点理想化喜欢做梦的人。这件事情一直以来被傻花视为奇耻大辱，使她深刻体会和领悟到了家庭富强的重要性，人穷被人欺负，穷人面前没有公平，想要公平也不会给你。但从此莫洋成为傻花心中最为痛恨的一个人，一听闻莫洋负面或吃亏的消息，傻花心里多多少少会得到一些“安慰”，找到一种平衡。虽然傻花并没有像宫斗剧里面一样把他用泥巴做成一个小人，每天诅咒他。

这就是傻花，与别人不同的是，她有思想，而这个思想，与她的文化和受教育程度并没有关系，而是她所特有的与众不同之处。

重大犯罪嫌疑人圈定之后，就要查其有没有作案时间。

由于没有法医验尸，莫洋死亡时间并不明确，我把莫洋编成一个犹如教科书上的案例，请教杨树哥，杨树哥说：“在山村此类案件的死亡时间很好推断，死者死亡前一天晚上一般都会在家里，除非有特殊情况，如果突然不在家，其家人肯定会出来找，一找会闹得全村鸡飞狗跳人人皆知。从你表述的该案例来看，死者前一天可以断定在家，因为村里和平时一样没有异常，所以死亡时间应该就是事发当天，至于确切钟点，得要看尸体腐败程度并结合死者活动时间来确定。”

我恍然大悟，但为求证属实，再次访问莫琳。

莫琳非常明确地表示：“前一天晚上爸爸在家，和我们一起吃的饭，后来我亲眼看到他和妈妈上床，妈妈还过来给我盖过被子！”由此断定，莫洋的确切死亡时间就是当天，下一步调查的方向就要查定傻花有没有作案时间。

我从莫小平那里获取了一条傻花的行为轨迹特点，她与村里大多数人不同，每天跟孩子形影不离，有空带他们到山上、田野玩，做活时也跟他们在一起，即使是烧个火煮个饭时，也是他们两人蹲在灶洞前，拿来柴火往里面放，在划亮自来火（火柴）引火点燃后，再拿起犹如唱道情乐器般的吹火筒，两人鼓起腮帮子轮流着朝同一个洞里使劲吹火，直至“啪”的一声红彤彤的火亮起来。

在夏天的每个清晨，门前池塘里的荷叶上还留着豆大的露珠，傻花便挎着篮子，领着莫忠、莫愚上村子东南方的飘渺峰上去采蘑菇。

经过夜里大雨的滋润，一个个蘑菇破土而出，有大如手掌的，有小如蚕豆的，一个个争先恐后，一簇簇争先恐后，触手摸上去湿润滑溜的。

莫忠、莫愚提着小篮子牵着手在树林里跑来跑去，一边采着蘑菇一边追逐着早起找虫子吃和找露水喝的小鸟，叽叽喳喳和咯咯吱吱的声音响彻云霄，连刚露脸的太阳公公也笑逐颜开。他们还会顺带解决大便问题，地点就在相邻的桂川村番薯园里，完事后他们用小木棒或者番薯叶擦屁股，再用几抔黄泥巴来掩埋与身体分离之物，达到焚尸灭迹的目的，还获得一种小报复邻村种植园的快感。

酷暑时莫忠、莫愚坚持要到村子下面的龙溪里游泳，傻花拗不过，于是就跟着他们到龙溪里面积第二大、溪水第二深的虎啸潭里，自己坐在一块长着一层青苔位于潭中央的巨石上，帮着拿衣服。兄弟俩还可以在虎啸潭里抓鲫鱼和溪鱼，因为钓鱼的本领比不了“泥鳅闯”周晓峰，他可以钓上溪斑鱼。

看着他们在水里如蛟龙一般上浮下沉，跳上跃下，还用水来扑她，傻花甚感欣慰。

在每个暴风雨引发的山洪过后，在一会儿晴朗一会儿阴雨，人们称其为阴气未散微风时来的“踏浪天”天气，莫忠和莫愚会趁此时机，合撑着林炳进儿子从国外回来分给村里每户人家的黑色雨伞，提着小提桶子出外抓鲫鱼。因为此时，在小溪的边上，积着水的田埂上、水渠口、泄洪口，鲫鱼跳来跳去奋力争上游，但前方水位仍处高位，还有强大的阻力，是它们力量最为微弱的时候，想鱼跃龙门，难度极大，他们遇上筋疲力尽的它们，自是手到擒来，收获颇丰，满载而归。

夏秋之交，特别是农历九月九前后，天气转凉，蟹脚痒了，龙溪里的螃蟹像乡下人赶集或者群鸟迁移一样，在小水世界里成群结队地出来产卵或者找配偶。莫忠和莫愚在夕阳西下的时候，拿着小盆子和傻花一起到龙溪里去抓。一翻开石头，往往都有三四个螃蟹慌不择路，四处乱窜。莫忠是个好手，双手张开像天罗地网一样，猛地一下子伸手把它们全攥在手掌心里，使其动弹不得，或者将手悄悄伸过去，用大拇指和食指轻轻捏住它们的后背和肚子的中间部位，任凭它们腿脚乱蹬挣扎，大钳子像罗刹女的芭蕉扇一样大扇四方，但就是够不着分毫，只好乖乖束手就擒。

案发那一天，他们三个人就是这样形影不离地度过，就连现场也没去，莫忠兄弟二人记得很清楚。

不过林松伯最后说了一句，傻花平时都在温州厂里务工，就这几天在家。

莫小平

傻花和两个儿子没有作案时间，那会不会是通过合谋或者指使他人犯案呢？

从案件侦查的角度，与嫌疑人相关的各人员一定要排查清楚，方能给出排除的理由，即使可能性微乎其微。假设傻花有指使他人作案，那被指使人首当其冲便是莫小平，他是嫌疑人最亲密的关系人，自然也是最为重要的嫌疑帮凶，作案动机除傻花外最为明显。

该如何排查莫小平的时间呢？这个问题，我颇思量了一番，去找了村里的大嘴巴、“新闻广播员”和“八卦狗仔”陈东。

我想通过他来讲述发生的案件，通过一个个细节和关键词一一进行打磨，再来缝合梳理，最后通过相关补充进行查漏补缺形成立体结论的同时，重点关注莫小平的行踪。

于是在一个有点凉风的下午，我借到陈东家看院子里的生田为由，悄无声息地跟他聊起了家常，欲随机引入我想了解的话题。

不幸的家庭大都是相似的，莫小平的家境与傻花娘家颇为相似，六个兄弟他也排名第三，四弟和五弟先后入赘进了别人家，房子就腾给了在家的三位哥哥。莫小吉和莫小武跟莫小平住在五间老房子里，六弟莫小冲在村子上头自行造了一幢五间新屋。莫阿崇本是个懒人，莫小吉成家后，就叫来莫相洪写分家书，陈明、徐迟等作证，在家书上署名，过早把家分掉，当时小儿子莫小冲才 18 岁，也分到了一间，搬出独立成户后，莫小吉他们三人有没拿出钱来赎，就不得而知了。

但莫阿崇却毫无自卑感，反而优越感爆棚，到处炫耀两个外“嫁”兄弟家的富有，兄弟媳妇的淑贤，这个逻辑好像是吃软饭不丢脸，只要家境好就行。

兄弟当中，莫小平与莫小冲的关系曾经很好，跟莫小武是敌对阵营，但后来莫小冲跟莫小武和莫小吉又走得很近，平日里想着如何给莫小平颜色看，于是策划莫洋打傻花的鬼主意。老四莫小杨对于整个家族来说，算是最不争气的一个。他名义上是入赘别人家，却在李村丈人媳妇家住过几年后，被驱赶返回家中，分了兄弟继承的五间房子。尽管莫阿崇对外口口声声说莫小杨媳妇家那幢房子还是他的，但谁还会相信呢？村里林强友等读过书的人说，莫小杨是被“休”了回家的。其实莫小平知道，入赘的那两个媳妇绝不是好惹的主，除了过年过节礼节性地过来一趟，其他时间根本没来看过公公莫阿崇。不过莫小杨有空会过来住几天，但大部分时间还是在李村，因此，他的房子有时空着，有时就给莫小平、莫小吉和莫小武用着。

老伴在生下老六莫小冲不久就过世了，脾气暴烈的莫阿崇不上山下地干点正经事，只知道整天在村头巷尾闲逛。他自恃膝下儿子多，人多势众，在村里恃强凌弱。他做的事情就是想尽办法、点子找邻居的碴儿，寻机与别人发生口角，与他人吵架，借此刷存在感找关注度，因此在他身上小吵大闹不断，似乎没找人吵闹，这日子就过不下去。见他这个样子，一些邻居唯恐避之不及，在路上遇见了，就远远地躲开，招呼都懒得打，惹不起躲得起，不想与他发生任何一点的交集，免得惹来一身臊。

在这样的家庭，几个兄弟都过得很艰难。不过莫小平干活勤劳，故很少遭莫阿崇的斥骂与鞭打。小时候他经常看到莫阿崇拿着干竹枝或者扫帚来追打大哥和二哥，有时他们的腿上都被打出血来。也许是看到这样的情境，让莫小平心里害怕了，因而他成了一个寡言少语只知埋头苦干的人。

分家后的莫小平整天只会挑着箩筐或者粪桶上山下地，早上出去，晚上回来，低着头遇见人也不打一声招呼，一天也不见得多说一句话，因而村里人都说他笨。他也不太在意，顾自一个人有板有眼形单影只地生活着。因此，他在村子里基本上没什么要好的朋友。陈明和周永兴等人在私底下叫他“笨牛”，不想这个绰号传到莫小平耳朵里，莫小平没有想象中的暴跳如雷，或者脸红耳赤地争辩，而是像没听到一样，毫无反应，连脸上的神态都没变化。

当时叫他的陈明和林业便觉得无趣，慢慢地没人叫他绰号了，大家重新把他叫回莫小平。

陈东还说：“莫小平家养有一只母山羊，是四五年前从亲戚家用三只小公羊换养过来的。它长得高高大大，样子威风凛凛，颇似一头小牛犊，据说很乖很听话，也很好养，还很会生崽。夏天只要没有下暴雨，小平每天都会赶它上山吃草。”

莫洋出事那天，莫小平没跟傻花娘仨在一块，那么当天他有没有上山放羊？在哪里放的呢？

我别无选择，只好亲自去找莫小平了解情况，在有一句没一句的话语中，莫小平大部分时间低着头，偶尔抬起头来，目光也没正视我，好像是自言自语地说着："事发时我在对面的飘雨峰上放羊，也没有在番薯园见过他。他的死出乎意料，我也很惊讶、难过，一个大活人，怎么说没就没了？人死不能复生，现在只希望陈明香母女过得好。"

在我提出要看看老山羊时，莫小平兴致来了，终于将目光投向了我，眼睛发出喜悦的光来。

在约40平方米大小的羊圈里，我看到了躺在枯草铺成的"床"上懒洋洋地反刍着青草的老羊，我预估它抬起头可以够到莫小平的胳肢窝，它的左右两边共躺着五只小羊，嘴里做着同样的事，就连节奏都只差毫厘。它们身上的蚊子群飞，我用手掌在它们身上打死了好几个，羊儿也只是抖动着羊毛缓缓站起来伸懒腰，莫小平说这样没用的，蚊子打了还会来得更多。羊不惧蚊子吸的这点血，受到叮咬没感觉的，因为皮很厚，不比人的细皮嫩肉经不住咬。

莫小平说从春天开始长出第一棵小草，一直到秋末草叶枯黄，除非天气恶劣，他和孩子们每天都要把羊赶到飘渺峰、飘雨峰或者南岸垟上吃草的，在大部分时间里，老羊后面都会跟着四五只小羊。在大多数情况下，与老山羊结伴上山的是林夷家的老黄牛，老黄牛由林夷或者林文汉轮流着放。

"老山羊和老黄牛都长寿，相处久了也有了感情，如果哪天单独上山，在常去的山地平原找不到对方，它们会抬起头来喊叫。不同种族的它们，感情很深。”莫小平用这样的话进行了总结，这番夹叙夹议的话颇与他的个性不符。

几年后母山羊变成了名副其实的老山羊，终于没能挺过那个冰雪纷飞的冬天，老死在圈里，莫忠的眼泪都流下来了。他们一家人没有吃它一口肉，怀着无限的悲伤与老山羊告了别。莫忠还写了一篇悼文。

在傻花家里，除了老山羊外，还有一只叫阿溪的鸭子。它浑身上下长着灰白色的毛，不大不小，不肥不瘦。傻花和莫忠兄弟俩，对它也是颇有感情。非常通人性的阿溪，每天早上会独自到距家近三公里的小龙溪里找东西吃，下午四点左右准时摇摇摆摆地回来，而且会噘起嘴发出“嘎嘎”的声音，像在说“我回家了”，它会将所有的鸭蛋都产在家里，如果有一天它早回来的话，那肯定是产蛋了。

有一天下午，四点过后阿溪还没有回来，一种不祥的预感浮上傻花的心头，她带着莫忠和莫愚在溪水里找到了它的尸体，经检查，是被人用石头打死的。他们把阿溪葬在了小溪岸边的草丛里。除莫小平外，从没骂过其他人的傻花这次站在村头整整骂了半小时，平时对她指手画脚的村里人，这次没有一个人站出来吭一声。伤心欲绝的莫愚哭了整整一晚上。

林文汉是我这次访问的最后一人，问到关于莫洋的事，他倒记得清楚：“我也没见到莫洋最后一面，当天我和莫小平在放牛羊，中午饭都没回来吃。我们到番薯地里掏了几只红薯，就在飘雨峰顶烤着吃了，傍晚 5 点多才回的家。”

我通过陈东，了解到第一个发现莫洋尸体的是“大脚凳”周永兴。在周荣家的店里，我见到了周永兴，他说：“当时四周没有一个人，大家不是已经回家，就是已经在往家走的路上！我锄好草收拾停当往回走，经过莫洋家的园子时，发现莫洋躺在地上一动不动，我以为他睡着了，隔远叫了他几声都没回应，也没看到他身子在动，于是我就走过去想看个究竟。发现他脸朝上躺着，四肢稍显弯曲状，双目紧闭，脸色苍白，身子一动不动。我意识到他肯定是遇到不测了，我被吓得魂飞魄散，一步并作两步跑到过道上，朝着四周大喊：‘出人命了，莫洋死了，大家快来啊！’陈明、周文强等在山上干活的都闻讯而来。陈明香和莫琳也听到口耳传话赶上山来。”

突然，我想起莫琳曾经说起过，莫洋上山的时间是下午 1 点左右，那么前后这一段时间跟莫小平见面的机会几乎没有。因此，莫小平根本没有作案时间。

郑金寿

关于林夷和林文汉，我直接排除了，作为站在公道正义立场的他们，还不至于为了自己所坚持的一方而直接了断另一方的命，他们还做不到仗剑走江湖，视法纪为无物，“路见不平一声吼”英雄般锄强扶弱的程度。

听了我对于案例排查情况的介绍，杨树一边沉吟一边说，话语断断续续，让我听成完整的话需要在脑子里进行整理：“对关系人排查要按次序进行，以案发地为中心，如一石子投在水里溅起水花一层一层往外进行筛选排查。比如在行为地没有排查出嫌疑关系人的话，可以调查嫌疑人的出生地。”

一个和我在中心小学同班现在同级不同班的同学李建国，成了我索取调查对象线索的来源。

从岸村到湾村，要经过一座梅雨古桥，下面是龙溪，也是我们的母亲溪。其源头从瓯海第二高峰凌云山系的溪水汇流下来，穿过山谷，再行经过岙村、岸村和包村等村的田野，奔袭到乡上，经过西山，汇入泽雅镇上的大溪水涧。

梅雨古桥架在飘渺峰和湾村的羊角山之间，距下面的龙溪约有 50 来米，龙溪潭就在下面，看上去深不可测，阴森恐怖，是这一带最险的桥。岸村的林花跟老公林强吵架后，曾经跑到潭里要自杀，跑进去一半，水位到腰齐了，被林夷跑进去救了出来。据说当时是一家人刚起床时，林花到隔壁尿尿，孩子爬出来摔在了床下。林强不依不饶，对林花大骂出口、大打出手，林花一气之下，就去走绝路。村里人的看法倒都是一边倒，都说是林强不好。从小父母亡故的林强，寄养在叔叔林强友家，长大后不知哪里来的狗屎运，娶来了林花这一个子高挑、容貌姣好、人又勤劳的媳妇。按村里一般人的看法，林强是要打一辈子光棍的，一是没有父母，家庭成员不全，其他兄弟姐妹也没有，肯定得吃亏；二是林强从小精神就不太好，脑子有点毛病。李医生了解情况后偷偷向人透露，这是遗传，他父母早逝也跟患有此病有关。

湾村的地形结构跟岸村不一样，岸村的房子建在一片山坳斜坡上，两边依山，形似半圆，南西面大部分是梯田。湾村的东首和西首是整片山崖，西高东低，稍稍呈凹形向内切，中间一条大峡谷虎溪穿越而过，水流呼啸着或者淙淙着往下奔出村口，与龙溪交汇，流向乡上。

全村的房子就建在南北两侧的高山山体和丘陵山地上，一座座散落在各个稍显平整的地块上。

一直憨厚老实的李建国，对于我的访问知无不言，让我知道了傻花许多不为人知的事。

“郑金寿、郑小英他们看女儿和儿子的眼光是不一样的，看到女儿们在眼前晃来晃去，很是烦忧，整天忧心忡忡，眉头紧锁；看到儿子就眉开眼笑，各种宠溺。明眼人一看就明白他们重男轻女得很过分。他们七个女儿，可惜不是生在天上，否则就是七仙女了。

“他们一门心思把女儿们尽早嫁出去，最好一天嫁七个，省事，把余下的心思全都放在唯一的小儿子身上。”

李建国说得有点激动起来，带上了评论色彩：“不能忽略的是，为了生这个小弟，郑小英流了湾村水库容量的眼泪，背负了羊角山一样沉重的委屈。

“傻花二姐小春出生时，躺在床上的郑小英强忍住分娩的痛楚，首先就把目光投向小春的两腿间，当她发现这个孩子也是女儿之后，眼泪就喷涌而出，一下子湿了枕头。在旁边的郑金寿，也是阴沉着脸，默不作声，一句安慰的话也没有。

“第三个孩子傻花落地之后，郑小英不敢看了，目光死死地盯着郑金寿，只看见他一直拧紧的眉毛没有舒展开，反而集束成了一个草绳的结，郑小英的目光黯淡下去了。

“郑小英就一把抢过还没穿上衣服的傻花，抱着在床上号啕大哭：皇天啊，你怎么这样对待我，让我的命这样苦，我前世造了什么孽啊，连一个儿子都不给我。老天爷真残忍！

“鬼哭狼嚎的声音，吓得傻花停止了人生第一声啼哭，扑闪着一双小眼睛盯着她，里面满是问号：人间怎么都是哭声，是在送我终，还是迎我生啊？

“接下来郑小英和郑金寿遍寻周边各地香火旺盛的庙宇，省吃俭用，把卖掉雄鸡和牛羊所得那份改善生活和过年的钱，用来买大香烛，一担一担往各个寺庙里挑，求神拜佛，求一子降生郑家。

“但天难遂人愿，虽然孩子如爆米花一般接连降生，但还是四妹五妹六妹七妹，一个男孩都没有。

“郑小英好像入了地狱一般，女儿们的生日，也是她精神和身体上的双重受难日。当七妹降生时，她好像傻了一样，躺在床上没有动弹，一声不吭，四十天坐月子的日子里，只吃了十几天饭，更是没说一句话，人瘦成了一把骨头。郑金寿觉得这样会出人命，叫来了李医生，开了药给郑小英吃了。后来李医生又上门三四趟加药，她才慢慢恢复过来。”

李建国继续说：“生不来儿子后，郑金寿、郑小英平时都是闭门谢客，郑金寿更是连到村头榆树下看其他人下棋都不敢去了。他走在路上也都低着头，邻居遇见了，向他打招呼的情况，他也仅仅是‘哦’地轻轻回应一声，主动抬头跟人说话或者打招呼的情况，基本上不会发生。

“那时已经 16 岁的傻花，有一次跟我妈妈说，她什么事都不怕，就怕她妈妈会哭瞎眼睛，烧饭看不见了。”

李建国在沉思中一边回忆一边说，语速慢了许多：“有一天小春不在家，傻花不想一个人上山，被郑金寿拿着小竹子满村子赶骂。

“自小春和大姐出嫁后，傻花就担起了家中的责任。本性有点懒惰的她，被郑金寿、郑小英用棍棒赶着上山种番薯、马铃薯，下地插秧苗、喷药水。

“郑金寿还想教她耕地，她一看到那个被老牛拉着的犁耙下面装着雪亮的耙刀，就对郑金寿说，这是刀山火海，一上去就要死，我还小，还不想死。无论如何都没敢把脚迈上去，哪怕郑金寿的吼声震天一样响，比赶牛的声响还大，虎溪里的浪花都激起来了，傻花也坚持不学耕地。

“转机发生在傻花出嫁前两年，郑家终于添了一个男丁，从此郑小英再也不会生育了。八个子女，是湾村这一代人里生得最多的家庭了。

“郑金寿和郑小英把所有的功劳都归功于求香拜佛，把家里面大大小小的家禽全部杀掉，包括才养了三个月大的母猪、两个月的鹅，挨个到以前拜过的各个寺庙进行祭拜致谢回礼，据说在菩萨像前跪了一夜。

“自小弟郑金宝出生后，傻花就想嫁人，因为父母不允许姐妹们上学，除了骂着赶着她们上山下地做农活之外，就是叫住在村上头的王媒婆给介绍婆家。这是他们在儿子出生后除了把他养大之外，最为紧迫和艰巨的任务。

“傻花有时会提到，难道她们真的这么不配在这个家里吗？父母这么驱赶着她们，即使是家里的一条小狗，也要给找到暖的窝之后，才能放行。”

李福弟

为了求证属实，在一个周末我再次到李建国家，说是找李建国玩，其实有意跟他爸李福弟聊起了天，暗中打探一些其他消息。

刚好在饭点，李建国自己下厨烧了扁干面招待我，还加了三四块咸肉和两个鸡蛋。

李福弟穿着黑色的短裤衩，坐在一个小竹椅上，前面放着一堆削好的竹条，正拿着篾刀编着篮子。

他说，今年郑金寿和郑小英年已五旬有余，一年 365 天基本上都在家里，通过种植自家那四亩地和二亩番薯园，自给自足供养尚在上学的郑金宝，身体倒还健康。

这让我想起傻花曾经在无意中跟我妈妈诉过的苦，说自她嫁到岸村 10 年来，爸妈一步也没迈进过她家，即使在遭到莫洋毒打住院和在家里休养时，也只是委托从温州来看她的小春带点冰糖和猪蹄过来，算是慰问和看望。

傻花说，她想不通，无论家里怎么不堪，总还是女儿家，犯得着这么轻贱吗？不过据悉，其他几个女儿家，他们也都没去，个中原因让人难以猜测。

关于娘家的其他人，据李福弟、傻花还有其他人零零碎碎的表述，我大致有了以下了解：

自打会走路开始，傻花就跟在小春的屁股后面，她去哪儿她也跟随，她做什么她也做什么，一起到田野里摘野菊花，小溪中抓螺蛳，山上采蘑菇，一起上山砍柴、放牛，到田间给郑金寿送饭送水，还插秧苗，不受宠爱被嫌多余的两姐妹相依为命。

傻花记得与小春上羊角山时，二人在树丛中追逐嬉戏着，还玩起了捉迷藏。傻花藏在最高峰凌岩峰一个形似石床的大石下面，小春找了好久就是找不到，最后还以为她遭到不测，都带着哭声声嘶力竭地喊叫她了，她才笑嘻嘻地从下面上来，悲喜交加的小春抡起粉拳追着她打。

此时是最为快乐的，她们体验到童年本来应有的样子。

李福弟说，有一天郑小春不在，傻花不想一个人上山，被爸爸拿着小竹条满村子赶骂。

姐妹情深的日子一直维系到小春出嫁，大喜之日小春抱着傻花，二人梨花带雨哭红了脸。

此后在家的五个妹妹中，跟傻花走得最近的是七妹郑小米。

郑小米不光人长得最漂亮，个性还天真无邪，聪明懂事，往往能给这个贫寒的大家庭带来笑声，有时连父母也被惹得笑出声来，因此她颇受家里人的喜爱。

小米像小时的傻花跟着小春一样，与傻花形影不离，活动遍及村头村尾、山上田下等各个角落。

自傻花和小春出嫁后，几个姐妹都是忙于各自家庭的琐事和农活，私下来往很少，一年也就一两次在湾村相聚。

所以，关于小春和小米的嫌疑，基本上可以排除，她们和傻花固然是好姐妹，但从婚后来往的次数频率来判断，她们不会为了傻花私仇而痛下杀手，何况又不是需要血债血还的血海深仇。

至于其他姐妹的可能性更加微乎其微。

徐 青

娘家人排查了，那么其他关系人呢？一向善挖村里人那点零星“八卦”的李建国，还真找到一个与傻花有关的人，这个人就是徐青。

李建国的信息来源于本村王媒婆，按傻花的说法，王媒婆也是促成傻花与莫小平“不幸”婚姻的罪魁祸首。

王媒婆边织着毛衣，边打开了话匣子，说起来绘声绘色，生动形象，一个感人肺腑的爱情故事立体化地出现在眼前。

“虚龄二十来岁的傻花，被村子里一个叫徐青的男青年喜欢着。他大她三岁，上过学，个子一米七左右，在那个时代算是高个了。

“他还有一个哥哥，已经成家立业，两兄弟共有五间两层新建砖瓦房子，五亩地。父母住在两间老房子里，算是家境殷实的大户人家了。”

做媒人的思维，跟常人讲故事还是有差别的。下面讲的内容，倒也生动形象。

每当傻花一个人扛着锄头挑着箩筐上山时，徐青拿着同样的工具，偷偷溜出来跟在后面。

到了村里后山番薯山，见她单薄的身子拿着沉重的锄头“呼哧呼哧”气喘吁吁在翻泥，徐青就过去调侃着：“花妹，在忙吗？要不要我帮忙？”

搞农话还有外人帮忙，傻花不由得一怔：“好啊，我求之不得。”

做这个活儿，男人与女人还真是不一样，力量上的差异是天生的。

徐青瞥了一眼傻花递过来的锄头，比自己带上来的要小巧得多，于是就拿起自己的，迈开脚步，俯下身子，转动手腕上下翻飞，锄头上下划出一条条美丽的弧线，像原始人钻木取出的火苗一样，三下五除二，那原本僵硬的土地，好像被施了魔法一般，垒成一条条土梁，像一条条龙脊或者战壕。泥土也随之松软成粉碎状了，可以直接种上番薯或马铃薯的枝苗了。

松土完成后，大汗淋漓的徐青就带她到与后山相连的羊角山上，到一块种满松树的林子里，那里中央有一口汩汩往外冒着泉水的泉井，东南边有一块平坦的草地，四周树高林密，幽静得只听见鸟儿的叫声。此处与岸村交界，比较偏僻。

他们在草地上坐下来，有点玩世不恭的徐青会说些村子里年轻人的逸事，如什么人追什么人，那个谁谁跟谁谁好上了，有孩子和老婆老公的他和她又怎么样了，曾在柴仓里苟合，在山上差点被抓，等等。

徐青还说到王媒婆，说她与老公的婚姻有名无实，两个人其实早就分居，儿子是属于别人家的，因此村子里谁想去她家和她睡都可以。

有一次住村尾的张老汉去了她家，正在干好事，他老婆过来了，大吵大闹，说她是免费的婊子，让出来劝架已经成家立业的儿子羞红了脸。

这些让平素大门不出的傻花大开眼界，小小山村里，还隐藏着这么多风花雪月的故事。原来有人的地方，就有江湖，就有故事。

徐青到旁边山腰上采来野草莓给傻花吃，长这种野果子的是一种藤蔓，叶子一簇一簇，枝条上长满了刺，上面生出的果子小小的、红红的，上面全都是小刺，活像一个个小刺猬。

傻花剥掉长刺的外层，把果实放进嘴里吃起来，味道酸酸甜甜的，吃完后汁水把嘴巴都染红了。

在傻花的认知中，松土垒石这样的重活，女人是很难承受的，全村一肩单挑由姑娘独立完成的人家几乎没有，大部分是男人打主战场，她们做锄个草翻个边角地或插秧苗的辅助工作。

徐青恰逢其时地出现，让傻花觉得自己的认知是正确的，慢慢地她和徐青的往来便多了起来。

有一次住村头的堂叔郑小杰挑着一担装着草肥的箩筐上山，看到他们正坐在一块灰色的大石头上聊得正欢，一阵阵笑声发出来，林上的小鸟和松鼠都惊慌失措，“噼里啪啦”地振翅冲上了天空。

他一边直视着前方，专心致志地挑着担子，一边面无表情地调侃他们说：“年轻人谈恋爱要到乡上集镇上去，那儿好玩，可以买冰棍吃，日子巧的话还有电影看。我们这里山上太贫瘠，没什么条件，好地方好东西都让狗叨了，不适合你们。”

傻花脸都红到了耳根子后。

对傻花知根知底的王媒婆继续说："过了不久，郑小英就叫我为傻花物色说亲。傻花趁上山与徐青相会的机会，鼓起勇气跟他说了这个事，当时徐青拍着胸脯称要把与她的事公开，跟家里人说定这事。这让傻花一阵感动，她在憧憬着将来，离开冰冷的家投入有徐青温暖怀抱的另一个家里。

"但自此以后，连续七天也不见徐青过来帮她，尽管她每天都有上山，每天都左顾右盼着在四周找，还特意到羊角山顶草地上去等。她坐在草地上，山风吹来，似乎带来他爽朗的笑声，但一回头，只看到一棵棵树排列成迷宫一样的树林，哪里有他的影子？

"身后响起簌簌的声音，她没有回头，她在等待徐青那双温暖的大手，想象着他轻轻用手蒙住她的眼睛。但徐青始终没有出现，只飞出一只小鸟，越过她的头顶，直冲上了云霄。

"陷于绝望的她，有一种预感，她与徐青的这个事很可能要黄。

"果不其然，这个结果很快得到了验证。有一天快到傍晚时分，她怀着忐忑的心情下山，在村子中路过张老汉家杂货店旁遇见相向而来的徐青。

"她正要叫他，口才半开，等待他抬头对上自己的眼神，不想他抬头一见是她，竟然像避瘟神一般撒开腿转身就走开了。

"这让傻花彻底失望，无论她有多么不堪，至少没得罪和伤害他，两个人曾经有过这么一段，他还对她许下了承诺，不成就不成吧，何必这样像陌生人一般绝情呢？买卖不成还有情义在呢。

“她当天一宿没睡，心中一直在猜测徐青态度莫名其妙突然转变的原因。

“她想可能是他父母不同意，嫌她家人多地少，拿不出像样的嫁妆来。而她也知道，徐青从小唯父母的话是从，是有名的孝子，他在处理与傻花的感情应该由自己做主还是由父母做主的问题上，选择了后者。

“在路上遇见徐青之前，傻花本还想找他父母争取一下，毕竟是邻里乡亲，大家知根知底，有话可以敞开来好好说。

“但见徐青这个样子，似断定她要死缠烂打一哭二闹三上吊非要嫁给他一样。傻花想了一夜后决定算了，与他是有缘没分，命中注定强求不来的。”

因此，从他们的结果来说，是徐青“甩”了傻花，后来他们之间没有其他交集的证据，以及旧情复燃的记载，徐青是不会为了傻花而去杀人的。

至此，傻花的亲密关系人基本排查完毕。

我脑海里再次浮现出莫小平，从个人行为思想上分析，我觉得可能性不大，一个报案都不敢去的老实巴交的生活轨迹基本在本村的庄稼人，不会萌生出要杀人的想法，因为他根本没那个胆。

我查过当时村子里能够接收到的电视剧，有《西游记》《追妻三人行》《乌龙山剿匪记》等，露天电影或者电视电影有《武当》《王中王》《少林寺》等，均没有涉及杀人刑事案件，大字不识的莫小平不会受到此类荧屏作品的毒害而去犯下杀人案的。

王媒婆

林夷同我说过傻花与莫小平成为夫妻的经过。

“村里人都说傻花与莫小平的结合是天作之合，按俗语说是小狗配小猫，绝配，双方都跃不了龙门，成不了龙和凤凰。可不是嘛，傻花是村子里最傻的，莫小平是村子里最愚笨和最老实的。

“对于傻花而言，在本村特别是少女时代可没人说她傻，而且村子里年岁最长的老人一见到她，就说这孩子眼睛扑闪扑闪的，很有灵性，将来会有大出息。可是郑金寿认为这些都是客套话，根本没放在心上：阿公说好话给我们听的，女孩子会有什么出息啊！其实年龄尚小的傻花也明白，如果他们是在赞赏她弟弟，爸妈肯定会笑逐颜开照单全收的。

“其实傻花相貌平平，嘴巴还有点难看，因为几颗大门牙很不安分地从队列里站了出来，在傻花没有咧开嘴笑时，还看得过去，但一笑起来就会让人感到不雅，甚至会觉得有点丑。大姐和妹妹们老叫她凸牙妹！她容貌上的亮点是发光清澈的眼睛，高耸的鼻子，这两处弥补了缺陷，她总体上属于谈不上漂亮但还过得去的那种。

“因为王媒婆，父母叫上傻花与上门的莫阿崇和莫小平见过一面。当时她还在山上锄地，是小米跑到地里告诉她王媒婆给她介绍的人家上门了。王媒婆？傻花知道离她出嫁的日子不远了，可不知道为什么，当时颇有不祥之感。她知道对于父母而言，只要有人上门，就会兴高采烈了，而不会管其他条件，更甭提合适与否。他们常常说，是别人在选她们，而不是她们在选别人。

“当时傻花觉得莫小平个很瘦小，脸也小，头也小，穿着一件稍大的绿色中山装，衣摆垂下来可以当夏天穿的外短裤了，脚上是一双解放鞋，上面沾着一小团泥巴。莫小平说起话来很木讷，见到她时，低着头一直在摆弄着衣角，讪讪着回答王媒婆的话，声音像蚊子叫一样。傻花尽管竖起耳朵，但还是听不清楚。大部分都是王媒婆的话，说他家中有良田十亩，房屋七间，甚为富庶，本人勤劳、老实等之类的好话。此时，傻花的脑海中出现徐青的影子，莫小平与徐青相比那是一个在天上一个在地上。这也是傻花婚前第一次见到莫小平，也是仅有的一面。

“当时王媒婆没有说有他家有几个兄弟，一个人分到几间房子。傻花感到奇怪的是只有一山之隔的父母，也知晓不多，没有委托他人核实一下对方及其家庭，就一口应承上门。

“其实傻花小时对莫小平是有印象的，岸村是有这么一个人，见的地方和时间记不起来，只觉得莫小平穿着褴褛，挂着鼻涕。见面后傻花跟爸妈说不答应，但他们置之不理，对她的意见嗤之以鼻：你还有资格挑人家，有人要你就不错了！爸妈那种嫁女如饥似渴的状态，让傻花很失望，唯有在心里哀叹一声：嫁就嫁了吧，我也想早嫁！”

说到这里，林夷喝了一口水停顿了一会儿，似乎若有所思，但马上又继续说下去：

“接下来他们就选好了日子，在收到莫小平家几斤猪肉和几条小鲫鱼后，郑家准备了几个红木壶子、木水桶子、木尿盆，二姐给傻花编织了一条暖绒裤子，一件毛衣，郑金寿、郑小英就把才 18 周岁的傻花嫁到了莫家。

“傻花穿着一套红色的卡其布衣服，一双白色的布鞋，在全村人的围观下，由小米挽着，小春领着，以及家里另外几个姐妹跟随伴同下，几个堂兄妹帮着担那些木器，就走出家门，往岸村走去。

“当跨出门槛时，她没怎么跟父母说不忍离别的话，也没有流眼泪。从家门口出来，迈上石子路转弯时，她感觉有一双眼睛与其他看热闹的人不一样，目不转睛地跟着她的步子移动着，注视着她，不放过她似的，于是就回头望过去，那是一双曾经无比熟悉和多次渴望进入梦境的徐青的眼睛。他在一棵棕榈树后。那目光中传递着什么意思？是为他们之间没有未来感到惋惜，还是特别用这种方式来祝福她？傻花收回视线，黯然摇了一下头，继续往前走。”

傻花与徐青的这个细节，林夷说他也在现场，是亲眼看到了他们之间的这个对视的，但心理活动是他推测的。

“大喜之日的晚上，傻花对于敬过来的酒，一律喝了个底朝天。

“在场的人都说她好酒量，喝得比新郎还多，将来肯定是个厉害的角色。这把一旁的郑小英急得直跺脚，郑金寿还想要再喝几杯，被她骂了一通，就放下酒杯不敢了，站在一边看着傻花这样也焦灼着手足无措。傻花对自己怎么进的洞房一无所知，幸亏有小米和小春照顾着。

“莫小平的一间半两层房子里，一楼前面放着衣柜、杂物柜，后面是厨房，一个土灶间和柴仓间。借厢间一条公用楼梯上去，二楼前面是睡房，后面是堆放柴火和谷仓用的。农村人也讲究门当户对，傻花嫁到莫家，当初倒也没有多少的怨言和嫁错郎之感，毕竟自己所在的湾村也和岸村一样贫瘠，也是位于山腰中间，房子在树林和竹林之间，没有一块如岙村、庄村那样平坦整齐的土地，背后靠着大山，南面正对着朝阳，既不是乡上，也不是集镇，更不是后来傻花长期生产做活的城市。

“后来听小米说，爸妈给王媒婆好大一份谢礼，包括家中那两只养了半年的大公鸡和一个猪后腿，让傻花觉得很不值。”

对以上人员排查告一段落。这里的漏洞在于，如果有利害关系的人另辟蹊径偷偷上来躲藏在山上，神不知鬼不觉地寻机下手，也不是全没机会。

接下来的日子，我虽然心里还挂牵着，但由于临近初三，繁重的课程压得我透不过气来，无可奈何地搁置了案件。

初中跟高中都很忙碌，要面临着决定人生命运的中考和高考。在我将要到城里上高中时，我家的房子也迁到了温州郊区，由此造成了我与岸村的空间距离，连带着的还有心理距离的水涨船高。

不想这一搁就是八九年。

林 夷

1999年7月我毕业回家，11月参加公安工作，当了一名民警，被分配到瓯海区永中集镇上的中心派出所。

“公安”二字，成了接下来的岁月与莫洋案件的天然关联，一切自有安排，由不得你。

在我参加工作的第二年夏天，尘封的记忆被唤起，一个意外的消息与职业的特性进行结合，让我给搁置很久的案件重新构筑了思维走向。

那天晚上，我一个人坐在镇东面下垟河公园廊桥上的一家冷饮店里喝“杏仁腐”，那种冰冰凉凉的滋味，通过黑豆腐、葡萄干、琼脂、椰奶牛奶、糖、杏仁和冰水对五脏六腑的渗透，将浑身的燥热渐渐降了下来。

整个小镇氤氲在东海吹来的风里，风像花朵的软瓣一样拂去我脸上的汗水，带来怡人的凉爽，清新自在。

风也吹起了下垟河面上的波纹，轻轻拍打着河岸，发出轻柔的啪啪的声音。四周已是虫鸣四起，夜色阑珊。

难得有此良辰，我不由靠在塑料躺椅上微微闭上双眼养神，把自己沉醉在里面。

正在入港处，别在裤带上的传呼机滴滴响起，我不由得一激灵，来得如此突然，出于职业的敏感，以为是所里有急事，我急忙拿出来，一看号码显示是陌生的座机，不是所里的110，但后面加了三个8，意为紧急。

我用店里老板娘的座机回过去，一个久违的声音对我说，他是林夷，现在集镇上，想和我见个面。

已有八九年未见的他，理着杨梅头，褪去了少年的青涩，长成一米七腰圆膀粗的大小伙，站在面前让我几乎不敢相认了。

他告诉我，从乡初中一毕业，林文汉就张罗着在温州市双屿给他买了一间房子，把他一个人迁到了城市，林文汉自己和母亲还住在山上。林夷之前和妻子在泽雅镇自购房子住过一两年。

在崭新的完全陌生的城市里，他学过厨师，干过摩托车修理，虽然在技艺上日臻精进，但他不想帮人打工，所以就辞掉了工作，在火车站附近的站前东小区开了一家房地产中介。

与我同岁的他已是两个孩子的爹，与妻子还没正式摆过酒宴，但已经领证。

他此番来找我的目的，可不是光聊天，林夷说："你都不知道吧，傻花嫂办公司了！"

"她？公司？"我在脑海里翻江倒海地找，除了务工之外，想不起来她与"公司"的其他任何联系，因为凭常理推断，在"公司"这个名词对于一般人而言还是可望而不可即的年代，我实是无法将它与傻花联系起来。

"不知道了吧？"林夷露出得意扬扬的神态，"她可厉害了，现在是村里第一大红人了。这个月25日，就是她公司的开业典礼，到时会来好多大人物。我这次来，就是受她的委托，请你来参加。”

“公司在哪里?”我情不自禁睁大了眼睛。

“就在我们村啊!”

“啊?”

“就是她新房子里面，给办成了公司。”

“新房子?”对于林夷抛出的一个又一个炸弹，我应接不暇，招架不及。

林夷拿出一张两面红色正面用烫金写着“请柬”的请帖递给我，我打开一看，里面一张粉红色的写字纸跳出来，上面印着“周某某先生：请于 8 月 25 日上午光临某某公司成立庆典”等字。

想起可以回到魂牵梦萦的家乡，我不由得掐着手指来计算，恨不得马上飞回去，看看那些常走入梦里的一草一木、一树一花，现在怎么样了。于是，我们这个晚上的话题就成了傻花的专场，对于知根知底的林夷而言，是信手拈来的事，这不免让我想起最后一次见杨树时他说的话，原来关于傻花需要调查的信息是车载斗量，无论在我离开以前，还是到城市居住以后。

我没有细看请帖，急着向林夷打听傻花建新房子的事。

在外闯荡江湖多年的傻花，每回一次家，都会目不忍睹一贫如洗、家徒四壁的家。

都说不比不知道，一比吓一跳，城市与农村，富有、整洁与落后、贫瘠相比，一个在天上，一个在地下。

这种强烈的反差，像一个火球，一次对比一次撞击，不停冲撞着傻花的胸口，已经到了让她深恶痛绝、忍无可忍的地步。

所以这几年以来，她不断给这个贫寒的小家添砖加瓦、镀金加银，像慢慢孵一个蛋，静待小鸡出来，再行抚养，直至成长。

傻花认为房子的外观是门面，极其重要，不可忽略，需要把骨架和脊梁立起来，突出房子的方位朝向，以及气势和风韵，要达到这个目的，就要保持房子的独立性。

由于他家房子与莫小武、莫小吉各兄弟的房子是连体的，集体改造的意见下辈孩子们曾提起过，但方式不一，无法统一，单个又动不了，如果强行动土，会有很多麻烦，许多隐患预估不到。

所以对整个房子进行翻造即动筋动骨不可行，在这个方面吃过大亏有切肤之痛的傻花，可不想跟他们再有什么瓜葛。

傻花平时根本不想跟他们打交道，况且还是造房子的大事情。

傻花首先对楼梯下手，她要求莫小平叫来村子里的木匠周建林，做了一个楼梯，从厨房间直通二楼卧室，从而结束了一直与上间两户共用楼梯上楼的历史。它设在上间后间，与莫小吉家的人一样，上楼到卧室或后间时，都要经过这楼梯，到二楼再朝东西分别到自家房里去。

现在的自家楼梯犹如一条天梯，让傻花登了天，有着辽阔的天地任她遨游，再也不会担惊受怕，在最为隐秘的地方，发个声，有个响，都生怕对面听到、看到。

从自家这边楼梯上去，只要在靠上间的卧室再做一层厚点的门板，几乎就完全与其他两家隔开了。

以前这个唯一的上楼通道上，曾经发生过让傻花咬牙切齿和心疼万分的事。

七八年前，有一次傻花从城里回来，上楼梯时将外衣脱下来放在怀里，外衣下摆口袋里揣着的900块钱不慎丢掉了。

傻花和莫小平拿着手电筒找遍整座楼梯和周围的每寸地方，挖地三尺了，就是踪影不见。这可是她过年买年货的钱，其中买肉的钱占大份。当年猪没有杀，自她到城里后，基本上每年都只养一头猪，保证不了每年都杀猪过年，现在圈里的还是只小猪仔。

于是莫小平就找碴儿跟傻花时不时吵上几架，给过年再一次蒙上了阴影。这样又惹得全村人人知道，满村风雨。

几天后赵小文的女儿赵晓丫来找傻花，向她打听到城里打工的途径，还顺便告诉傻花，傻花丢的钱就在楼梯口，被莫小冲的老婆赵晓西捡了，揣进了自己口袋。

这让傻花本来的怀疑得到了印证，因为当时她在进楼梯口前，才刚把衣服拿下来，还特意用手摸了口袋外层，那一沓钱还在。上楼之后，她听到了楼梯响，出来时发现是赵晓西上了楼。

晓丫说，赵晓西有一次在她家与她母亲闲聊时，聊得扬扬得意、喜不自胜时，不由自主说了出来。

当时晓丫妈叫赵晓西把这个事烂在肚子里，不要在任何场合和跟任何人说。不想当时晓丫刚好从外面进来，站在前间听到了这个意外的消息。

于是傻花不听莫小平劝阻，找赵晓西理论，要求她还钱。

不想赵晓西死不承认，还倒打一耙，说傻花是不是皮痒，再要找抽来着。

这个话让傻花火冒三丈，被莫洋毒打的情景再度浮上心头，旧仇未了，又添新恨，她不顾势单力薄地冲过去，和赵晓西、莫小冲等人大吵大闹了一通，轰动了全村。

自觉理亏的他们倒没有怎么再行大动拳脚，只是不断往家里厨房间退，算是没有再次酿成大祸。

结果自是不了了之，傻花要不到钱，还遭到一顿奚落和臭骂，但她在他们家吵闹出了一口气，双方算是打了一个平局。

当然，那一年新年，傻花又过得闷闷不乐、清贫寒酸。她后来没有听到赵晓西找晓丫和晓丫妈的麻烦的消息，她如果找的话，就是不打自招了。

自此之后，傻花恨这条楼梯。傻花说，这个梯子的存在，使家也不像个家，不完整，到自家上个楼，还要经过公用的通道，与别人有空间上的交叉，太不像话。它是一条魔法梯，是恶人的作案工具和保护伞。

于是她就不停对莫小平说要换掉，在自家饭桌边墙上造一条楼梯上去。不想麻烦的莫小平过一天算一天，没怎么放在心上，又或是心疼钱，不舍得花，换楼梯的事便不了了之。

这次她抓住一点时间，下定决心给弄好，是由于腰包鼓了一点，所以要了却这桩心事。

周建林过来测量时，傻花问过工钱，二话没说马上掏钱给付了。她怕莫小平会临时变卦，或者周建林因工钱问题有拖工怠工行为，这样杜绝了后顾之忧。

莫小平到山上砍来松树木，周建林开始动工，三天后就建成了。

建成后的那天晚上，傻花留下周建林吃完工酒，她一边吃着，一边时不时放下筷子，在梯上面上上下下走了五六趟。莫小平说老婆子为一个新楼梯疯了。

对于房子的外表，傻花首先对窗户下手，撤下令她同样深恶痛绝，全都是木板所制，上下两面削尖在凹槽横梁里左右推搡的密封窗，全部给换成明亮宽敞的玻璃，里层挂上崭新的镶花布窗帘。

她自小时就一直盼望着自家木头结构的窗户能够安装上玻璃和窗帘，哪怕装上一扇也好。因为木结构的窗户一推开就没有遮挡的东西了，凛冽的寒风会从小缝隙钻进来。平时为避免风雨，只能牺牲光线了，导致家里面大白天多数时间一直是黑洞洞的，像黑夜。

更重要的是，如果天气良好打开窗户时，如换衣服、换裤子等非常隐私的事，别人站在高处一眼望进来就一览无余了。

村里赵晓西与庄村周忠武通奸，估计就是被林钦令在位于后山半坡的菜园子里居高临下发现的。怪不得我有一段时间经常看到周忠武在村子里出现，还跟他打了招呼。他平时都是借到舅舅陈旭家玩而跟村里大部分同龄人都混熟了，想不到是暗度陈仓，另有目的。

还有就是该死的虚荣心作怪，傻花觉得有窗玻璃的房子，就跟全都是木窗户的房子不一样，高大上许多。所以每每到别人家，她第一眼先看人家二楼卧室有没有镶着玻璃。而事实也如此，有玻璃的人家家境就比没镶玻璃的人家的要好。

傻花认为，窗帘要配绿色，上面绣着树木和小鸟，这样无论自己在里面，还是从外回来，看到自家的房子就是不一样，又朴素又有诗意，还有淡淡的田园风情，如晚上的炊烟，弥漫在山村四周。

她尚未出阁时，偷偷从衣柜里拿出两条白布，在上面绣上树木和小鸟，要求妈妈买个玻璃回家，给窗户装上去，白布挂在后面，会好看许多。不想被妈妈打了一顿，说她浪费了布条，那是用来做被单的，而且上面绣的鸟像黑鱼一样。

她在城市里生活了之后，发现四周全都是玻璃窗，与阳光进行着你来我往的反射，一起点亮世界，一起光鲜亮丽，一起金碧辉煌，她对于木头窗户更加恨之入骨，更觉不堪入眼了。

她终于有了机会和能力自己去挑选窗帘，由着自己性子来选择花色。

傻花叫来村里年轻的水泥匠周玉贵，把原来是黄泥土质的一楼地面浇灌上了水泥。完成之后，她拿着扫帚扫着地面，感觉极其光滑和平整，灰尘和其他垃圾在经过帚尖的晃荡之后，从上面很快消失了。

这让傻花想起城市里房子的地面，不是那种光滑磨平的石头做的，就是用水泥掺和的石英做成的，上面斑斑点点，光滑锃亮，颇似璀璨星光。

现在地表很是漂亮，像艺术品，如果鞋子没换好，赤脚可以在上面跳天鹅舞。在对它进行脱胎换骨之前，包括厨房和一楼的房间，地面到处坑坑洼洼，高低起伏，像盆地一样。

一到了下雨时，屋子地面是灾难性的，外面风和雨都可以进来，把整个地面弄成了如水田一般湿滑，人在里面得小心翼翼，迈不开步子，自家人凑合着像走高跷一般踮起脚走着，如果别人进来，不小心的话会摔倒。

窗帘装好之后的当天晚上，她和莫忠、莫愚在房间里走来走去，东看看西瞧瞧，美美地过了一天。莫愚说，能够闻到窗帘发出的新鲜气味，如刚收割下稻穗的稻草秆的气味一样。

几天后，莫忠从外回来说，现在村子里许多人都对外村人说，要找莫小平家最为容易了，二楼两间的窗户全都装上玻璃和挂上窗帘的，最像城里人家的就是。

傻花把房子二楼的墙壁全部油漆了一遍，是城市里常用的那种单白色。

在做好的那一天，她躺在床上眼睛不停转地看着焕然一新的周围，说这房子有点像是城里人住的，如果不从这里走出来，忽略四周的大山和田野的话，可以称得上是名副其实的城里房了。

莫小平说她想做城里人想疯了，说话的口音都是城里人嗲声嗲气的了。

傻花再次叫来周建林，给莫忠、莫愚做了一个书桌，一张圆圆的小桌子，配两张小方凳子，还有一个一米来高的书架，放在他们的房间里。另外还特意做了一道门，把自己与他们的房间隔开。

当天这两个小伙高兴坏了，把所有的书本和书包等东西搬过来，叠放得整整齐齐，做作业也做到很晚。躺下后，他们还叽叽咕咕地东拉西扯，说什么温州城里的两节公交大巴车有多长。

厨房的改造，是在保留那个高如长城一般直通屋顶烧柴火的烟囱不动的前提下进行的，傻花带来了新的烧饭装备，那就是煤球炉。他家是村子里第一家使用煤球炉的，全乡 19 个村使用的人家寥若晨星，这从全乡唯一供应煤球的林爱寿的女同学在乡上凤街开的店里，可以得到印证。

煤球炉使用小锅在上面烧煮饭菜，蓝色的火苗接上木炭火引给煤球，像小火山爆炸一样，在里面热烈燃烧起来，不到五分钟便能烧好一盘菜，这让性急的莫小平笑得合不拢嘴。

但他怕花钱，除了节日到来要烧排骨或花菜，客人来了要煮点心，或者为了莫忠、莫愚上学赶时间烧早饭给他们吃外，日常情况下他都舍不得烧。他还是和往常一样，上山打柴，烧他的大锅。

在精神生活层面，傻花家里的重要变化是买上了电视机，位列全村三甲。冠军是华侨林炳进家，亚军是教师莫相洪家，其他人家都是站在上间听着广播，了解天气预报和卖小猪的消息，年龄小的盯紧父母手上的上海牌手表，在整点收听每周一歌，如《昨夜星辰》《都是一个爱》。这相比于莫小武等大部分人家，是翻天覆地的变化。

傻花家这台二手的 21 寸黑白电视，是小春带她到飞霞南路一家出售新旧电器的店里买来的。电视机经过长途颠簸到达家里后，傻花说是花了一百元从商场里新买的，还拿出来了发票给大家看。他们看过后，都说比林炳进、莫相洪两家的大，数全村最大了，而且图像清晰，信号良好。傻花痛下决心买电视机，还有另外的原因，前一年莫忠休学，全年在家养病。正值青春年华的他，极其需要精神生活上的满足，对于电视还属稀缺品的年代，他强烈渴望能像林爱寿、莫晓亮家一样看上电视。

当时由于心疼钱，傻花没答应给他买，一直到他一年后休学结束。这个遗憾一直在她心里纠结着，放不下来。现在买回来了，两兄弟平日里由于上学住校，都没在家看，只有周末回来偶尔打开看一下。那时还只有三个频道，一个省台，一个中央台，还有一个市台，但能听到他们在看《追妻三人行》《少年张三丰》《乌龙山剿匪记》等时发出的笑声，傻花感觉这个补偿多多少少获得了成效。

平日里莫小平会带着一些家里没电视的小孩子看，有趣的电视节目也乐得这个在田地里摸爬滚打的硬汉子咧开嘴巴露出黄牙，跟着他们呵呵笑个不停。

一直没出过门的莫小平，也终于吁出一口气来。他感觉到，村里人对他客气多了，包括村主任和书记，还有以前有点莫名过节的那些人，远远在路上遇见，就露出牙齿，主动跟他打招呼，换在以前，这是他想都不敢想的事。

当这个家一切都按照傻花的想法，一天天变漂亮起来时，最有发言权的她不由发出感叹，有能力做一回房子真正的主人真好，哪怕在城里再辛苦都值得。

开公司前，按原来两间房子同样的规格，傻花又在自留地、猪圈和羊圈上扩建了三间，建成一体化的五间五层。房子上间，同莫小武家彻底如画了三八线一样界线分明了。

与此同时，傻花自掏腰包买来邻居家的田地，在原来村民自发建造村级公路的基础上，拓宽为三车道，终点在新屋院子，起点是南岸坑边的梅雨古桥。

我一边专心致志听着林夷的滔滔不绝，一边在脑海里盘旋着：“林夷对傻花如此知根知底，他会不会是凶手？”但是马上又被以前的推断否定掉，理由还是一样，他和林文汉不会为了傻花而做出杀人的事来，他们是很正义，也很理性。

“嘀嘀”，腰间呼机响了起来，打碎了我的凝神，我拿出来一看，是所里的报警电话，后面还有888。

我知道有急事了，急匆匆地站了起来，电话也没回，走到中心街将林夷送上返程的面包车后，就赶到了所里。

陈　东

时间又回到傻花出嫁后的日子，因为在我赶赴到岸村，遇到陈东时，他跟我道出了莫忠、莫愚的陈年往事。

傻花婚后的日子在纷扰与平静中度过，不久，关于生孩子的大事便提上日程，村子里流传着这样一句话："泽雅镇的山村人晚上没什么娱乐，做饭后两夫妻早早躺在床上，被子一拉，前端伸出的两脚像掰开壳的蛏子，就做生孩子的事。"身体健康的傻花和莫小平很快就有了孩子。

婚后第一个夏天，阳光特别猛烈，都要把傻花家的木头房子晒出火星来。傻花生下了莫忠，一周年后再生下莫愚，此后就没再生。

两个儿子在山村里算是少的了，一般人家都有三四个以上，陈亮家五个，莫相洪家六个，周建池家甚至七个。莫小平倒没怎么在意，没说出什么难听伤人的话，他知道，如果生个三四个的话，可真的养不了。虽说只有两个孩子，但也把傻花和莫小平折腾得够呛。

无论是在生莫忠还是莫愚时，接生的周建池老婆吴阿婆都遇到村里以陈东、周荣为首几个老不正经的，向她打听同样一个问题，话是周文强说出来的：“傻花有没有叫莫小平和你，还有她自己起来，用手把孩子拉出来啊？”

“呸！你们有本事再生一个，或者再次钻到你妈肚子里叫我和你爸来拉拉试试！何必问别人这样一个问题，有没有脸面了？男人都给你们做糟蹋了！”颇有正义感的吴阿婆不耐烦了，进行了强烈还击。

“有就是有喽，何必隐瞒我们，我们猜也能猜得到，绝对有啦，哈哈！”这帮家伙，就是这样闲得慌，恨不得把别人在“自家床底吃柿子”的事都说出来乐乐。

“那孩子会不会天然呆，斜着眼睛、歪着嘴巴或者身子缺一块一直流涎？”书记张强也加入了讨论，不过关心的是一个现实的问题，少了些调侃的味道。

“你们放一百个心，孩子健康着呢，而且比你们的孩子都要聪明百倍！”这让张强红了脸，才知道作为书记——村子里的一把手，这个问题其实也问得很没水平，掉了身价。他家的大儿子张才秀个子高高大大，和林业、林立一样像一只白毛笋，在读书上称不上是最厉害的。稍有点视界的他，其实很难说张才秀就比傻花的儿子优秀。其他的村民们听到这个消息之后，似乎有些失望，傻花家的“悲剧”往往成为他们撕裂扩大开来作为调侃的对象，至此似乎要停滞不前了。

他们一棋不着，另辟蹊径，挖起鼻孔打哈欠找别的说法了。那次在周荣家，大家在穿着红背心短裤的陈明鼓动下，绕着弯子讨论傻花生儿子的事，平时寡言少语的周建池似经过深思熟虑突然恍然大悟似的道出原因："这很简单嘛，你看傻花这么傻的人，生多也生不了，两个就已经是天降大恩了。你还真的想要他家一窝傻瓜啊！"大家如听到真经似的，一阵哄笑，纷纷称是。陈明配合自己提出的笑点，笑得四肢乱颤。

傻花迎来了坐月子的时期。村里人对这个时期很看重，因为这个月身子保养不好，会留下终身的隐疾。由于没有亲人在身边帮忙，也没钱请村里或邻村的大妈过来相助，这一个月对于傻花而言是地狱般忙碌折磨的日子。她的吃都由莫小平负责，烧起来端到床边给她吃，孩子的事则全都由傻花自己负责，夜里起来泡奶粉、喂奶、哄睡和换尿布等，白天洗衣服、扫地等。孩子的衣服、尿布虽然不多，但因大小便多，换洗频繁，都堆得如山高，不同于其他女人有人侍候着，过上养尊处优一个月天堂般的生活。她比平时还要忙碌得多。

傻花开始阶段不会泡奶粉，不知道要放多少数量，有时泡得太凉，有时泡得太烫，只把孩子折腾得哇哇哭叫，喝了还拉肚子。她不会哄孩子入睡，孩子一哭就手足无措，只知道说"不要哭"这一句话，其他哄笑、安抚等一概不会，惹得孩子哭得愈加厉害。她有时尿布也洗不干净，太阳晒干了还臭气熏天，上面沾满了污秽。初次当娘一肩挑让本来做事粗糙没怎么上心的傻花很力不从心，此时才真正感到有形单影只掉进枯井的感觉。

莫忠还好，个性温和，乖巧听话，刚一生下来只要不让他渴着饿着，他会静静地坐在木枷椅子上，不需要每时每刻都抱着走着到屋外边看风景，他俩就有些许休息的时间。

莫愚脾气急，个性倔强和任性，自出生后，每时每刻都要抱着陪着，否则吵闹不断，啼哭不止，傻花每次起床都要叮嘱莫忠千万不要把他吵醒，莫忠倒是听话照做。莫愚的出生让原来沉重的家庭生活雪上加霜，他在家里时不时地使小性子，不过改正得很快。

村里家家少钱，粮食一年到头够吃就谢天谢地了，蔬菜瓜果则要承担一年下饭的重要任务，可以兑换成人民币补贴家用的也就是那几只牛羊鸡鸭，还有一年到头过年才杀掉年猪。

因而，不要说傻花了，就连莫忠、莫愚童年吃上肉的机会都屈指可数，一直是将番薯作为主食的。

小时他们吃粥汤、米糊和牛奶的时间也不长，后来换了便宜点的米粉、麦乳精之类。粉干、面条这些在当时算得上是招待客人吃的高档点心，是降不了身段、进不去日常的。在后来的日子里，随着生活条件不断得到改善，莫愚对于番薯和马铃薯均不要吃了，说一闻到那个气味就会作呕。成家立业后的他带儿子到山上凤凰农家乐吃农家菜，吃惯了肉食的儿子说这两种粗粮都很好吃。

傻花两个孩子前后只隔一年相继出生，要照顾好他们，使其顺利长大，可不是件容易的事。其实，在傻花的心中，那时的苦又能与何人说？爸妈仅领小弟郑金宝还有几个姐妹过来看一会儿，留下几十块钱，连一条尿布都没洗就扬长而去，郑金宝还拿走了小米留下的一袋米粉。曾经那么渴望男孩子的他们，如今两个外孙在眼前，却只是履行程序似的过来一趟，暖心话都没怎么说，使傻花再一次感到早嫁是明智的选择。

农村里几斤米、几颗糖都看得见，父亲这样蜻蜓点水般的礼物，引来了莫小平和莫阿崇的不满，对傻花冷嘲热讽，甚至恶语相向起来。这对于个性倔强、心里容不下点滴委屈的傻花而言，是不能接受的，先甭提给莫小平颜色看了，与莫阿崇的裂缝也越来越大，自孩子稍稍长大后，就没怎么理睬过他。

莫忠生下来后的困难时期，小春带小米专程来看望，给了傻花 50 块钱和 10 瓶熊猫奶粉。傻花倚在她怀里号啕大哭。二姐妹晚上住在娘家，白天一起过来陪了她一星期。在此期间，村子里彻底没有了她家的负面新闻。困难时期姐妹相扶相携，多多少少为她在村子里赢得了好口碑。“我都不记得有没有摆满月酒和一周岁生日酒，但从没给儿子买什么周岁生日礼物。其实那时候，我们无法满足日常需求，礼物一无所有也会过去，因为生活很艰辛，已经让我们拼死拼活。哪有现在这么多花头，这么多讲究，有这份闲情逸致，少一根针一根线都不行。”这是好多年后，傻花在参加孙子周岁宴席触景生情回忆起往事时，感慨万千说出来的话。

其实她是在意的，一直很愧疚没有为莫忠摆一个像样的酒席，哪怕是两桌也行，得让大家知道孩子有过生日，得到大家的祝福。她在莫忠生下后，也向莫小平提起过，准备用小春给的钱，买些菜，再把家里才养不久的母猪杀掉，摆个三四桌为孩子庆祝庆祝。但莫小平心疼钱，怕孩子将来奶粉供应不足，他说张老汉、周永兴等人也没有给孩子摆满月和一周岁酒席，任凭傻花再三劝说就是不答应。

一年多后，在莫愚满月时，小春再次来看望。获知两个孩子都还没有办满月酒后，她二话没说，到岙村供销社掏钱给他们买了几尺布，交给庄村的赵裁缝，在两天时间里，做成了款式、布料一模一样只有大小不同的两件外衣，给他们换上新衣。当时还听取了傻花的意见，布料大了三个尺码，可以穿到三周岁。

小春还到赵屠户家购来猪头肉、三层肉和猪肚等下酒菜，莫小平杀了三只雄鸡，合力操办了三桌酒席，叫上爸妈姐妹几个，以及莫阿崇及其儿子，加上村里几户房族，大家热热闹闹地吃上了一餐。傻花借莫忠周岁，还收到了一些随礼。村里人知道傻花有这个来自城里的姐姐，不但会关照她，还会为她出头，出手大方，不由对傻花另眼相看了一些。

但一年后，莫愚周岁酒席照样没有摆。

都说孩子有自己的福气和运气，莫忠、莫愚就是，在这个缺吃少穿的家庭中，顺利长大。出现在大家面前的莫忠高高的个子，健硕的身子，有敏捷的反应能力，而相差一年的莫愚虽然个子要矮得多，但也能说会道，聪明伶俐。

村里周永兴、赵乐新和陈东等一些人聚在周荣家打牌闲谈时，看到莫忠领着莫愚过来，好事者赵乐新从小店买了两块大白兔软糖，用手握住一角，在他们眼前晃着像两只虾钓诱鱼一样诱惑他们："糖不白给啊，要如实回答问题，爸妈是怎么吵架打架的？有没有在床上打起来啊？"

不想莫愚二人虽然衣衫褴褛，脑子却并不笨，此刻他们将小手放在后面，奶声奶气地说："糖先拿过来，不然不说！"赵乐新手往上一扬，奶糖在阳光下，发着闪闪的金光："先说，才给！"但他们转身欲走："先给再说！"

赵乐新没有办法，知道拗不过他们，只得将两颗糖分别放到他们手里，二人很快将糖接过来放在了口袋里，冷不防一个转身，"噔噔"快速跑掉了。

见这种方式不灵，陈东换了一种方法，问莫愚他们，这几天爸爸有没有打妈妈，这个点触到莫愚的痛处，但聪明的他早有了对策，遇到这种问题一律回答说："只要有文化、有知识、有涵养的人，就懂得家庭不要吵架，知道和睦相处的重要性。"这让活了一把年纪的陈明听得一怔一怔的："傻花家的孩子都有这种见识！"据说，自此之后，一向对赵春梅乱嚷乱喊、颐指气使的陈明对她态度好了许多。

从此村里人完全改变了对傻花一家人的看法，而吴阿婆成为正面宣传的广播员，在每个公共场合绝不吝惜赞美之辞："我接生十几年，山头山尾接过无数的孩子，还没见过才长到这个年龄段，就有如此冰雪聪明脑子的孩子！"她说出这个话之后，大家一时鸦雀无声，平时人家嘴上抹油，此时一个个突然变成了哑巴。

虽然傻花家里还是整天鸡飞狗跳，但现在村里人都说他们家生了两个好儿子，足够挣回了他们家的颜面。

有一次二人又是吵得很厉害，傻花气倒在床上，莫小平怕她死了。因为村里周小梁的老婆陈丹茹，有一次因吵架到龙溪潭里要跳水自杀；林相翠跟婆婆林松兰不和喝下了老鼠药，曾命悬一线。

在傻花家，一般情况下，一年就只有过年等有限几次吃肉的机会，因为年中罕有猪杀掉，养猪的成本太高。他们过年把家里养了近一年的肥猪杀掉，有猪血、小肠、猪肝和猪蹄混合而成的杀猪菜，正月酒桌上用小盘盛着，用菜刀切成一块块细细薄如纸片的肉片，一圈一圈叠放着摆成如山高。就连猪身上肉质最差的下巴部位，也被他们狠扫一空。还有白白嫩嫩的猪油放在大海碗里，像雪花。有时为了省事，傻花就把咸菜用水煮熟掏出来，用白色的猪油在上面简单抹几下，就端上来做一盘菜。

当然，像其他大多数孩子一样，莫忠和莫愚一年中最为快乐的时光，毫无疑问是过年，除了玩小鞭炮、穿新衣服外，还有肉和其他小零食吃，是最为高兴的。

亲戚朋友过来吃正月酒时，会送几个用纸蓬（粗纸）包成的四方形包包，里面裹着红糖或白糖，或红枣和金丝蜜枣。小孩子喜欢吃甜食，对这些趋之若鹜。为了留几包作为家庭不时之需，傻花往往把它们放在衣柜或者杂物柜子的最上层，但道高一尺，魔高一丈，莫忠搬来凳子或者桌子，站上去再抱起莫愚像猴子摘月一般给偷吃掉。

有一次他们欲故伎重演，推开门，发现莫小平也在偷吃，正站在柜子前拿起几块麦乳精往嘴里塞，听到响动转头过来已是一张大花嘴，神态慌乱，甚是尴尬。他们自是不会放过这样告密的机会，第一时间告诉了傻花，莫小平被她疾言厉色地臭骂了一顿。

有一次，很少外出的莫小平在农闲之时，跟随周小梁，还有林相翠及其老公陈建忠等到江西割稻。返回家时已是一周后的晚上 10 点多了，一放下包裹，他就把莫忠和莫愚叫醒，睡意蒙眬的他们抹着眼睛，怔怔地躺在床上，不知莫小平会拿出什么神奇的宝物，可以使他们驱走睡意，完全清醒。只见他从布包里拿出一包如铁丝卷曲状的干面条，傻花说像陈亮家关小狗的铁笼子，莫小平叫她拿出开水瓶和吃饭碗，把面条放到碗里，开水冲到碗高的 80%，用小锅木盖子盖住，莫小平在数着时间，莫忠听到他数到 300 时，揭开了盖子，再打开油、葱、盐等几小包调料放进去，盖上盖子。小平闭上眼睛，口中数着数字，莫愚听他数到 120 时，他睁开眼睛，打开盖子，神奇的事情发生了，干面条转眼变成了一碗香喷喷的水泡面。傻花拿来三双筷子，三个人津津有味地吃起来，时不时发出啧啧的声音， 滴汤也没剩。

莫小平说，这是方便面，是面条的新吃法，他们在割稻的间隙，主人家为了省事，就买了这个给他们当点心。

因为吃的零食很少，莫忠、莫愚也闹出许多悲喜剧来。有一次，他们在家里 楼翻箱倒柜玩捉迷藏，发现卧房前桌子的一个抽屉里放着一堆炒成半开花的爆米花，他们好像发现了新大陆，大喜过望，用手拿起来风卷残云一般往嘴里送，很快抽屉里只剩下寥寥几颗孤零零地躺着。他们说不能吃完，否则会被大人发觉。

他们把这事保了密，没有告诉傻花。下午时分两个人坐在柴仓的烧火凳子上玩耍，莫忠突然跳起来：“我要到房间里再拿点爆米花来吃吃!”说罢转身就“噔噔”往里跑去。此时，一直沉默不语的莫愚已经预感到不适，急急忙忙对傻花说：“妈妈，忠哥说还要吃那个爆米花，我感到那个不好吃，我吃了之后肚子不舒服。”“什么爆米花?”傻花大惊失色，慌忙站起来跟着莫忠过去，恰巧碰到莫忠拿过来几颗，正要往嘴巴里送，傻花一巴掌打在他手上，爆米花如烟花一般洒落在了地上。

傻花说那是药引子，是莫小平将大米炒熟后，与老鼠药混合在一起，放在抽屉里用来捕杀老鼠的。莫忠体质好一点，吃了没什么反应，而体质相对较弱的莫愚却已经感觉到不适了。傻花和莫小平火急火燎地送他们到乡里卫生院洗胃，莫愚在门口的小河边整整吐了半个小时。

在傻花的世界里，除了番薯、谷米和马铃薯外，还有蔬菜、瓜果和青豆，她不记得那个时段吃过什么好的，她把所有好点的东西都给了儿子。也许在当时的家庭环境下，他们吃的零食本就少，主食都是番薯撑起半壁江山。

在傻花的生命中，凭她奉行的人生哲学，总是有美好的时光可以享受，有美好的事物可以来娱乐，而非天天伤春悲秋。

对于现实一张张冷冰冰的面孔，一堵堵僵硬如铁的墙壁，傻花总是能自娱自乐，活在自己的世界里，而不需要他人怜悯，也没有求过人，低过头，更没有低三下四，摇尾乞怜。她明白让时光美好起来，全在自己一念之间，自己已经比村子里的大部分人好多了。

比如两个儿子的乖巧和聪明，是足可以让全村人闭嘴的。诚实的莫忠，勤劳能干，逆来顺受，憨厚老实，从来没有向父母要求什么玩意，弄什么好吃的。他不会出鬼主意，包括在莫愚面前，即使不是他做的坏事，父母骂他时，他也忍了，小小的年纪就不在意是非争辩，而能忍辱负重，难能可贵。

有一次二人逮到一个千载难逢的机会，没有大人带领，自个儿到岙村大阿姨莫喜弟家做客。大阿姨烧鸡蛋粉干给他们吃，莫忠个子大年龄大，饭量自然大，哗啦啦地夹起面条往嘴里送，吃得自是快一些，埋在粉干下面的荷包蛋露了出来。莫愚眼睛一斜，发现了莫忠正夹着一块鸡蛋黄往嘴里送，碗里还有一大块蛋白和蛋黄的结合体，像黄金一般闪烁，就问大阿姨了：“大阿姨，我的碗里怎么没有鸡蛋啊？莫忠哥碗里有！”大阿姨笑呵呵地过来，一看两个人的碗，明白了，接过莫愚手中的筷子往他碗里拨开粉干，冲下面一捞，荷包蛋就如魔法般从里面窜了出来，滴着金黄色的汁，莫愚乐呵呵的，嘴巴都咧到了耳朵后面。几天后，这个事情在表姐赵小菊来到岸村做客时传开来，也成为一段佳话，大家又为莫愚的聪明可爱而慨叹。

山村海拔高，天气寒冷，在暖衣稀缺的年代，平素两兄弟出来时都挂着鼻涕，像两条火车轨道，身子缩着，像遇到危险时身上的刺就收缩回来的刺猬。莫愚看上去特别显小。长大之后，莫愚个子要小一些，可能是从小受冻发育不完全的缘故。

莫愚是个内向的孩子，脾气曾经坏过，但他懂事，悟性好，属于那种总有想法、有思想的宝宝。稍稍长大还不会行走的时候，知道爸妈辛苦，他从来没有吵闹着要他们这样那样包括抱着等，一个人安静地坐在木摇篮子里，屁股都坐得起了疹子，也没哼一声。他吃东西从不挑食，自打开始吃辅食以来，总是番薯吃得多，米饭吃得少。在番薯吃到嘴里喉咙、食道发出强烈抵抗信号的情况下，他也没有拒绝。他也知道米饭好吃，可是那时田亩太少，种植不足，总是不够吃，这就是当时生活的现实。莫愚知道，爸妈很辛苦，很不容易，不能任性让他们再操心。

随着时光过去，傻花度过了人生中养育孩子最为艰难的时光，在两年时间里，莫忠和莫愚相继上学了，莫忠比莫愚早一年。学校叫五凤垟乡中心小学，位于岙村，由于有了“中心”二字，为全乡最好的小学，比起乡里其他小学，在师资力量、学校硬件和学生考试、竞赛成绩等各方面都要高出一筹。

当时一年级的学费只需要三块五毛钱，当村里老师莫相洪上门告知莫忠已到上学年龄，需要缴费开始上学时，莫小平带着莫忠早早到学校缴了费。

第一年开始阶段，莫忠都是一个人形单影只孤身去上学。他在南岸垟片片梯田中央的田坎石子路穿过，在岸村水库小仙渠经过，过东湾桥上爬过，在一片田野中踏过，走过总共约为三十来分钟的路程到达学校。有时住在隔壁比他大四五岁的莫小平远房堂侄女莫晓亮会拉上他一起前往学校。莫晓亮只有初中毕业的文凭，但在当时算是高才生了，她爸爸是莫相洪，凭着这份关系，她在学校谋得了一份代课老师的职业。

每当下午放学回家的时间快到来时，莫愚就会端着小板凳，早早坐在院子里，凝视着正前方那条田坎路，等候莫忠身影的出现。莫忠到家后，一边倚在吃饭桌或者高长凳子上做着作业，一边会把一天学到的全部东西一滴不漏、一点不贪地讲给莫愚听。

上学以来，莫忠特别喜欢画画，热衷于对连环画上或者年画上古代人物肖像的模仿，如关羽、张飞、刘备、诸葛亮，还有薛刚、徐茂公、唐太宗之类的人物，画得栩栩如生，惟妙惟肖，在全村和全校都出了名。莫忠在村里木匠兼雕花师周文强所制、上漆不久的脸盆架正面中间上方的屏风面上画了一幅将军横刀立马图，很是传神，做雕花的陈亮很想收他做徒弟，但莫忠要上学没时间学，就让当时还没上学的莫愚跟着他画，人物画得不相上下，有莫忠笔下的那种神韵，英雄气概若出其里，美人如玉若出其中，但英雄胯下的战马莫愚总是不会画。莫忠笔下的马会飞奔，马蹄下还带着风尘；莫愚笔下的马却像死马，更多的时候像鹿或者驴，出不来奔驰的那种情态，原因在于马的头部他总是画不好，画虎不成反类犬了。

看见莫忠上学，莫愚就特别向往，向往如莫忠一样系上红领巾，背着里面装着油墨香的书本、方格本子和字典以及铝制长方形铅笔盒的布制绿色书包，兴高采烈、潇洒自如地唱着《读书郎》上学去。莫忠曾把莫愚带到学校玩了一次，在莫忠上课的时间里，莫愚就一个人在校舍门口左侧的操场里，来来回回走着，想象着自己在此飞奔的样子。后来他被体育老师发现，赶了出来，因为有体育课要上。一大群孩子跟着老师跑步，跑完后玩起了猫抓老鼠的游戏。他只好躲在校门口的那棵大榕树下面静等莫忠放学。莫忠出来后，两个人相依着，像平时一样，行经莫忠每天回家的那段路程。

在两个孩子上学后，莫小平也改变了自己，主动干点家庭主妇的活计。这属于细软的活，从来没有参加村里社会活动的莫小平，却可以静下心来把此活做得越来越细心、越来越精致，特别是在涉及儿子的家务时。他可以把衣服包括红领巾都洗得干干净净、一尘不染，还特意拿到院子里挂在阳光充足的地方晒干。他把早饭用当年新打的米煮起来，砍来当天刚长出的最新鲜的青菜和茭白爆炒，将整个茄子放在饭里蒸熟做成糊糊，给他们下饭。他俩每天一揭开木锅盖子，香气扑鼻，让莫小平也馋涎欲滴了起来。晚上在他俩入睡后，莫小平也会过去帮其掖盖好被子，防止着凉。随着家庭经济条件的一步一步改善，在他俩上学的日子里，莫小平自己省吃俭用，却让他俩尽量少吃番薯，多吃米饭和猪肉，保证成长所需的营养。

为了保证他们有充足的上课时间，不至于疲于奔命，对学习造成影响，莫小平早上给他们准备了两个铝制饭盒，放上一点猪肉和咸菜，由他俩放在书包里带过去，放到学校食堂里蒸，在学校里吃中饭，避免每天两个来回折腾。他俩在饭盒上面刻上记号，以便于识别，不至于与他人的混淆。上午的课全都上完放学后，莫愚留在教室里，莫忠去食堂把两个饭盒端过来一起在教室里吃。

莫忠和莫愚上课两只手都按标准要求放得端端正正，老师写黑板时眼睛盯着黑板一眨也不眨，老师讲课时一字不漏地听，做到了心无旁骛，专心致志。他们课余擦黑板、扫地等劳动任务完成得一丝不苟，课后每天回家趴在长凳子上认真完成作业，很快成为班级里成绩优异的学生。

更为突出的是莫愚还当上了班长，教语文的班主任陈老师还让他坐到最前排中间的那桌，安排跟他儿子陈龙一起坐，目的在于让莫愚能够多多指导他那愚钝的儿子，陈龙后来的成绩也确实越来越好。莫愚会定期跟全校各个年级的班干部一起，臂上别着画着三道杠的红袖标，拿着漆着红白两色的小棍棒，威风凛凛地站在门口检查来上学的学生系红领巾的情况，如没有系的同学，则阻拦其进校门，权力很大。

莫愚虽然有一次因为学习成绩下滑，丢掉了班长的位置，被同学们嘲笑过一段时间，但个性倔强的他后来又赶了上来，成绩又回到榜首，夺回了班长之位，重新赢得了同学们的信任和好感。

几个学期过后，他们家里贴满了奖状，大部分是莫愚的，少部分是莫忠的，最有分量的是一张获得全乡统考第一名的奖状。

莫愚经常要代表学校去泽雅区里、瓯海县里参加数学、作文和课文朗诵比赛，有时需要星期六、星期天到学校参加专题训练和突击提高。他在去学校的路上，往往会遇上高年级的陈成和周晓峰，他们对他羡慕不已，说他是个秀才，星期天别人在田里干活，他去学校读书。有一次他在乡里获得作文竞赛第一名，但代表乡里去区里比赛的是徐增程，他怀疑是徐增程当大队干部的爸爸做了手脚。

莫愚上山放羊时，一般也拿着书本，包括教科书、小说、杂志，一边看一边放。有时老山羊阿山也会玩躲猫猫的调皮把戏，找个地儿把自己藏起来，或者偷偷跑去吃庄稼，却故意让小主人知晓，听到他的叫唤，才摇着尾巴回来。看书的这个习惯，莫愚是跟林爱寿和林夷学的，小时候每每看到他们上山时一只手里拿着竹梢（即羊鞭），赶着他们家里精壮的黄牛或羊群，另一只手里拿着一本书，莫愚没事就跟过去，他们一边翻着书，一边一页一页讲故事给他听。近朱者赤，莫愚也变得非常喜欢看书，这个习惯一直伴随着他到各级学校求学的日子，乃至学成归来后的生活。

莫愚还会跟陈龙、徐增程等几个同学结伴相互之间进行串门，晚上就住在同学家。在徐增程家招待他们的还是他姐姐徐胡珍。

陈 明

“傻花要办公司了!”这次轮到林炳进第一个出来广播新闻了。

“真的，办在哪儿啊?”林强友问道。而围坐在一张崭新四方桌子上用扑克牌打“双扣”的四个人全都抬起头来，八只眼睛齐刷刷一下子盯在了林炳进身上。

“就在我们岸村她家啊，新造的四间五层楼新房!”林炳进有板有眼地说。

“你怎么知道?”周永兴等人目光中满是疑惑，周永兴将利群烟拿到嘴里，狠吸了一口再缓缓吐出来，才开口问。

“村里都批了，你们真的是后知后觉啊，不信可以问村里干部。”知道点底细的莫相洪补充说。

林炳进所说的四间五层楼，是指岸村最高大和最漂亮的房子，全村没有哪家能比得过，包括村主任陈明和书记张强家。它无论是内部的欧式窗帘、家具配置、地板铺砖和内墙装潢，还是外墙的琉璃瓦装饰、歇山顶设计，都显得洋气十足，气派满满。

在大家你一言我一语中，陈明腆着肚子过来，面对他们的问话，他说傻花将那么多年打工的积蓄全部拿出来，将自家朝南的三亩自留地向村委会上报审批建房子，同时一起上报的还有猪羊圈、水池、院子等附属地，批好后建成了五层四间的高楼，还特意设计了两条消防通道。她在办妥一切产权手续后，再去跑工商、跑税务，办齐手续，跑菜市场、跑农贸市场拉订单，确定市场需求量。

其实村里人对于傻花要办公司的想法和做法已经不再感到那么惊奇了，因为一直以来，傻花的想法就是跟别人不一样，做出来的事情总是能轰动全村的，如外出打工、做保姆、去江心屿旅游、破天荒地做起了销售番薯枣的生意，这次要在村子里成立一个销售公司，也不会让人感到意外。

大多数人已经习惯靠山吃山、靠水吃水的日子，除了侍弄那三五亩水田和六七亩番薯园之外，还要弄点瓜果菜蔬、鸡鸭鱼鹅猪羊牛狗等，一方面是为了营养均衡，另一方面也是为了卖掉增加点家用。

但想要挣到大钱，改善生活，就需要出去创业，比如到城市打工，背井离乡到外省去开店，而要发大财，要实现当富翁的梦想，则非办公司做老板不可。

但会做这个事的人少，因为之前没人办过，傻花也问过莫小平，他家的上辈祖宗有没有发过大财的，莫小平说，爷爷曾经卖过猪，但挣得不多。即使是村主任陈明，也没搞什么商业和市场活动，之所以能够造成漂亮的房子，据说是因为儿子陈林凯在城市发展得很好。

也有一些岸村人不认为傻花是在创业，比如村里长得高高大大壮志未酬的林立听到这个消息就嗤之以鼻地说：“她又犯傻了吧？不是村里最傻的女人，会到现在还被叫傻花吗？你们难道不知道她以前做出的傻事吗？你们看不出她说话和做事总是不着调吗？恐怕就落了个把房子都赔光的结局吧。”其他人口头尽管说是的，但心里已经五味杂陈了。

不过也有少数人相信，傻花说到就会做到，绝不会半途而废，这是她一贯的做事风格。村里唯一的华侨林炳进就是这样认为的：“你看她这么多年在外闯荡，不就建成了全村最漂亮的房子吗？因为她的思维就跟我们一般人不一样。”傻花要傻就一傻到底，坚定地做自建村以来连男子都不敢做的事，她知道成败在此一举，得之她幸，不得她命，不留遗憾。

接下来几天，陈明和张强相继收到傻花的请帖，请他们光临公司开业典礼，傻花还特意强调，一定要过来，不但可以看到领导，还有礼物。

开业那天早上 6 点钟，我起床开始返乡之旅，摩托车沿着记忆中的公路，风驰电掣地花了一个半小时回到岸村，这是我自定居他乡后的第一次返乡。

没到 8 点，阳光就照到了各家的院子里。

坚守在老家的乡亲们，把房子翻新成三至四层黑瓦白泥墙的通天房，或者二层石墙灰砖的农家小院，只有我家等几户搬迁到城里留下的几座老房子原封不动，孤零零地守候着岁月。

我看到傻花家房前屋后已经人山人海，热闹非凡。我猜想傻花今天肯定没空来招待我，于是就往老房子走去。老房子没有歇脚的地方，蜘蛛用丝鸠占鹊巢了几乎所有的空间。我就到周荣家杂货店里去讨坐。

周荣家坐着的还是陈东、周永兴几个人，还有莫相洪也在，我们胡天海地地聊了一阵，便从周荣家走出来，站在院子边的矮墙上，往东一眼望去，见傻花新房子前的马路上、田垄上、田岸上还有丘陵小坡上站满了人，黑压压一片，感觉全村人都倾巢而出来看热闹了。

我见到许多张熟悉无比的面孔，却一下子叫不上名来。

整幢屋子上挂满了红条，从五楼一直垂到一楼院子，被红色淹没了，上面写着祝贺恭喜之类的条幅。

房子正间铺出来的红地毯，约有三米宽，一直铺到村口的公路上，两边摆着花篮，篮子上垂下的小条幅上也写着字。

“这得花多少钱啊？”陈东不由得嘀咕着。

约莫过了一小时，村子路口开过来一辆中巴车，停在新房子门口院子里。车门打开，上面下来十来个二十多岁的男青年，穿着五彩斑斓的衣服。他们从车上搬下一个头部高大后面曳着长长腰身和尾巴的舞狮，分成两队，五个人钻进舞狮肚腹里舞蹈了起来，剩余几个在后面敲锣打鼓。

接着从车子上下来几个身材修长，着红色旗袍和穿高跟鞋的年轻女子，手里拿着几个镶着植物或花朵底纹的拖盘，扭着小蛮腰娉婷而来。林克、周文武、周强等几个未婚男青年的眼睛都看直了。

中巴车后面跟着四五辆小轿车，停稳后，下来的要么是西装革履、光鲜亮丽的男子，要么是着连衣裙、梳爆炸头的时髦女子。

他们身边跟着几个小青年，手里拿着长镜头相机，肩膀上扛着漆黑发亮的摄像机，其中一个女青年手里拎着一个话筒，她梳着短发，气质高雅。

梳着爆炸头，上身外着短西装里配白色衬衫，下身着黑色西裤，蹬红色高跟鞋的傻花，脸上化了妆，嘴巴被唇膏涂成映山红，阳光都能反射过来，她容光焕发地站在院子里迎接每一个人。

她低头微笑着对每个来宾一一致意，分别与他们握手。

驼背矮小的莫小平也换上了一套黑西装，左胸上别着一朵红色的小花，跟在傻花后面点头哈腰，笑起来傻愣愣的，活像个管家。

莫忠、莫愚长成了帅小伙子，各着一件红白相间的毛衣，里面配上方格衬衫，莫愚显得特别高瘦，英气逼人，精神焕发，小时的稚气早就脱得精光。

走在最前面的男子是一个一米八高的大个，他站在红地毯上木头搭成的台子的最中间，其他人员分列两侧。

陈明和张强也站在这个横向队列的左右尾端，陈东还发现乡里的书记、乡长也在列。穿旗饱的女子相对应排成一行，站在后排。

一位镇上的领导宣布仪式开始，同时介绍了到场嘉宾，接着乡里书记、乡长依次上来对着话筒讲了几句话，从口音判断，有三分之一普通话，三分之一城里话，再有三分之一是家乡山里话，让我听得云里雾里，不知所云，隐隐辨析出“这是乡里的一件大事，将开创岸村之历史”等几句。

穿旗袍的女子依次给前列中的几个人递上托盘，他们从中拿出几个类似证书的什么东西，递给满面春风走上来的傻花，并同她握手。

此时主持人高声宣布什么公司开始成立之类的话语，莫忠拿着鞭炮点燃，噼里啪啦声此起彼伏，几串火苗冲上了天空再落下来，像流星雨，让我想到了童年过年的情景，只是比那时要漂亮许多。

待这些闹腾过后，拿相机和摄像机的人员一拥而上，闪光灯闪来闪去，让人眼花缭乱。持话筒的女青年走上来，对着手里还拿着那些证件的傻花进行采访。

傻花对着话筒也是用三分之一城里话、三分之一家乡话、三分之一普通话进行回答，陈东只听到几个关键词，“感谢领导，感谢乡亲们，我的公司终于成立了”诸如此类客套的场面话。

傻花说完之后，大家欢呼着拍起手来。

最后，站在最中央的男子从口袋里拿出几张纸，它们在风中飘着，我似乎听到唰唰的声音。他对着话筒开始讲话，讲几句后，把目光从纸上抬起来看向大家，大家就鼓掌，总共鼓了五六次。讲了什么话，我听不太懂，只听得一句“全乡成立首个农村企业公司”。接着仪式就结束了。

中午傻花在房子一楼和院子里大摆了十几桌宴席，接待远道而来的贵宾们。

林夷过来找到我，叫我也去吃，说已经排好位置了。我怕人多，就婉拒了，随即告别了他和陈东等人，没跟傻花打招呼，就往城里赶。在回去的路上，我接到傻花家电话呼过来的传呼，傻花叫我给介绍一个靠谱的律师，作为公司的法律顾问。我第一个想到同学林小波，就将电话号码报给了她。

第二天，陈东传呼告诉我，他在周荣家与周永兴等人又聚在了一起，话题自是离不开昨天傻花家盛大的开业仪式。

陈明路过，被他们叫住了，陈建忠问了起来：“陈明，昨天傻花家都来了些什么人啊?”“那个站中间的是区里分管农业的副区长，陪他来的是农业局、经贸局局长，还有报社、电视台的，乡里的你们都认识。另外还有一对长得高高瘦瘦、外表俊朗的男女，叫林什么的，据说是傻花的贵人。”

“昨天吃得爽吧?”林立似乎要流出口水来了。莫相洪也竖起耳朵，待细听下面的内容。

“是啊，傻花拿出了红酒，外国原装进口的，还有国产的五粮液。他们喝酒可厉害了，特别是副区长，连着灌了我三杯……吃的菜有龙虾，是冰镇生吃，还有醉蟹……”

陈明兴高采烈，滔滔不绝说个不停，慢慢有些得意扬扬起来，好像是自家举办宴席一般。

张　强

岸村之行一个月后，我打电话给张强，向他了解傻花公司经营状况。

傻花自公司成立后，在全村全乡贴出公告，在原来收购全村和全乡番薯枣定价的基础上，每斤比市场零售价高一元钱，同时还收购生番薯、番薯干、番薯丝以及其他各类番薯的衍生产品，然后再运到城里各个菜市场和农贸市场进行销售。这条商路一直没人做，市场很大，傻花没成立公司前刚开始零散收购时，价格在原来基础上已经提高一定幅度，此次再加一块，但仍供不应求。公司这种模式的运作，使得城里人不需要长途跋涉舟车劳顿就可以吃到原生态的番薯了。这样达到了傻花本人、村民和城里人三方获益的“三赢”目的。

公司成立第一年虽遇上天公不作美，傻花却获得了丰收，精明的她用柴火炭和稻秆灰来烘烤，这样的做法既保持了枣子香甜，又在原有气味上加上一道木柴草花香，而且没有染上其他异味。她和莫小平忙不过来的时候，就临时雇来了陈爱聪，“火凤凰”做火候的活是最拿手的，果然在她的手下，在火光中那一条条枣子出来后，喷香扑鼻，让人垂涎欲滴。经过陈爱聪手的那部分，傻花后来给村里每家每户都分了一小袋，大家啧啧称赞，傻花自然也宣传了陈爱聪的功劳。当年粗略一计，卖出多达 5 万斤，利润高达 30 万。公司里原本工资最低的清洁工，月工资也涨到了 2000 元以上。

接下来几年里，在原始资金积累到一定程度后，为了扩大再生产，傻花承包了 50 多亩山地，专门用来种植番薯，同时还设法将传统技术和引进的现代技术相结合，做成集生产、收购和销售一体化的综合性企业。她不惜花巨资引进制薯机，把一筐筐达四五百斤的番薯倒进机器的大斗里，一条条整洁干净规格相同的番薯干和番薯枣就出来了。公司还购进了大锅炉，专门用来烧制番薯枣，一次投放就是上千斤的量。

傻花将番薯成品再加以包装，加上“傻瓜”商标。当初注册时听从林贤的建议，她的公司名就叫傻瓜山农产品有限公司。她说从嫁到这村起，别人都叫她傻花，现在反而不怕了，干脆就傻到底吧，引用北方人管番薯叫地瓜的叫法，商标名干脆也就叫傻瓜好了。而上级有人过来视察，也就把她公司简称为傻瓜公司。

当然，世上没有不会亏损的买卖，傻花也没有例外。有一年冬天的天气特别恶劣，气温最高下降至零下 10 度，冰冻得很厉害，整个村庄都陷入了能透进骨子里的寒冻，严寒导致公司所有的番薯枣都没有经过阳光的曝晒，光靠着烟熏才制成。

傻花上山来收购，花了七天时间才收了 5000 斤左右，用编织袋装好存放在家里，不想第二天打开时，发现全都长了白毛（小猫毛）。傻花决定对这部分实施分类处理，不卖了，如果以次充好，祛掉白毛也能脱手，但这种表皮已经受到腐蚀的番薯，其味要差好多，那几年来好不容易树立起来的物美价廉诚实守信的形象，就会付之东流，这是得不偿失的。她可不想就此功亏一篑，因小失大，让名誉一去不复返。

她仅仅拣了卖相相对较好没受表皮腐蚀的原料，用小锅煮起来，削成片后用柴火烟熏干，再放在冷风里干燥，到城里带给林贤和菜市场的老客户。那一年，她亏了三十多万元，算账的话，算是亏掉村里两间半的房了。后来莫忠说，实在是吃不下妈妈没有出售的番薯枣了。

因业务拓展需要，傻花还在寸土寸金的城市娄桥街道娄东大街开设了分公司，那可是30亩的地皮啊，到厂房建成投入使用时，她的全部积蓄几乎耗光了。她将李红招来，成为她里里外外的全面帮手。

同时她在岸村番薯园里划出一块10亩的地来，圈成一个牧场，里面放养着猪、牛、羊，还有鸡等，以消化堆积如山的番薯藤，而这些猪、牛、羊等还可以制成肉制品销售，实现资源利用最大化，逐步扩大了生产规模。为了做到养、销一体化，傻花专门叫来林克和周文武负责养殖，郑林张和赵屠户来负责销售。

没上过一年学的傻花不是法律专家，不懂得公司法，也不是经济学家，也不是农业专家，但她知道岸村这片土地上种出来的番薯特甜，有独一无二的味道，只有实行公司制，才能达到如林贤家那样的大企业的规模。

傻花的可贵之处和不同于村里其他人的特质在于，她见过世面，知道外边世界的人是怎么利用机会挣钱的，机会就是这个社会上的人有什么样的需求，比如在饮食方面，偏向于哪些？所以，林贤的话她能听懂，意见能采纳，从而成就了自己。

林尚文

“警察眼中的每个人都是犯罪嫌疑人”，这是公安大学王大伟教授说的，结合陈东说的每个人物和我在现场看到的，我不由专业性地排查和挖掘起来。

如果在傻花公司成立庆典人员里面有傻花的帮凶，那肯定属于生死之交，在这样重要的场合，不可能不会出现。简而言之，上面的推理如果成立，凶手就在那天来的人当中。

但是要圈定人员，必须要确定傻花的活动轨迹，这么多年，包括前几年傻花在城市里的经历，我都知之甚少。

一天中午，我躺在宿舍里午休，脑海里又出现当时傻花公司开业的情景，在出现傻花接受采访的那一段画面时，她在镜头前显得那么自在、自然，说话思路清晰、言语得当，毫无羞涩，有种游刃有余的感觉。我突然灵机一动，有了主意。

我打电话给在区委宣传部工作的同学林尚文，将傻花的事迹简略说了一下，请他安排记者做一个专题采访。我判断，凭傻花的个性，她喜欢这一套，而政府正面宣传也喜欢这一类励志题材。

果不其然，半个来月后，林尚文告诉我，傻花宣传专题片做好了。

他把文字发到了我的邮箱，视频太大发不了。他说我如果要的话，只能到他办公室用电脑看，但要看 6 个小时，共分上、中、下三集，每集 2 小时。

为获得更为直观的资料，我带电脑硬盘到林尚文办公室，拷来了视频。我在记者采访写成的 43200 字的文字里，6 小时的视频里，搜索相关线索的同时，也看到了傻花的成长经历，不由得被深深地震撼到了。

我没有办法，必须把这个看完，才能圈定重点嫌疑人。我先通读一遍，再把疑问抛出来，在里面找有价值的线索，以及答案。

傻花为什么要到城里务工，家里到底发生了什么？

傻花说，背井离乡的初衷是她不安于这种面朝黄土背朝天的生活，很劳累还很贫困，因为她感到时代的变化也如春雨催生春草一样，是不可抗拒，是必然的。

但傻花受到了他人影响是毫无疑义的。那天她听陈东说，村子里第二个外出打工的人是陈明的儿子陈林凯，已经到城里一个来月，她也在经过两个不眠之夜后，最后下定决心要到城市里闯一闯。

陈林凯书念到初一放弃了，在家帮着陈明种田。他平素在莫忠、莫愚还有傻花等老实人面前，偶尔也会趾高气扬、威风凛凛一番。但他做事认真勤劳，种的白菜又高又大，菜瓜又长又胖，邻居们都交口称赞，与莫洋等不良青年有着天差地别。

陈东说他在江心屿对面一家小厂里学机械，师傅管饭管住，双方谈成了协议，学成之后可在原地做，有相应的工资待遇。

说走就走，走的前一天她在油灯下整理衣服时，莫小平还叽叽喳喳不休，说她不切实际，老是空想着城市里的景象，爱慕虚荣，做事不踏实。

莫忠和莫愚一边一个挽着她的手，用恳求的目光盯着她，摇着她手说也要跟着到市里去，到二姨家玩。

但下定决心的傻花是十头牛也拉不回她的脚了。

“我不想要这样，尽管有人说我傻，我的年龄摆在这儿了，在那儿会遭受的苦，我也有自己的估算。但为了孩子们好的这个道理我也很明白，我死也要死在城里，而不是劳死在田地里。”

在采访中，傻花说出了这番掷地有声、铿锵有力的话。另外她说为孩子好，是为了孩子有条件接受全方位的教育。

这个话让莫小平不知如何回应。见她如此斩钉截铁，他知道没办法了。

“问题在于，你会做什么？”这毕竟是一件大事，莫小平愁容满面，他不死心，还想抱住最后一丝希望，抛出了撒手锏。

“我有几斤几两你还不清楚啊，什么都不会，但什么都可以学，谁天生会做事的啊？周新森那样娇惯的人都能挣着钱回来，我还真的不相信我就不会了！”傻花强势进行了还击。

莫小平不吭声了，无可奈何之下只能由她去折腾。

傻花最后安慰他们说，她到城市里比他们有优势，孩子二姨虽然在城郊，但也算是有亲人在，不至于流落街头饿死他乡。至于从事于哪个工种，二姨可以帮她找，总有依托的。这也算是一种安全保障吧。

第二天一早，薄雾清晖，鸟儿早已起飞了，村庄中从后山往下流至小浃河中的水，也奔腾得特别响，欢快得像找到家的孩子。

莫小平一大早就到田里浇灌稻子去了。

傻花把一双解放布鞋、一双二姐送的回力鞋和一双塑胶拖鞋，还有两件花布外套，一件绒衫，两条卡其布青色裤子，放在一个黄色布包裹中。包裹里层放着50块钱，那是她上半年多养了五只雄鸡挣来的，她身着一条白色的确良衬衫改制而成的短袖，一条青色裤子，口袋里放着几块坐车用的零钱，脚上是塑胶凉鞋。

在9岁的莫忠和8岁的莫愚陪伴下，她走出村庄，吻过他们，便沿着飘雨峰下那条古老的东岸石子路，踏上了往那片陌生的土地上谋生求职的道路，同时也开启了完全不同的人生。

她是放不下莫忠和莫愚，毕竟在这个村子里，他们都没有要好的朋友，愿意与他们交往的同龄人很少。他们在那么小的年纪，遭受到了如此这般不公平的对待，这让傻花很是揪心。

如果他们遭到别人的欺凌怎么办？吃不饱饭怎么办？因想她睡不好怎么办？她不在对他们来说好像是一座大山倾倒了，平素都是因为她在身边，他们才找到了安慰和依靠，找到了寄托，从而在村子里不会感到害怕、孤单和冷清。

娘仨总是一起面对生活所有的困难，抵住村里所有的冷眼和冷遇。

如今这唯一的依靠远走高飞了，他们只能依靠自己，接受所有的苦和累，要早早自立起来，心智上快快成长起来，要独立玩耍，独立生活，不管别人有怎么样的白眼，甚至于侮辱，都要忍气吞声。

连成人都难做到的事，由这么小这么弱的肩膀来承担，他们真不容易！

莫小平只知道守住家里的那几亩薄田，儿子与村子里其他同龄人的关系，他们二人天天在一起会有什么问题产生，他们的心灵需求是什么，他是糊涂的。他只会发脾气胡乱骂他们。

一想到这个，傻花就忍不住想哭。但她只能做这样的选择，必须牺牲孩子小时的欢乐，让他们承受更多的苦难，遭受更大的苦楚，将来才有可能有更好的出路。

就像她说的那样，她的心在城市，这个小小的村庄带给她更多的是伤害，更为重要的是，她想改变人生的轨迹、生活的状况，给儿子带来全新的环境。没有一天不做梦的她，做的就是这个小山村里一般人不敢做的梦。

两个儿子相携着站在村口，眼中带泪，凝视着她一步一步迈上石子山路，转入山坳不见身影，一会儿又从前面山坳出来，在山峰起伏的另一个山头出现，再往前走了几步上了平坦的那一段即岭外山路，就彻底不见了。

莫愚欲叫又止，想喊却哽咽着，只是眼泪扑簌簌地掉下来。

其实，傻花一直不敢回头，她要让小小的他们学会坚强和自立，学会领悟生活的真面目，知道生活的本质。

虽然她的眼泪也像断线的珠子一样掉下来，心也像掉在冰窖中一样冰冷，但她仍不能回头。

林坚强

不能放过一丝一毫的线索，哪怕它对于案件侦破所起的作用是千山暮雪中的一片雪花，撒哈拉沙漠中的一粒沙子。

这是在警校培训时，一位既有侦查实践又有理论武装的老师在讲侦查课时说过的话。我事先没有圈定郑小春，不知道她跟傻花后来还有这么多的接触。

但是在傻花生命中出现过重要的人，林坚强也应该算一个，他不可避免地进入了我的视线。

傻花带着行李坐上了去城里的汽车，当她一路颠簸到达汽车站后，就立马出站，找往二姐家去的公交车。她在路上发现一个现象，就是同她一样穿着那种洗得发白的短袖的人增多了。他们或者聚在一起蹲在一个街角里，手里拿着几颗带壳的花生在嗑着，或者拢在一块，几个脑袋朝着中间一小块地方，用几块硬币和几张上面沾着黑乎乎污泥的扑克牌在赌钱。她还发现两边新建了好多建筑物，楼高高达七八层，白色的砖墙，水泥的地面，还有一排像门一样宽大透亮的玻璃窗，宽敞明亮。与家里那个潮湿和黑暗的房屋相比，如宫殿一样让傻花深深着迷。她想，如果从这儿拆一块玻璃下来，镶在自家的二楼卧室窗台上，换下那几块木窗户，房子顿时也会亮丽堂皇上档次起来。

变化也体现在4路公交车上，乡下人挤满了车厢，一个个蓬头垢面，脸上还涂抹着黑色的机油或者黄泥巴，但都精神焕发，笑意盈盈。有和她一样背着布包裹刚从家乡来的，有提着麻袋手腕挂着小锯子的，有手掌中握着刨子肩上扛着铁锹的，傻花觉得自己好像进入了一个工农业大发展的大农场。这趟车的驾驶员是一个三十多岁的女性，留着长头发，面带微笑，戴着白手套的手握着方向盘游刃有余地打来打去，途中遇到一个穿绿军装的警察，还打了招呼。傻花觉得城里比农村更有意思了。

一路上，傻花看到了大工厂，里面响着机器声，像脆铃一般动听，而不是刺耳的噪声。她热情满怀，心中不断地叫喊着："城市，我来了！我要扎根，我要生活，在这片遍地是黄金的土地上。我要彻底告别那片除了番薯还是番薯的土地。"

她所不知道也没有想到的是，这儿是天堂，也是地狱，生活的考验才刚刚开始。

对于傻花的到来，小春很高兴，最为要好的亲妹妹到访，那种亲人异地相逢的感觉，如沐春风一般令人舒爽。

产生这种感受的原因在于，当初她一个山村妹嫁到此地，人生地不熟，许多人说她是"山头妹"，嫁到城里也改变不了她山里人的出身。刚开始几年她一直低头做人，处处觉得低人一等，后来孩子长大了，出生于此地的他们，没有山里人的概念，她才慢慢地昂起头来，通过孩子交往的路线，渐渐融入本地人之中。

问候之余，小春知道了傻花的来意，嗔怪她这把年纪了，还到外面抛头露面干年轻人闯天下的事。

只是姐夫张禾正又喝糊涂了，问候爸爸妈妈近况时，说得前言不搭后语，颠三倒四。小外甥女张素素吵着要吃番薯枣，傻花告诉她这个季节番薯还没成熟时，她哇哇地大哭起来，说三姨坏，比起差不多大小的莫愚娇气多了。

傻花想起那次张素素和小春上山到妈妈家拜年，傻花也带了莫忠、莫愚过去。张素素似乎对莫愚特别喜欢，躲在小春身后，一看莫愚站在柱子边，伸出手打一下莫愚，马上缩回到小春身后，把头从小春臂弯里钻出来向他做着朝天鼻子和抓脸颊的鬼脸，嘴里发出咯咯的笑声。莫愚发现后撒开步子来追她，她绕着妈妈身体忽左忽右躲闪着，看他抓不着一脸着急的样子，越发笑得开怀。

关于城市当前打工挣钱的形势，小春说现在政策不一样了，普通老百姓也可以办厂，这一带到处厂房林立，人潮涌动，到处有钱可挣，缺的就是勤劳的人。

外甥张任任、张亮亮就在附近一家鞋厂里做皮鞋，外甥女张从从虽然学习成绩很好，但小春认为女孩子读书没有必要读得那么多，认得几个字就行了，因此初中没毕业就辍学了，在一家鞋厂缝制鞋包。他们对于番薯枣印象倒一般，说吃多了会放屁，像黄鼠狼。

这让傻花一直悬着的心放了下来，现在挣多挣少不是主要问题，首先要找到活干，解决生计问题。

晚上，傻花被小春安排在二楼后面一个小房间里睡觉，空间狭小，除了床之外，仅够转个身，光线很差，闷热不堪，还有蚊子乱飞。但此时有一个空间安顿下来，就已让她心满意足了。

第二天傻花早早起来，吃过早饭后，就缠着小春带她到厂里去问。

小春本想带她到市中心先转一圈，但拗不过她，只好往市中心方向娄东街公交车站那一带的工业区去。

那里各个厂房门口人来人往，车子穿梭来回，里面机器声声传出来，如交响乐一般进入傻花的耳朵，这一切让她兴奋不已。

小春带着她进入了路边一家叫坚强童鞋厂的厂里，前后两幢五层高的建筑物，穿过两人多高的铁拉门，一个上了年纪的保安带她们到了后幢一层一个牌子上写着总经理的办公室里。小春对傻花说这里有二百来名工人，做的产品主要销往湖北、山东等地。

办公室约一百平方米的空间，地上左一堆右一堆放满了各色各样的童鞋，颜色各异，形状各样，大小不同，傻花看得眼花缭乱。靠窗的位置围摆着三张大沙发，中间一张桌子，上面放着一个鱼缸，一条红鱼在里面游来游去，比岸村的田鱼大，形态更加优美。

坐南朝北的一张大桌子后面坐着一个三十来岁的年轻人，他叫林坚强，与小春同村，小春对他说明了来意，林坚强便粗粗打量了一下傻花，随口问了一些基本情况，对小春说了句："好的，可以到我这儿上班，就来理鞋吧，明天就过来。如若发生什么事情就找你，你做个担保，签个字。"

他朝门口叫了几声，一个二十来岁的女青年应声而进，带她们到了隔壁一个小房间里，她查看了傻花的身份证后，复印了一份，同时拿出一张上面写着几列字的白纸，指向最右下方的空白处，叫小春签了字。

出师告捷，让傻花吃了定心丸。她犹如一只在森林中迷失的小鹿，找到了鹿群，又宛如一只在茫茫大海上飞行的小鸟，找到了停歇的小岛。

初来乍到的她，第一次进入这座城市，只要能安身立命下来就好。毕竟到目前为止，除了岸村，没有可以给她安下身来的其他地方。

鞋厂没有给安排住宿，女青年说，厂里只给外省来的工人安排寝室住，理鞋这活均是由本地人做，就没安排住宿。

安居下来才能乐业，小春得先安排傻花的住处。昨晚傻花住的房间与张素素、张丛丛的房间只有一墙之隔，她们对小春说，傻花睡觉打呼噜的声音像电视里火车的声响，山摇地动的，她俩一夜都没睡好，这会影响第二天早起到厂里上班的，迟到要被扣钱的。小春把正房外面右侧依着屋墙，饲养过黄牛，用石头搭建而成的一间一层小房子，整理出来给傻花住。

房子 20 平方米，四面由石墙垒成，露出两个只有小碗大小的四方形小窗，让傻花想起某英雄炸碉堡那个黑洞洞的机枪口，入口是一扇有挂锁挂着的小木门，顶上铺着一层黑色油布，上面盖着黑瓦片。室内正中上方悬着一个灯泡，最里面靠墙有一个用泥土垒成的厨房。一张木板床放在靠窗处，上面有一条绣花被单，一个小枕头。

第二天是傻花正式上班的日子，她一早和张丛丛一起步行过去，两个人的厂相距不到 500 米。张丛丛在前面带路，与昨天小春走的不一样，说是抄近路。她们左拐右弯，穿过村中几条小巷，经过一个教堂，一条河上的几座小桥，拐上一条大道，再往前走不远，就到了厂里。

昨天的女青年领傻花进入车间，她不由惊诧于几百平方米车间的宽阔与宏伟，她在心里粗略一估算，有一百来位工人正在岗位上。他们在轰隆隆的机器旁戴着手套忙碌着，从流水线的一端进去的是布料，另一端出来的是一双双精致漂亮的儿童布鞋。

傻花的工作是把成品鞋子按要求整理好，一双一双装在尼龙袋子里，再连同袋子装到纸箱子里，由其他工人打包后用大卡车运输到全国各地的客户处。

这个工作难度不大，一学就会，全厂也就只有四个如同她一般年龄的妇女在做，但时间持续长，一般都要持续到晚上 10 点。中途除了有一点时间用来吃中饭和晚饭外，几乎没有休息时间。

张丛丛下班的时间与她相差不大，二人结伴疾步行走二十来分钟的路程便可到家。

对于厂里安排的中餐和晚餐，傻花在张丛丛面前赞不绝口，对于餐费要算在自己薪酬里，饭的颜色有点黄，菜叶也是被虫子咬得缺了角等不足，她都忽略掉了，她感到自己已经受到莫大的优待了。还有更为重要的是，在此都是吃白米饭，不用吃番薯了，每一次饭后，她都用舌头舔着嘴巴，感受一餐白米饭带来的满足。

并且她觉得厂里的饭菜比外面小饭店要便宜好多，她曾经在经过路口时看到一个个小饭店门口小黑板上标着的价格。

第一天一回家她就觉得骨头像散架了一般，一进来就躺在床上一动也不想动，脑海里想起那几个同做的老娘客（已婚妇女）

对她递过来的有点不怀好意的目光，整整一天没跟她说过一句话。

这样的工种可是好多人都要抢着干的，她也是因为小春的关系，身份明确，有人担保，才获得这个机会，如换作其他工种，那劳累程度就更要加倍了。

换言之，傻花是这个城市圈子以外的人，一般不会有这样的好待遇。于她而言，天生就是到厂里干活的命，活一到手上就激情四溢，手脚利索，而且完成质量高，没给人留口实。林坚强在旁边盯看了好一会儿，应该是有些诧异和满意的。

这与她在地里死活不干给牛上轭的活形成了强烈反差。

郑小春

第二天同第一天没什么两样，只是傻花的手法更加熟练了。但在当天晚上发生了一件让傻花魂飞魄散的事情，也是她从与城市接触后遇到的第一件新鲜事。

她从厂里回家，感到肚子咕咕叫个不停，晚饭一小碗米饭，就着青菜豆腐汤、咸白鲞，很快被吸收得一干二净了，肚子空空如也，早就在抗议了。

她很想吃一个“单角饼”（一毛钱一个的饼），这种饼做起来很简单，就是把红糖、白糖调色后，作为配料五彩缤纷地镶在由米粉和麦粉作为主料的饼上，咬上去酥中带甜。但是她在这里一直没有发现它的踪影。

她点起灯坐在土灶洞前，欲烧开水泡点早上剩的冷饭，就着豆腐乳做夜宵。突然“啪”的一声，还没上锁的木门使劲被外力往里一摔，“咣当”一声摔在了墙壁上，凛凛地颤抖着。

门口昏黄的灯光下，闯进三四个着青黄色军制服的年轻人，手持小棍子和电筒，将光直直照射在傻花的脸上，三四双虎狼一般的眼睛，在黑暗中闪光。傻花魂飞魄散，仿佛他们马上就会吞了自己一样，心中立刻浮上了疑问：“这是哪里来的穿制服的劫匪？”

她放下火钳，缩成一团，浑身发抖，用恐惧的目光看着他们。对方移开电筒的光，朝房子里面扫了几扫，几双眼睛盯着她的布包看了一会儿。这个家家徒四壁，连个床底的空间也没有，实在不需要查看什么，一目了然，除非需要到灶洞里查。

一个站在最前面的高个子说话了，用的是普通话，但声音几乎是吼着的：“哪儿来的？来这里干什么？有没有身份证？”如连珠炮一般。

最后那一问傻花听清楚了，她胆战心惊颤巍巍地站起身来，转身从床头拿出包裹来，耸着肩膀手忙脚乱将里面掏了个底朝天，方将身份证掏出来递给他们。

“乡下的，要办证！”他们几个脑袋凑在一起，将目光齐刷刷地盯在身份证上一会儿，几乎异口同声地说出这句话来。

“办，办，办什么证啊？”傻花喘出一口气来，用家乡话惊慌地问道。

“暂住证，现在就办，自带照片 20 块，我们拍照片 40 块，还有计生管理费 80 块，总共 100 块或 120 块！”

说着话时，其中一个年龄稍小的拿出一个年糕那么厚的本子就要撕票。另一个中等个子拿出一个黑不溜秋如大铅碗形状大小的工具，叫傻花靠墙，说要给她拍照。

傻花一时手足无措，全部听从他们安排，用手捋一下头发，往墙边过去。

正在此时，小春闻讯下楼过来，见此情景，连忙绽开笑颜，露出稍稍前凸的牙齿，对他们说：“各位领导，这么晚还在忙，辛苦了。这房子是我家的，旁边的楼就是我住的地方。这是我亲妹，要长住在这儿。她昨天刚来，还没来得及办，请你们宽限几天，我们一定办，到所里办。”

他们口气缓和下来，将脸转向傻花：“明天你自己到所里或者村里去办，否则就不允许住这里，你不搬走，我们将赶你回家！”说完话便转身往门口走去，傻花只听到“砰”的一声，那门又颤抖了几下。

惊魂未定的傻花忙问姐姐他们是谁，小春淡淡一笑：“派出所的，你是外来人，住在这里要办一个暂住证！这事包在我身上，不要放心上，明天稍微早点起来，我带你去办，不会影响你上班的！”

这天夜里，傻花睡得奇差，半睡半醒，老觉得那个木门会被人用脚踹开，会有一班荷枪实弹的人冲进来……

她早早起来，洗漱完毕，7点就吃完早饭，坐在床上等姐姐。一小时后，姐姐过来，带她走到了与厂房相反方向的村委会大楼里。

小春和一个五十来岁的男人嘀咕了几句，那人拿出和昨晚傻花看到一模一样的相机给她照了相，拿了她的身份证，傻花就去上班了。

晚上下班时，姐姐交给她一个蓝皮包裹的身份证尺寸大小的证件，还有几张发票。她看不懂上面的字，拿过来一打开，就看到照片放在了里面第一页。她觉得自己照片上的脸色与在村子里时相比要好得多。

不知道是不是在家跟莫小平三天一吵架五天一打架的缘由，

在这儿忙得黑天昏地脸色却还要好，她想这可能与找回自我有关。姐姐没有向她要120块钱，她也没这钱。

时光过得很快，转眼间一个月过去了。此时的傻花，再也经受不了对儿子的日思夜想，在漫长的夜里，在闷热的小房子里，她备受煎熬。白天折腾得浑身无力的傻花，竟然都能在半夜醒来，脑海中浮现莫忠、莫愚的影子，想他们是胖了还是瘦了，有没有生病，更为重要的是，有没有遭人欺负，或者暗算？

她还会想到那如虎狼一样的莫洋、耀武扬威的周大海，还有老不正经靠说些别人的笑料作为人生主要乐趣的陈东，还有周士松、周永兴和陈十九等人。

越是这样想，傻花越是担心，越是睡不着觉，恨不得马上飞回到儿子身边。

薪酬是按件计的，即按理鞋的数量计算工资，不是按时计算，这很公平，打破了吃大锅饭浑水摸鱼干多干少一个样的弊端。

在领到人生第一个月500元的薪酬后，傻花异常兴奋，用手揣在兜里紧紧捂住这钱，生怕它们飞了。她走起路来有点飘飘然，脑海里出现了要把天买下来的念头，顿觉所有的苦累都烟消云散了。毕竟，这是她在老家一年也挣不到的钱。

一想到老家，她的愉悦之情很快被思念代替，回家的念头如滔滔的江水一样涌现了出来。这使得她工作时会神情恍惚，神不守舍，这一异常，自是逃不过工友们的眼睛，不明就里的他们颇为不解。

她再也抑制不住了，回家是一个巨大的诱惑，时时在挑战她的底线。她流着眼泪向小春说，叫她跟林坚强说一下，给她一点假，哪怕一天也可以，让她回家一趟探望孩子。

那时厂里全年无休，小春专程到厂里向林坚强请假。他一开始没有同意，因为正处于生产高峰期，但经不住小春再三请求，好说歹说，终于同意给傻花两天假，并且要傻花立下军令状，如果第三天没有如期过来的话，就要开除她。

在返家前一天，吃过晚饭后，小春到厂里找傻花，傻花 10 点的班就没上了，6 点出来跟姐姐一起到了市中心。

在五马街的服装商场，傻花用人生第一份薪水买了两套蓝色的小短衫，带短裤的那种，两件换季便宜打折的红色小外套，里面是丝绵，在秋冬时节穿。她再买了一条白色上面有图案的那种 T 恤，给莫小平。在来来往往的人流中，许多男子身上穿着的都是这款，算是比较时尚的了。

本来她不想给自己买的，但经不起小春的软硬兼施，再三相劝，反复为她挑选、试穿，她就买了一条绣花的汗衫和一条黑色曳地的长裙。

在买裙子时，小春和她有了分歧，小春叫她买一条短的，即露出小腿的那种，但傻花不敢买，怕一年四季全村几乎都着长裤的女人们说闲话，说她农村人学城里人穿衣，老不正经，因此选择了一条腿部全部盖住的长裙。

在食品专柜，她买了一袋十个装一毛钱一个香甜的烙饼，里面有红糖和杏子仁夹着，还买了家乡没有种植的小一些的花生，以及四个苹果、六个橘子。

此时她发现，第一个月的工资真经得起花，买了两大袋子的东西，还余下大部分。这使得她从心上更加珍惜当前的这份工作，深感自己的幸运，对姐姐感激不尽。因为她无论需要付出怎样的苦，也在相应程度上得到了回报，不用回去过田里翻滚山上爬行的那种生活。

第二天早上 6 点，二姐就送她到车站，还托她带了几件衣服和吃的东西给爸爸妈妈和姐姐妹妹以及郑金宝。

二姐日子虽然过得一般，但是在亲情人情这个方面总是面面俱到，从来没有失了礼数，每到过年过节都会上山，带来东西给大家分分，热闹一番，因此与各个姐妹之间的关系都很好。

陈 成

傻花衣锦还乡的状况，我是通过陈成了解到的，视频里没有。

傻花到家的两天里，村子爆出三条特大新闻。第一条是傻花回来了，在她已慢慢从大家的话题中消失，再也挖不出来新闻时，她一出现，像平地里出现的炸雷，突的一下，又占据了村里的“头版头条”。

第二是傻花穿裙子了，成为村子里已婚妇女穿裙子的第一人。还别说，到城市里待了一个月的她，肤色白了好多，穿起裙子来，走路的姿势都不一样了，带有城市女人的那种优雅和自然，一下子把村子里几个天天挑着粪桶、水桶和箩筐，背着锄头佝偻着身子比她还年轻的妇女比在了地下。

第三是莫忠和莫愚穿上了全村最为漂亮的夏装套衫，一下子成了光彩夺目的时尚小男孩了。他们实现了华丽的转身，从小乞丐变成了小王子。

年龄稍大的莫忠，好像又长高了些，个子慢慢接近莫小平。

那时候在村子里，他们这般年龄没有这般新潮的夏天套装穿，就连教师周士松家的儿子周建达也没有。

莫小平没有穿傻花给他买的衣服，否则会成为第四条特大新闻。他在听到林业等人问起时，头还是与往常一样没有抬起来，悄悄地嘀咕了一声：“这个傻女人从来没干过正经事！”

“她出外挣钱你骂她，挣回钱来给你买衣服你不穿，还说她不好，那你到底要她怎么做啊？”陈东、周玉贵等人一阵哄笑过后，莫小平眉宇间稍稍飞扬过色彩，紧闭的嘴唇稍稍咧开，一丝喜悦之色的漫溢已经难以掩饰。

周文武一只手从旁边圆铅碗里拿炒熟的黄豆扔到嘴里，一边在唾沫横飞添油加醋地说着，其他村民除了假装惊讶之外，更多的是嘲笑，与以往不同的是，这次却掩饰不住羡慕、嫉妒和眼红。

那些曾经与她和她的家庭有或大或小的过节，甚至还欺辱过他们的陈十九、周永兴和周大海等人，此次在听到她的近况之后，都沉默不语，脸上露出复杂的神色。

让他们稍稍得到心理安慰的，是傻花没说起已经去过江心屿，就连中山公园有没去过也讳莫如深，三缄其口。

陈十九等一班人就得到答案了，江心屿傻花肯定没去过，不然会罗列进她所传达信息中的，而且还是首位的，于是就似得到救命稻草般自我宽慰说：“她不是说过一定要去江心屿吗，现在看来，大话是说出去了，但还没有实现，恐怕是难以实现吧！”果然，此言一出，一呼百应，大家又围成一圈摸四十分了。

莫愚相比之前瘦了好多，头发变得枯黄，稀稀疏疏只有几根茅草似的，只是在看到她回来，穿上新衣服后，才精神焕发起来。

谢天谢地，她不在的这一个月里，他们均能吃得饱饱的，只是莫愚发过一次严重的高烧，莫小平带他到卫生院打了几天点滴，吃了好几天药，才慢慢痊愈。

让傻花一直悬着的心放下来的，是这段时间两个儿子都没跟人吵架，也没怎么外出，一直乖乖待在院子里的树荫下摆石子，种生地。

傍晚时分，兄弟二人会牵着手一起到龙溪的龙溪潭或上游虎啸潭里游泳，他们远远避开其他人，包括同龄人，自娱自乐。

她总能感受到他们的平安健康才是最为重要的，不要让他们遭受外来的祸端，惹上不该惹的人，还有要驱除身子上的病魔，只有这样才能让她心安。

下午时光，两个孩子新装上身打扮停当，带她到水库旁看自家一亩水稻田，到山上看番薯园，放出羊来到飘雨峰上转了一圈。

那天晚上他们一边大口大口嚼着她带来的烙饼，一边不停地缠着她问长问短，厂里有几个工人？有没有小孩子？二姨家的张素素多大了？乖不乖？

对于这些属于他们这个年龄阶段关心的问题，傻花不厌其烦，一一详尽地给予回答。娘仨不管不顾莫小平的骂语，一直唠叨到深夜，饼吃光了，他们才唇边含着笑意，沉沉睡去。在睡梦中，莫愚还唱起了歌曲《明天会更好》，那旋律很优美，第二天傻花问他时，他说是近段时间林夷教他的。

在剩下仅有的一个休息日里，对于傻花和儿子而言，是最可宝贵的 24 小时，分分秒秒都像金子一般闪光。她带他们到岙村，在五凤垟乡最好的理发店给理了发，到供销社给他们量衣和剪裁了布，送到庄村全乡技术最好的赵裁缝家，付过钱后交代按期做好，由莫小平去取，赶上换季时给他们穿。

她还在供销社给他们买了一包冰糖，交代莫忠放好，每天吃一颗，放在嘴里慢慢抿着，待全部化开，不要整块就吞下肚子，这样可以拉长香香甜甜的时间。她还带着他俩去了一趟娘家，将二姐给父母、各位姐妹和郑金宝的东西一股脑儿都带过去，放在了爸妈家，再由爸妈一一分配给他们。她本人给爸妈买了两包金丝蜜枣。爸妈对莫忠和莫愚从表面上看好了一些，煮了四个鸡蛋和两碗粉干招待他俩。只是郑金宝还是对她一如既往地冷淡，对于莫忠和莫愚也置之不理，冷眼相对，对爸妈还是一如既往地大呼小叫，对于二姐给的东西，只管收入囊中后一声不响。

傻花把余下的钱，带足车费和一个月的伙食费后，全留给了莫小平。她知道他是实在人，在这个方面肯定会省吃俭用而不会出去乱花。她只是嘱咐他买点东西吃吃，即使买点补品补补身子也行。

她明白这一返程，虽然表面上很风光，但家庭里里外外都要交给莫小平，作为一个男人，既做妈也做爹，也挺不容易的，几亩地现在是浇灌季节，要时时照顾着，虽然儿子很乖，两个人能够相互照看，但是一日三餐，换洗衣服这些琐事总还是需要莫小平照顾周全的。

回家第三天清早，傻花四点半就借着晨光出发了，她还要赶上当天鞋厂上班规定的时间。可是无论怎样小心翼翼，两个儿子不知是有预感还是其他原因，都醒过来了，由莫小平带着他们送她到村口。

陈十九

而我在后来也了解到傻花与陈十九有一些恩怨，这是通过录像得知的。

结婚时傻花家的生活勉强算得上温饱，虽然大多数人家都是靠那几亩薄田和山地度日，但傻花家要困难一些，原因是多方面的。莫小平的家底确实薄得像一张纸一样，而傻花也没有带更多的嫁妆过来。

傻花虽然懒，但是个倔强的人，娘家又不是很富裕，对于自己的困境，一般情况下不会告诉娘家里，平素也不会无故到娘家去，有限的几次往来，也只是在过年过节时。

有一年，老天特别不通人情，一整个夏天都干旱无雨，傻花家 3 亩杂交稻，只收割了一半，到 11 月份，去年的少许陈米、今年的新米全都吃光，楼上的谷仓早就空了，被老鼠占领。煮饭的米没了，家里实在揭不开锅。

祸不单行的是，莫忠又生病了，口味差了好多，番薯干吃不下。傻花为了儿子，硬着头皮到娘家要了 50 来斤的米，用蛇皮袋装着扛回来。但当时和事后都横遭爸爸的白眼和冷嘲热讽，说她懒惰，种稻子不用心不勤打药水，到家里来要这要那的。

其实她哪有要这要那，嫁过来这么久，唯一一次到娘家要东西，就这一袋米。这让我想起《活着》里的富贵老婆家珍到城里（或镇上）的娘家拿来放在胸口带来的那一袋米。

每当冬天来时，他们二楼睡觉的房间外面，呼呼的大风透过木板窗的缝隙进来。身材瘦小的莫愚感觉特别寒冷，颤抖着紧紧抱住莫忠或者妈妈睡，从他们身上取暖。他不想抱着莫小平睡，按他的说法是："头与头睡在一起，爸爸呼噜打得震山响，头脚分开睡，爸爸的脚臭气熏天。"

爸爸的脚很怪，长度一般，却很宽厚，脚背上爬满了一条条凸起的"蚯蚓"，如一座座小丘陵。脚趾之间的缝隙里藏着很多白色的污垢，有时一张开，发现一道道殷红的伤口，在白色中如花般的开放，脚趾已经腐烂了。傻花说这是脚气，是因为不讲卫生洗脚没洗净和擦干，让细菌成活了。究竟是不是这个现象，无法确定，但莫小平洗脚时，按傻花的说法，水还没漫到脚背，就拿出脚来用抹布擦了就算了事，蜻蜓点水一样，的确是实情。

莫小平腿也长得难看，两条腿上膝盖以下的小腿部分，密密麻麻爬满了静脉，像一条条小蛇，盘踞在腿上，虎视眈眈，让我想起美杜莎。

这个现象，有人说是山岭爬多农活干多所致，有人说是遗传导致的。傻花说是遗传，因为莫阿崇的脚上同样有小蛇"寄生"。

莫小平身体倒还一直不错，一躺在床上，被窝里面就温暖如春，傻花曾对莫忠和莫愚说："你爸爸没其他好处，就是睡觉时身子一直保持暖和，罕有手脚冰冷的，无论天气怎么严寒。"

家里没什么好毛衣和风衣，他们的衣着都是傻花从供销社买来毛线织成的绒衣，穿上去硬邦邦的像太空衣，领子高时，穿了一段时间后，脖子上都摩擦出红色印痕来。

外面再套一件一年一度赵裁缝上门裁的中山装，莫忠二人穿的大多数是灰色，还有黄色，极少有黑色或其他颜色。我不由想起五四时期的大学生。

都说世态炎凉，人情淡薄，莫小平家由于穷，再加上傻花有点呆傻的样子，他们在村子里所受的委屈和欺负也就相对多一点。两个儿子童年遭受的不公，对于傻花和他们而言，一辈子都忘不了，虽然都是一些鸡毛蒜皮的小事，但伤害很深。

由于岸村及周边不太适合种果树，莫忠有时一年也吃不上一个水果，要吃水果，必须花钱去外地买。很少出远门的莫小平，也没机会从外面带几个过来给他们吃。原来屋子前院子里还有一棵梨树，这也是莫小平家唯一的一棵果树，生长的梨子个子大又圆、水汁多又甜，但每每快到果实成熟时，都被村里郑义、林小麦等几个小混混偷摘得干干净净，莫阿崇一气之下，就把树砍了。

在一个寒风凛冽、大雪纷飞的冬天，莫愚蜷缩在被窝里，傻花在旁边坐着织毛衣。莫忠从外面推门进来，带进一阵寒冷的风，冻得通红的手里拿着两个鹅蛋大小的梨子，递给莫愚，莫愚的眼睛发亮了，没来得及洗就放到嘴里大口咀嚼起来。

傻花忙问："从哪里拿过来的?"莫忠如实相告："隔壁陈十九伯伯家的梨树下面捡过来的，是被风打了掉在地上的。"

傻花"哦"了一声，没放在心上。不想一会儿过后，楼下响起陈十九"有娘生没娘教"的脏话，以及哐哐的脚步，"啪"，门被推开，陈十九看到莫忠不由分说，伸手就是两个巴掌，两条红色印痕马上就爬上了莫忠的脸上。

傻花生气了，伸手从莫愚手中把吃了仅剩一半的梨子夺下，向面朝着他们往门外退去的陈十九砸了过去。陈十九闪身躲开，那半个梨子在地板上滚了几下，掉入木窗子下面不见了。

傻花对这个事情一直耿耿于怀，后来有一次对林夷母亲陈金桂说："自家太穷，让人看不起，才使得这么丁点的小事换来两个蒲扇大小的巴掌。丢在地上的梨子，路过的人看到，本就人人可以捡的，又没上去偷摘。才这么大的孩子，脸颊骨受这重力，心灵上怎么接受得了？"

事后，莫阿崇曾经去责问过陈十九，结果也不了了之。

莫阿崇

结婚后傻花第一次单独去小春家这件事，还是莫阿崇告诉我的。他说是两个孙子告诉他的，我也结合了录像确认了。

那一年到正月时还是冬天，没有雪，只有寒风和冰冻，空气显得特别的湿冷。傻花留下莫小平和两个儿子离家出走了。

这次她觉得过于受委屈了，不单单是肉体上的痛，重要的是精神上的苦楚，当动手成为习惯，言语成为刀锋之后，留下的只有冷淡，久而久之便会成为怨恨。仅仅是因为她烧饭慢了一点，番薯削得不干净留有丝点红皮，他就要大动干戈大打出手，实在是让她委屈。还有整个亲友家正月酒都让他一个人去吃了，她和儿子都没尝上一口。儿子太小，不会懂得夫妻之间的这些纠葛。村里又几乎没有可以说私密话的人，她觉得心堵得很厉害，很压抑。

二姐小春和她年龄相差不大，从小在一起玩，一起挖泥土，一起挨骂，是那时娘家人中唯一情感上能有所依托的人。

二姐长得很漂亮，是岙村，乃至整个五凤垟乡里都有名的美女。岸村吃公粮的教师林强友，屡屡叫人向小春提亲。小春拒绝了他，她的理由是林强友个子太矮，皮肤又黑，还是个塌鼻梁。

小春最后嫁给了市里郊区的一户人家。但傻花明白，小春有浓重的城市情结，欲借婚姻离开小山村，她自己觉得凭美貌资本，可以到城里生活。

只是傻花一直不知道，这如跨国一般距离的婚姻，到底是谁介绍和牵线的。她曾经怀疑过王媒婆，也曾分别问过郑金寿和郑小英，但他们没有告诉她，只说不是王媒婆。傻花没有深究，只是关于自己的婚姻，有空就跟莫忠、莫愚说起，说王媒婆诸般不好，把莫小平这样的人介绍给她，由此会有先入为主的心理，关于婚姻的介绍人，首先会想到王媒婆。

个性耿直的傻花并不看好这段婚姻，二姐不在时，她会跟别人实话实说，称姐夫是一个好吃懒做的人，就知道喝酒和抽烟来度时光，而且所嫁的地方地处偏僻，与市中心有十万八千里之远，虽然有些夸张，但在还属于“这么晚才过来，棺材都抬到清明桥了”的中心小城里，小春的家确实离得有点远。

但二姐自有她的看法，傻花说她是自我安慰：“人家是城里人，真正优秀和条件好的，会看上我这除了有几分姿色，其他一无所有、身无所长的山村妹?”

在所有的亲戚当中，小春给小时的莫忠和莫愚留下的印象最为深刻，他们对这位能够带给他们冰糖和红酥糖的来自城市的二姨很有好感，平时一有机会就吵着要到二姨家玩。

比如莫愚，因脚受伤到城市大医院就诊，一到车水马龙的城市，顿时就将锥心的病痛忘得一干二净，吵着闹着要先到二姨家玩。病愈出院后，他也还是记挂着要到她家玩。

他以为她家在市中心，跟医院仅咫尺之隔，不知道还有一段较长的路程。温州城可是他日思夜想的地方，他的这个心愿，可苦了傻花，她知道他就是这么简单随性，哪能明白眼下最为重要、最为关键的事，她无可奈何，只好轻声细语地哄他。

莫愚的这个心愿，小时一次也没有达成，只有在盼望和失望中反复循环。待他长大去成了，才知道这是一种亲戚之间程式化的来往，虽然留下些许新鲜感，多多少少补充了小时想象中的空白，但再也没有任何强烈的感受。

其实傻花也没怎么去二姐家，这也仅是第二次，第一次是在作为伴娘送小春出嫁时。当时外出不像现在这么简单，跟着一群姐妹，长途跋涉，舟车劳顿，无异于一场万里长征。

这一次她只是告别儿子，离开家到姐姐家跟她说说话散散心，不然哪舍得天天寸步不离，“妈妈”叫得震天响的儿子。她也想过没有她在的日子，儿子的生活会是怎么个糟糕的样子。

她换上结婚时穿的那件花外套，那是爸妈买给她的，里面穿上二姐作为嫁妆送给她的毛衣，下身再套上大姐送给的棉裤，脚上蹬上解放鞋，吻别还在梦中的两个儿子后，就在晨曦中出发了。

那条到泽雅镇上的石条铺成的古道，要经过东岸岭、桂坑边岭、桐桥头中岭、西山北岭，要经过一座座迎面而立的山峰，穿过三个小山村，才能到达镇上的公路。傻花走累了就进路边的长安长亭子、日照短亭里，坐在长石凳子上休息一会儿，渴了就在路边的水井里用手或者勺子舀点泉水来喝，饿了就吃点昨晚整只蒸好用南瓜叶包着放到包里的熟番薯。

到达公路上，她不舍得花五毛钱坐三轮车到镇上的车站，她选择步行。到达车站后，她和一堆人一起使出浑身解数挤上了去市里的汽车。

一路上，她除了看尽窗外的风光，就是用眼睛的余光偷瞄售票员，她觉得她很美，年龄虽然有一点大，但个子很高，皮肤白皙，身上的制服使她看起来英姿飒爽，英气逼人。城里人就是不一样，虽然面对汹涌的人群，但她很有耐心，态度也很好，说话腔调听着抑扬顿挫，态度和声音让人觉得很舒服。

眼下的城市，秩序好了许多，公路两侧的房子几乎全都新造了，有些还是五层以上的。路上人也多了，摩肩接踵，热闹非凡。

车站里几个人扛着一个木箱子在卖眼镜之类的物件，凸出的箱子使其看起来像一个孕妇。公交车也多了，有几辆还是两节车厢，只是里面还是照样塞满了人。

听二姐说，以前有两个帮派为站队问题，老是在街上打群架，两班人手里都拿着刀枪，噼噼啪啪在火拼，一般市民根本不敢上街，秩序很差。

傻花的眼光接着转到街上妇女身上的衣着上了，有几个妇女的头发烫起来，像每到年末莫小平赶到藤桥集市上买的过年摆酒吃的花菜一样，还有她们穿的裤子是上面紧下面宽松的，屁股和大腿被紧紧包着，下面的裤腿一甩一甩的，像戏服一样，使傻花看得眼花缭乱。

走出汽车站她来不及喝上一口水，就一路打听往二姐家阳岙走的公交车站，找到车站后，她挤上了一辆有两节车厢但同样拥挤不堪的 4 路公交车。

因为车上人很多，她像一只小鸡一样又被挤在了后面。售票员“上车买票，逃票罚十倍”的声音在车厢里不间断响着，她没有掏出钱来买票，一来觉得四周都是黑压压的人群，掏出钱来都费劲，也怕钱在中途被截走，落得她和售票员都没个好。二来“逃票”也可以省下几角钱，用来坐返程的车，何乐而不为。

果然，一路上售票员判断不了车厢后面究竟有几个人从哪个站点上来的，有没有购过票，傻花逃票成功。

一路拥挤颠簸，她下车时已经下午五点，天色渐渐暗下去，从公交站到二姐家，还有三公里多的路程。虽然因为旅程的艰辛，她感到又渴又饿，目眩头晕，浑身乏力，但还是不舍得坐人力三轮车，一路上靠一张嘴打听过去，经过七拐八弯后，终于到达了姐姐家——一座两间一层半的屋子。

她见到了二姐、姐夫，以及一个外甥和一个外甥女。姐夫的脸上还是红扑扑的，不出所料又刚刚喝过酒。外甥女张丛丛非常喜欢她带来的番薯枣，一边放在嘴里咂着，一边连连说好吃。

对于突然到来的傻花，小春自是喜不自胜，一边叫她坐在饭桌上给盛饭，一边嘴巴不停地打听她家里的境况。在听到她嗫嚅地说出来此的原委时，姐妹二人不由抱头痛哭。

傻花说要跟莫小平分开过日子，小春说那是分居不是离婚，劝她不要这样做，因为那点房子，傻花无居可分，还有膝下两个儿子无法照看，缺一个上山下田的男人，拖着儿子的傻花一个人是无法过日子的。

小春还说，夫妻之间床头打架床尾和，夫妻间没有过不去的坎。

傻花知道这话也是说给她自己的，好吃懒做的姐夫凭着祖上继承来的三亩薄田，整天只知道贪杯嗜烟，每天早上刚起床，还没洗脸刷牙，就拿起铅碗去酒缸里舀来新酒喝。他有时喝多了，就动手打小春，打孩子。小春说，早晚有一天他会死在酒缸里。

当晚夜里傻花梦到了莫忠和莫愚，他们哭着闹着要妈妈，莫小平在一旁甩手打了他们几个巴掌，引来了一阵号啕大哭。她吓得一个激灵惊醒了，伸手向床里面摸去，空空如也。她抬头看见窗外月亮悬在半空，月光透过窗户洒进来，下面没有山峰，也没有梯田，以及自家院子，才知道是在五十公里之外的姐姐家，不由得冷汗直冒。

第二天傻花很早起来，在锅灶前和烧着早饭的小春东拉西扯着。二姐家的饭菜好多了，早中晚三餐白米饭，没有番薯，小春说附近一带都是种水稻的耕地，四周河道纵横，河水充盈，种不了番薯，菜是早上到菜市场买来的猪头肉、咸鱼干、莜麦菜和老豆腐，很好下饭。傻花吃了两碗饭。

小春还买来一盒麻糍，装在一个红色小塑料盒子里，傻花趁热吃过一块后，感觉用红酥糖调制的麻糍，入口即化，回味良久。

出乎小春意料的是，一吃过早饭，傻花就要马上坐车回家，二姐也不劝她，直接带她到了市中心的商场。

二姐掏钱在商场给她买了一双白色的女式回力鞋，还有一条青色的长裤，二姐欲给她买那种喇叭裤，她说不敢穿。二人还到中心公园逛了一趟，傻花看到了一架战斗机在展览，几个小亭子架在几座桥上，犹如玉带，一座小楼在小山上的树林中时隐时现。山上岩洞很多，从一个进去能够从另一个出来。山脚一块草地上，几个小孩子在放风筝，她马上想到了儿子，泪水不争气地溢了出来。

在回来路上，二姐还掏了五分钱给傻花买了一瓶健力宝汽水，天气虽然有点凉，但喝下去进入五脏六腑欢畅酸爽，让她连打了好几个饱嗝。

然后傻花踏上了回家的路，心里对她放不下的小春一同前往。当晚六点她们到达岸村，山村夜晚来得早，此时已经是伸手不见五指。当她们在黑暗中推开家门，坐在昏黄灯光下灶台边，手里拿着饭碗往嘴里扒饭的莫忠和莫愚寻声回头，一见是妈妈回来，立马放下碗筷跑过来投在她怀里，“妈妈、妈妈”叫个不停，傻花的眼泪如珠子般掉了下来。小春也泪眼蒙眬。

不善于表达的莫小平对于小春的责怪和调停，倒是言听计从，没怎么反驳，就照单全收了。于是一场家庭风波暂告一个段落。

小春在岸村只待了一夜，第二天一早和傻花一起去娘家看过父母姐妹小弟后，当天就回城了。这次去中山公园的事，傻花没了心情，只字没提。

傻花也和莫小平相安无事了。

小春只是一个手无缚鸡之力的普通妇女，一直没有出现跟命案的交集，个人生活都在正常轨道上，可以排除嫌疑。

李　红

傻花提到了一个叫李红的工友，她是庄村人，我通过莫愚庄村的同学陈龙了解了一些情况。

李红比傻花略小，来厂里已经一年了，两个人在不同的车间，她的工种跟张丛丛是一样的，只不过张丛丛缝制的是成人鞋，工艺技术要求高一些，相应的工资也高一些。

在得知傻花是小春亲妹又是经小春介绍过来的后，李红寻机找到傻花进行了自我介绍，二人工作之余来往一下，说长论短，讲些闲言碎语，饭点时一起到食堂打饭菜，坐一起吃饭，成了形影不离的好工友。

家家都有一本难念的经，李红也是有故事的人。双方通过深入交谈，傻花了解到李红及其家庭的基本情况，她本来在家里守着三间房子和四亩地，只要安于本分，辛勤劳作，过个衣食无忧、配（菜）肉吃饭的日子是不成问题的。但作为独生子的老公周忠武，虽然继承了全部家业，但好吃懒做，李红每年一个人辛辛苦苦种麦种菜养鸭养猪换回的那点钱，在年底之前就被他喝酒抽烟赌博花个精光。

三个年龄相仿的孩子还小，公公年纪已大，要维持生计，光靠那几亩田是不够的，无奈之下在田里种下杂交稻之后，把孩子托付给明事理清是非的公公婆婆照顾，她只身出来闯天下。

同是天涯沦落人，这让傻花深有同病相怜之感，改变现状的强烈念头，让她们都干劲十足。

李红还告诉傻花，她能待在这个厂，小春也起了一定的作用，当时过来应聘时，林坚强看到她的身份证，曾经问过小春关于她的基本情况，除了和她地域接近其他一无所知的小春帮她说了好话，使其顺利进厂做到现在，让她感激不尽。

李红曾经去过小春家，目光锐利心思细腻的她说，小春家四个子女，像茭白，大儿小女两头不如中间的大姐二儿，这一语中的，小春曾讲过，家中做工最勤奋、最懂事的是大姐和二儿。小春用荸荠白、猪头肉、花菜和白米饭招待她吃了一顿晚饭。

说到荸荠，傻花想流口水，想起小时在家里水田边角，偶尔也会种下几棵荸荠，才长到豌豆大，就连根拔起，在养着混浊水的田里洗几下泥巴，连皮都没削就全进了肚子。

李红说，小春把妹妹介绍进厂时，也没跟她说一声，如早点知道，可以多多照顾傻花一些。

后来李红去做了保姆，又介绍了傻花去做保姆，这也是友谊发展顺理成章的事情，属于人之常情，没有异常之处。

张禾正

都说祸福相倚，傻花在厂里班上得风生水起稳步前进之时，发生了两起天灾人祸，迎头给了她一棒，使其几乎丧失了继续干下去的信心和勇气。这距她从家里下山在厂里做活才六个月。

有一天她下班回家后，在昏黄的灯光下，发现房门大开，上面的 U 形锁口断开，掉在了地上。她捡起来一看，是被什么锋利工具剪掉了，另一小段锁条尚留在锁孔里。

大事不好，遇盗了！她的心一阵收紧，急切地跑进来，发现里面一片凌乱，床被翻了个底朝天，被子被掀翻在地上，包裹也被翻出来，里面的小物件凌乱地散落在床上和地上。

她心神大乱，慌忙来检查现金，最里面夹层的现金一毛不剩，这可是她最近两个月的薪水啊。这段日子她除了必要的吃饭缴费之外，不舍得花上一分钱，把钱都放在这儿了。这几天她就想去寄走的，苦于林坚强盯得紧，没机会出去到步行来回需要四十来分钟的镇上。不想这一千多元钱，就这样没了，幸好前几个月的薪水到镇上寄给莫小平了，否则这么多日子白干了。

除了那条连衣裙、身份证还留着，其他的衣服和裤子也被拿了个精光，就连桶中的米也被倒了个一粒不剩。

“哪个天杀的，偷到几乎一无所有的我身上来了。”她不由得流出泪来。身份证是在家里时，政府派人到周士松家院子里拍照，后来送上门的。

天色已晚，傻花没有告诉小春，但她一宿未眠，都在骂那个盗贼的祖宗十八代。

第二天早上临出门前，她到张禾正那儿拿来一个榔头、一个铁钉和一段木料，钉在门板和窗户上，只留一个机枪口大小的透风口。她中午饭后趁人不注意溜出来，用放在身上仅剩的一点现金，到新街买了两件衣服，一件红色内衫，一件秋冬外套，还买了一把新锁。

当天晚上，她回来躺在床上没有哭，而是翻来覆去地想这个事。突然间她想开了，小偷“光临”她这里也是没办法的选择，四周家家户户都是木门前加铁拉门，窗上加铁护栏，层层设防，固若金汤，小春家大门上也加了一道铁拉门，一楼窗户也箍上了钢条。一般的小偷根本进不了！

穷偷穷，弱偷弱，如果是有钱的贼，也许就不屑于偷她居住的这类地方，因为根本就没什么值钱的可偷，没油水好捞。只是这个贼撞上了好运，偷了她的薪水。还好，小偷总算讲点职业道德，把她的身份证给留了下来，否则要去补办，不知何时会拿到，这是她十分不愿意去做的事，因为在这儿除了钱，身份证比什么都重要。

想着想着小偷，她却自个儿笑起来，觉得村里人说的真没错，她就是傻瓜一个，遇到这种事还要为小偷找理由，这其实是在为自己疏忽大意，没有保护好自己财产的安全，把钱放在一般人都能找到的地方而找借口，得到点安慰。

第二天早上，张素素说，昨晚上 9 点多，她刚进入梦乡，被窗外一阵杂乱的脚步声吵醒。她睡意蒙眬地起来，循声打开窗户，看见两个年轻人正在用钳子使劲撬着傻花小屋的门锁。她想喊，但看到他们手中还拿着一把螺丝刀，各自持着一把刀，在那个昏暗路灯下闪闪发光。这让她一阵惊恐，急急忙忙钻进被子，手脚弓成了虾扣弹（虾蛄），心怦怦跳个不停，在惊恐中不知何时睡去了。

当晚，小春给傻花拿来两件旧绒衣、一条旧裤子，还有一小袋米。

古语说祸不单行，那年的秋季，正值秋高气爽防火烛之时，傻花所住的小房子又发生了火灾。当时是晚上 8 点，傻花还在厂里，素素慌里慌张地过来，拉起她就往家里跑。当她们上气不接下气地到家时，那小房子已是火光冲天，几条屋梁几块瓦片噼里啪啦地响着，似烧在傻花身上一般。

在眼前熊熊的火光中，傻春有了冲进去的想法，但小春的手臂死死地环抱着她，她想着在这儿的全部家当：包裹、衣服，还有席子底下的十块钱，刚买过来的一袋大米，一条还来不及烧来吃的鲫鱼……

她眼泪禁不住涌了出来。

张禾正带领张任任、张亮亮还有张丛丛拿着水桶和脸盆向里面浇水，但好像没起任何作用，火势反而越来越猛。随着几声警笛声响，公安和消防的车子开过来，停在了前面的大路路口。消防员拿着两条长长的水管进来，喷出几道如飞龙般的水柱后，大火慢慢熄了下去。一片漆黑的房子废墟上冒着浓烟，烧焦的气味直往鼻孔里钻。见大火已熄，这些穿制服的人就往外撤了。

傻花第一个冲进去，小春紧跟在后面，只见地上一片凌乱，已经烧成黑炭的房梁和木门基本报废，黑漆漆的一团，在地上冒着烟苟延残喘。傻花三步并作两步，把手伸进被子底下，紧紧揪住包裹，“唰”地一下子抽了出来。包裹已经烧进三层，里面衣服基本报废，那不到一百元的现金也破损了大半。

见此情景，傻花不由“呜”的一声大声哭出来。

土灶厨房由于不是木结构的，尚且完好无损，上面满是灰尘和水渍，里面的柴仓由于有土灶在前面保护，没有烧起来，可算是万幸了，堆在里面的几堆干柴如果烧起来，那土灶、铁床还有整个房子一定化为灰烬，片甲不留。

小春一边安慰傻花，一边和张禾正一起帮她整理房子。傻花从张禾正紧绷的表情看出，他甚是不耐烦，目光中时不时露出鄙夷来，他一边收拾着残留物，一边不停地责问傻花是怎么起火的，怎么如此粗心大意。

已经六神无主的傻花有一句没一句地答非所问，她找遍了每一寸地方，找不到起火点在哪里。

张禾正叫她明天到派出所问问，或许他们可以给出答案。傻花口头上答应着，心里不想去，她怕遭到他们的斥责，她不想跟这些人打交道，即使性命攸关也不想，而且即使他们知道了，也改变不了这个结果。

究竟是怎么起的火？从早上出门一直到回家之前，她都在厂里，早饭时没在厨房里烧火，在厂门口路边摊简单吃过两根油条充饥，就直接上班了。她泪如雨下，双手伸进还冒着烟的黑炭废墟中，搜寻一些上天怜悯而幸存下来的家当。

当天晚上，小春叫张素素到楼上拿几件衣服下来给她，她被安排到了主屋二楼那个睡过的小客房过夜。

整夜的时间，她都在想怎么起火这个问题，是有人故意为之，还是前一天放在土灶洞里的火炭没熄火而引燃？可是熄掉火炭是她每天出门前必做的一门功课。但如果是外来的，肯定有破窗和撬门锁的痕迹，但门窗已经面目全非，痕迹早就踪影不见了。

她辗转反侧，百思不得其解。忽然转念一想，如果是在灶洞里先起火，那柴仓里的柴火和床应该会全部烧光，整个房子也会保不住。

从昨天的现场来看，肯定外来的火或者门口起的火，而不是烧饭的这个地儿。而按照这个逻辑进行推理的话，是有人故意放火，可是谁要故意放她的火呢？

在这儿，除了二姐一家人，厂里的李红，她几乎不跟任何人来往，也没时间与其他人有任何交集，甭提得罪他人惹火上身了。

她那么普通的一个人，从没占别人便宜，至于与人结怨更是不可能发生的事，打工挣的是辛苦钱，厂里只不过是多了一个她而已，也没有把别人排挤出去。她越想越想不通。

第二天，二姐交代姐夫买来材料，叫来师傅把房子修好，还特意交代要把门换成重木门，门锁也要换成大一号的。傻花怀揣着阴郁的心情上班了。

趁着中午饭后那会儿空余，傻花向李红借了一些钱，到厂门口菜市场边的店铺里买来一套内衫、一件绒衣，还有一件外套，她决定用这些衣服度过马上就要来临的冬季，否则在城市里挨下去。

当天回来时，房子已经修葺一新，但那浓烈的烧焦味还是直钻鼻孔。小春把房子整理得井井有条，还拿下针线来，特意在她几条贴身的汗衫胳肢窝部位缝上几个小袋兜，袋口用小拉链固定，交代她钱要随身带着，注意换洗换兜。这让傻花很是感激。

她深感这个二姐为人的善良，亲人在异乡给予雪中送炭的帮助和关怀，如果是别人，即使是在此租住，发生了这样的大事，早就被扫地出门了。她住在这儿，不但租金分文不用交，而且还不断给二姐惹来麻烦。房子是二姐家的，这一切二姐都没放在心上，否则她不可能还在此生活工作下去。

当天夜里，她睡得很香，一觉睡到大天亮，连梦也没做。平时入睡时，她总是紧紧抱着被子倚在角落里，外面一点响动，包括老鼠的跳动，都让她心惊肉跳，生怕遭遇上鬼或者劫匪什么的上门。

在经历过天灾和人祸之后，傻花反而什么都不怕了，踏踏实实心无旁骛，她当天在厂里又容光焕发干劲十足。

这种变化，傻花给出了这样的解释：人有时会怕困难和麻烦，不断担心焦虑，特别是当那隐患存在的概率很大时，而一旦那困难和麻烦真的从天而降凶神恶煞般地来临时，人被剥夺了所有，经历过了火与冰的双重考验，倒反而清心寡欲胆量超大起来，因为已经一无所有了，再也不怕有人觊觎了。

一切重新开始，这是浴火重生，凤凰涅槃，在接下来这个特别冷的冬天里，城市三天两头有雪霰和冰雹，时不时夹杂着雪花，坚强的傻花没有再买一件衣服，就靠姐姐送给她的几件旧衣裳加上自己新买的几件薄衣，咬紧牙关挺过去了。

郑大妈

大年初十傻花就到了厂里。

一到厂里，傻花就向老板林坚强提出换岗位的想法。傻花的理由是，做鞋包技术含量高，报酬也多，自己可以通过岗位学到一门技术，包括熟练使用缝纫机等，累点苦点也无所谓。

但这要求一提出来，即遭到林坚强的拒绝，他认为当下开春订单很多，而鞋包岗位并不缺人，反而在理鞋的流水线上还缺人。再说做鞋包的都是年轻女子，傻花年龄偏大，万一双手和脑子跟不上速度和技术要求，会影响流水线的进度，给厂里带来损失。

在说了几次没成后，傻花央求小春跟老板说一下，小春见傻花的态度如此坚决，只得硬着头皮去跟老板说，得到的答案还是一样，傻花的工种无法调整，还说小春给他出难题，惹麻烦。老板也是一肚子苦水，最后发狠话说，傻花要么就乖乖留下来，安心理鞋，要么就卷铺盖走人，绝不挽留。

傻花考虑良久决定选择走人，即使李红和小春苦口婆心地劝说，说什么机会稍纵即逝，要懂得珍惜眼前拥有的时机等诸如此类的大道理，但都被傻花一一回绝。傻花就是傻花，她决定的事情是任何人无法更改的，尽管这样的个性也会让她吃亏。

她在与老板结算工资时，老板以她提前离厂对工厂造成损失为由克扣了400元工资，小春也无颜面再跟老板说情了。其实傻花是极其可惜这钱的，可是她已经做出了决定，就要付出代价。

小春帮傻花努力了整整一个星期，欲为她谋得一个鞋包岗位的工作，但周围几十家鞋厂，了解到傻花的年龄后，都将头摇得像拨浪鼓一样，一口回绝。张丛丛也帮傻花向她所在厂的老板推荐，还专门拉出老板娘说情，但结果傻花还是一样被拒之门外。

两星期过后，工作还是没有着落，傻花察觉到当她每天在小春旁边坐下来跟她家人一块吃饭时，姐夫目光中的不屑，张任任、张亮亮见到她时都把头扭开不打招呼，极为脆弱生性敏感的她，决定离开小春家独自出去闯一闯。

她对小春说要回家休息几天，不明就里的小春就答应了，而且劝她说不要灰心，还在继续帮她找，一定会找到同意招她的厂子的。

小春把她送到车站，临别时硬塞给了她100块钱。

在接下来的日子里，傻花还是继续漫无目标地寻找工作，足迹遍及新桥、景山、水心、南站、梧田、南塘和新城等地。但到处林立的工厂，咆哮的机器，就是容不下她一个人。

她舍不得吃一元一碗的咸菜面条，更舍不得住一晚五元的小旅馆。她大部分时间都与外来乞讨人员一起白天讨点开水吃根油条，晚上就住小桥下面或公园里，盖的被子就是她从小春家带过来放在大袋子里的那条，里面的棉比家里那床好，薄一点但很暖和。当时跟二姐辞别时，是张禾正叫她带着，对她说她盖过的，家里没人盖了，扔了可惜，在外用得着，带回家也还能用，傻花没有拒绝就带上了。

她摸了摸放在内衣夹层里的那几百块钱，一小沓的厚度，让她心安。这样的日子过了十来天后，傻花全身瘙痒难耐，她一度怀疑是小时的蚤子又上身了。

当天中午，有着时隐时现的阳光，她趁在跨越塘河梧田段的塘西桥下午休，周围没人的机会，脱下衣来，翻找了每个衣角，身上每一寸地方，没有发现蚤子。她明白了，是由于没有洗澡的缘故。

当晚她在梧田辽东一带选择一个最便宜的旅馆过了一夜，五个人挤在一座通天房二楼一个十来平方米的房间里，床是格子铺，使她想起李红住的厂房职工宿舍。在只有一个灯泡的昏黄的灯光下，在没有热水供应的条件下，她用冷水洗澡并把衣服被子全都洗掉，一直洗到晚上 11 点多才睡下。

当她躺在真正意义上的床上时，不免思绪万千，脑海中反复思虑着自己当初离开工厂的决定是否正确。可是现在回去，林坚强绝对会拒绝她的，而且她的位置，应早就由他人代替了。

四五分钟后，一阵倦意袭来，她很快就进入了梦乡。第二天，还在睡梦中的她被旅馆老板娘叫醒，告诉她中午 12 点了，要退房了。

傻花想起，昨夜她一直在做梦，关于自家睡觉的房间和床的，关于厂里伙食和小春家的猪头肉的，关于家乡的番薯枣和猪带肠（猪小肠）的……被叫醒时，自己正带着莫忠莫愚坐在林松婶家的酒席上吃过年酒，那八个碟子中的豆腐，林松婶切得如纸一样薄，经猪油炸后，咬上去脆响……

她依依不舍地起床洗漱完毕，最后对着镜子用木梳子理了一下头发，出来退了房，继续找工作，继续流浪。虽然已经是春末，但春寒料峭，时不时还会有冷空气冲过来。

有一天傻花在中山公园门口睡觉，倒春寒的夜间气温突然下降，把她冻得感冒了。第二天她拖着颤抖如筛糠一般的病体，蜷缩着向一个小茶摊的老板娘讨了一杯热开水，一口气喝下去，再花了一毛钱进入中山公园，爬到一块草坪上，躺在背着风的一棵大树下，整整晒了一天，肚子没进一粒米，下午时分鼻子微微出汗。天公帮忙，感冒竟硬给晒好了。

有一次，她在九山胜昔桥洞里睡过了头，醒来时发现小包裹被贼翻了个底朝天，衣服、毛巾啊什么的都被翻出来，随意扔在了地上，堆成了一团。她的解放鞋也被脱下来了，里面的鞋垫被拿了出来，有些还被风吹飘远了。她坐在那里，像个十足的乞丐。

她微微抬起颤抖的手，重如千钧一般去摸藏在贴身衣服夹层里的那几百元。谢天谢天，钱还在。窃贼可能是怕惊醒她，没有将手伸进她的衣服里面，也可能是放钱至此，出乎小贼们的意料。

灰色的日子还在继续，工厂仍然如天堂一般的远，工作对于屡屡碰壁但屡屡上门的她，似乎可望而不可即。

她还曾被公安抓过。那天深更半夜，她在人民广场花坛下面正半睡半醒，突然几个穿制服的拿着一个手电筒过来，强烈的光线直射到她的双眼里，她双脚不由得颤抖起来。光线后面的他们，极像她住二姐家那天晚上进来的那几个人。

“哪里来的？快点起来，整理好行李跟我们走！”果不其然，那个调调跟他们完全一致，还没容她回答，就要她起身跟他们走。傻花一声不吭，依言起身套上外衣，拎着包裹任凭他们摆布。他们赶她上了一辆四周封闭漆黑一团的大车，里面有五六个人，个个衣着褴褛，面容憔悴，一看就知道是外来的。车子开了二十来分钟后，到达一幢高大的建筑物里，轰隆隆的大门开启后，她和他们下来，发现里面有很多流浪汉和打工人在来来回回走动。她被叫进一个不到三十平方米的房间，里面待着二十来个人，男男女女，老老小小都有，横七竖八地躺着，响着各种呼噜声。

此房间举架很高，只有朝南一个铁拉门，上面挂着两个手掌大小的挂锁，墙上有两排窗，人够不着。傻花拣最西北处的一小块地方坐下来，靠着墙角，她不敢吸鼻子，一吸就是汗臭、烟臭、屁臭和口臭等夹杂在一起的异味。但是这个地方暖和。傻花一闭眼，在白炽灯的强烈光线下，安然入睡了。

第二天早晨，傻花分到了一个馒头，一瓶纸盒装的西瓜茶冷饮料。她上午看到陆续有人被叫出去，说是要送回老家，但也陆续有人进来，基本上都是江西、湖北、湖南等外省来的。午餐的饭盛在一个铝碗里，色相很黄，一个铝盘子里盛着菜肴，里面是咸菜混着青菜，一点肉碎撒在上面。傻花吃起来狼吞虎咽，虽然饭质很硬，菜也有点酸。

下午 3 点，一个穿制服的胖胖的大妈过来，在检查她的东西时，发现她带有身份证，而且还是本城山区的。大妈进一步跟她用温州话交流。虽然傻花乡下口音很重，把吃说成“切”，把贵说成“知”，但不妨碍她认定傻花神志清醒、思维正常，与常人无异，还有来温州的基本情况，睡“地床”的原因。

大妈说，在此难得见到一个属于温州山区的人，于是拿出一张纸，要傻花在上面签字，在傻花签了字承诺马上回家后，端给她一碗上面只有一丁点咸菜和虾皮菊黄颜色的米饭，待傻花两口并作一口地吃完后，就放她出来了。

其实傻花不想出来，这里的空间和臭味，她能够忍受，因为有饭吃有地方住，比外面好。但大妈说，在此不能超过两个夜晚，外省市的都要送回老家的。

对于傻花而言，只要每天的太阳会升起，她死也要死在城市里，对大妈的承诺，是她的权宜之计，她可不想被他们当成犯人一般，送回岸村，那就倒霉透了。她的城市梦还在，她的温州梦不变。

这段时间也是她最为自由的时候，虽然与生活在城市里的人相比较，她是处在最边缘的人，但没什么能阻挡她的眼睛，去看这座城市每一个风貌、每一点风采，以及感觉由此带来的享受。

比如她上次待过的旺增桥旁边的那一块地，又盖起了三四座大厦，外墙还带点粉红色，里面几个工人来来往往，都已经在做油漆外墙的粉刷工作了。如果能够住在那儿，哪怕只有一个小套间，都可以让她在睡梦里笑着。

还有曾经经过的九山河边，河里的水清冽，但比不上岸村龙溪里的。这里的可贵之处在于，两岸相继造起了几座房子，房子周边植起好多大树，那树冠遮天蔽日，给四周增添了一丝丝绿意。傻花想，这地儿种树了多可惜啊，如果再测量一下，还可以再造好几幢房子，城市寸土寸金，要充分利用的。

城市中心新造的房子都是套间，整个房间只有一层，进屋要脱鞋换鞋，不是高级木地板也是石英和水泥的混合体，岸村家里的地面只有泥土，上面连木板都没有镶造，凹凸不平别说，而且黑漆漆一片，在梅雨季节一下雨，里面湿漉漉一片，与水稻田无异。

其实这段时间，傻花也并没有闲着。她记得小春说起过，如果要到城市谋职的话，可以到职业介绍所去登记，不过得花钱。她就凭着这张嘴，向路上一个个行人问过来，整整走了四个小时，终于到了那职介所。职介所在一个很偏僻的地段，距离跟到小春家差不多，对于此时整天在城市晃逛的傻花而言，已习惯用脚步丈量远近，走路都可以走得这么远。

那辆呼啸而过的公交车上，杏脸紧贴着玻璃用双眼凝视外面小河的女子，神态怎么如此忧郁，是什么事惹得她这样？整个城市都因为她而忧郁了。那穿着白色连衣裙踩着飞达牌自行车，丁零零按着铃声飘过的女郎，她脸上的笑靥足可以让整座城市绽开笑容，热情洋溢地迎接她。还有梳着大背头踩着小凤凰自行车的男青年，从她面前一晃而过，脸上的皮肤很白很细腻，他肯定还没结婚。傻花傻傻地看着他们，心里不停地想着。

不过绕来绕去，有没有走了冤枉路，她是不知道了。在她到达时，介绍所已经下班了。当天夜里，她同一些流浪汉在一起，窝在介绍所门口过了一整夜。第二天一大早，随着臭烘烘的人群排成的长长的队伍，她排了两个多小时。

终于轮到她了，一位涂着大红嘴唇矮胖的中午妇女坐在一张破烂的桌子后面接待了她，正眼也不看她一眼，只顾自地查看了她的身份证，登记了相关基本信息，要求她交了一块钱，在寻找的职业类型中写上“做鞋包”之后，要求她下次再过来查问，就挥手打发她走了。

傻花在接下来两天里来过三次，他们要么查不到她的那张表格，要么就是找不到上次登记她的那个女的。她听人说遇到这种情况，肯定是没介绍成，那钱可以退还一半。傻花最后找到那个红嘴唇女人，说明来意，但她说不能退。后来傻花就再没去那了。

在职业介绍所附近以及平时流浪时看到一些鞋厂，傻花就进去毛遂自荐，找了三十多家，其中几家皮鞋厂都进去面试过了，但在她提出要做鞋包时，都被拒绝了。

唯一值得庆幸的是，傻花身上还有一点钱，在保障了她基本生活的同时，也给她的心灵带来了慰藉，证明还不到世界末日，一定会找到机会的。

即使就这样在城市里流浪着，她也心甘情愿。只是她脸色似乎越来越难看，不是惨白无光就是焦黄无色，头发也越来越草黄，蓬头垢面，越来越与城市里主流体面的人群走远了。

其实，傻花一度想过要离开城市回家休息一段时间，再行出来寻找。家中的破被子，莫小平肯定很少进行洗涤和拿出来晒的。还有湿地面，在春雨绵绵之中，不知莫忠和莫愚会不会摔倒。还有木雕床……她现在最大的愿望是盖上自家被子，心无旁骛聚精会神地搂着莫忠、莫愚睡一个好觉。虽然只有两间平房，遮风挡雨却足够了。

还有飞来跳去的母鸡带着一群小鸡随地大小便，虽然粪便拉得到处都是，但此时似乎亲切无比，让她如此怀念。但远在天边，遥不可及。有时她也有了新的感受，寄托她全部精神的莫忠和莫愚，还有老公莫小平，那些吵吵闹闹都没有了，只有一个人在外倍加冷清，生命中的失落感油然而生。

说起睡觉，是最让人揪心和动脑子的，有一次她在德胜桥底下时，由于夜里气温突然下降，再度患上了重感冒，其过程和上次一模一样。她只得故伎重施，到九山公园晒太阳。但这次不好使，她晒到下午五六点太阳快要下山了，还是头痛欲裂，全身发烫发起了高烧，身子里除了血之外，水分都化成了鼻涕，像九山河水一般流光，没有一点好起来的迹象。

她试着站起来，欲到门口那个小店弄点开水或者白粥喝，但浑身没有一点气力，根本站不起来。她身上的感冒病毒似乎越来越疯狂，在噬咬着她的头部和越来越弱的躯体，很快就要进入五脏六腑了。

当天边最后一抹夕阳的光隐入雪山时，她身子颤抖着，被子的温度根本抵挡不了四周越来越低的气温。她的呼吸越发急促起来，身体在被子中像筛子一般抖动，迷迷糊糊之中似乎看到了一条通向远方发着光亮的道路。

她想到了死，想起了童年不快乐的时光，那种重男轻女百事哀的家庭，爸爸妈妈看她的眼神，都不是父母应有的慈祥与温和，没有一点平等的姿态，不顾别人感受，总是高高在上的打骂。她后来嫁人了也不幸福，只不过是从一个火炕到另一个火炕，夫妻家庭生活像战场一般，吵闹不断，天天盆碗门柜噼里啪啦，漫天飞舞，与娘家比，只是挨打的方式不一样而已。

她还想起在城市一年多悲喜交加的日子，她上下颤抖着的嘴唇微微动了一下，想苦笑却笑不出来。她发现四周的寒冷，如一座大山似的压了过来。她本来是要扎根在这儿的，这才是她梦想和向往所在地。

虽然如今落魄到这步田地，甚至马上可能会付出生命的代价，但她无怨无悔，人总要有思想和身体归宿的。

她想起，也是因为到了城市，才有了自结婚以来过上的第一个好年。说到过年，最让她宽慰的是莫忠、莫愚，两个宝贝终于过上了一个温馨年，在村子里抬起了头，包括在莫洋面前也可以昂首挺胸地走过，而这正是她一直向往和追求的。

“我不能死，不能死，为了莫忠，还有莫愚，为了他们更为美好的明天，为了更为温暖的过年！我要看到莫洋坏日子的到来，看到这个恶人受到报复日子的来临！”

想起莫忠和莫愚，还有她恨之入骨的莫洋，傻花突然从心里想把“救命”二字喊出来，她挣扎着想起来，但她的躯体却像僵死了一样，双脚根本没有力量来支撑她的动作。

“救命！”她用尽全身力气用城里的口音喊出来，裹着被子一点一点沿着斜坡往山的另一侧即门口方向爬去，爬了几下，小腿磕到一个石块，身子往右一侧，后脑勺撞在了白天靠肩的大树上，她昏倒在了树下。

在影影绰绰中，她隐隐约约看到早上给她喝开水的门口那个摆小茶摊子的大妈，急促地迈着步子，一步一摇地赶过来了，扶起她叫唤她，她想答应，但却无力回应，想喊，喉咙却像被硬物塞住一般，喊不出来……

她不知道昏迷了多久，当睁开眼睛时，发现自己躺在一张床上，上面盖着洁白的被，四周墙壁也是洁白的，左右各有一张床，上面都躺着人。她想撑手起来，刚一动左手，发现一条长长的细水管插着手臂在挂盐水（点滴），悬着的瓶子里还有一半药水在流着。她躺在了医院里。

“你，你醒啦?”那位大妈就坐在床右侧的一张凳子上，见此情形站起身子，脸带笑意地靠过来。

“阿姨，我，我怎么会在这里?”傻花轻轻地把这几个字从嘴里吐了出来。同时她稍微用力摇了摇头，头皮上还有微微痛楚，但已不再沉重如铅，疼痛已经减缓。她吸了一口气，提了提神，全身不再绵软无力，精神已经好了许多。那位大妈坐的凳子后面地上，摆放着傻花一大一小两个包裹。

大妈告诉她，她跑过去后，抱不动傻花，就叫来公园管理处两个五大三粗身强体壮的保安，一路上轮流背着把她送到此市三医院来急诊。

主治的林医生说，给她输了好多瓶葡萄糖和降温药，才保住了性命，还说这是他们医院自建院以来接收到患感冒发烧最为严重的病人，用药也是最多和最重的。如果晚半个小时，恐怕性命难保。林医生接着说，傻花可能是抵抗力太差了，抵挡不了发烧或感冒的病菌，引发了严重感染，患上了病毒性心肌炎，如果发作厉害的话，就会危及生命。医生说，接下来几天只要在医院里好好休息，恢复体力后就可以出院了。

傻花自是对眼前这个只有一面之缘的城里大妈感激涕零。接下来的几天，大妈每天早上 9 点钟准时来，下午 5 点多才回去，来时都会带着熬好的皮蛋瘦肉粥，使它成为傻花在城市里颠沛流离期间吃过最好的饭菜，大妈说是“温粥人的工艺”，她还捎来麦乳精、黄桃罐头给她进补，服侍她起居，像个亲人一样无微不至地照顾她。

大妈告诉她，第一天带她过来急诊时，她整夜没睡，一直守在急诊室里，她在医院昏迷的 8 个小时内，她没离开过，也没合过眼。

三天后傻花出院了，大妈带她到家里吃了一顿饭。她家就在九山河边一个学校的旁边，一座二层的小阁楼，南临九山河。偌大的房子，只有大妈一个人住。傻花在她家里第一次吃到了江蟹、河虾和鮸鱼丸。

在相处的三天里，傻花如竹筒子倒豆，一五一十将在温州的经过全都告诉了大妈。在听说她的故事后，大妈很是感动，但是没建议她再留在温州，而是劝她早点打道回府，在岸村安身立命。

傻花说等将来挣了钱再还给她垫付的价格不菲的医药费，她知道，贴在内衣里的钱已经没有几张了，根本付不了住院、医疗的钱。大妈说不要了，算是她积善积德的一件好事，她老伴走得早，两个子女不在身边，儿子一家人都在外地做生意，只有过年回来一趟。女儿嫁到新城，离得远，来的次数很少。她多年来一直是一个人生活。她不缺钱，摆小摊子是过过日子，充实充实生活，不是为了挣钱谋生。大妈说，这几天做了一件好事，心里很是宽慰和充实，叫傻花不要提还钱的事，不要违拗了她的本意。傻花只得答应。大妈与傻花同姓郑，她家的门牌号码是九山路115号。

第三天一早，傻花千恩万谢一步三回首地告别郑大妈。在出来的路上，她看到郑大妈倚在一楼小院子外面围墙的铁门上，目送着她身子转过学校门口，微风吹起她鬓角的白发，傻花感到一阵心酸袭来。

她知道，郑大妈的生活中缺少的是陪伴，而不是金钱。她想起父母，虽然年事已高，生活艰苦，但有老伴，不会有郑大妈这种孤独清冷之感。她由人推己，想到了莫小平，不由一阵苦笑，如果两个人能够相互陪伴终老一生，不要留下一个人寂寞冷清，也是挺好的人生。

她一下子原谅了王媒婆。她在心里暗暗发誓，一定要找到活干，学到做鞋包的本领，无论以何种方式，报答郑大妈的救命之恩。

于是，她又过起了四处流浪的生活。

张树峰

傻花在华盖山的山脚，找到了一个防空洞，躺在一个石条凳子上过了一夜，她第一次感受到夜晚的空气是温暖的。她非常后悔，自己怎么没有早点发现这个地方呢？在这待一辈子都不成问题，比岙村凌云山凌云庙里的和尚住得要好，因为这里是城市，呼吸的是城市的空气，吃的是城市的米饭，看到洞外是城市的风景。

一开始她不知道这是防空洞，还以为是城里人放番薯种子的山洞，直至第二天上午一个穿制服的管理人员过来，把她抓住，才知道这个洞是用来做军事用的，当时她吓得屁滚尿流。但那管理人员见她吓得如此程度，似乎有些不忍，口气一转称平时可作为民用，要睡觉的话晚上迟点过来，天一亮就要走掉，因为会影响白天设摊等正常经商活动。

在白天傻花怕走远会迷路，找不到这个黄金宝地，就没去远，在附近这一带转悠。她把此洞当成孙悟空给唐僧画的圈，不出圈子，就是安全的。这里商铺进来后，小吃铺很多，上面有便宜的暖热白粥，中、晚餐都有卖，基本上一天都有暖和的，还有实心包，在手心一日三餐滚烫的都有。

每天晚上，也会有十几个人过来一起过夜，有好几个还是“老客”，都说工作没着落，但一直没进乞丐帮。估计是管理人员限制或是清查的缘故，这里就似一个旅馆，人数得到了限制，因此傻花并不害怕，晚上也睡得踏实。

事情的转机发生在傻花住防空洞一个星期后。她把防空洞的外围不断扩大，因附近一带厂房稀少，如孙悟空化不到食物一样，需到远处寻找探看。那天她在城市东部的上田找到了一个小厂，一个叫张树峰的小青年办了一个小布鞋作坊，名字就叫张树峰布鞋厂，他同意傻花进厂从事鞋包制作工作。

傻花在城市的流浪生活将要结束，将要开始新的城市征程，翻开人生新的一页。

之前她所去的大部分是大厂，跟她做过林坚强童鞋厂的规模相当。张树峰招聘傻花的原因在于，一方面他实在缺人，招工广告贴出去已近一个月了，来打听的寥寥无几，几个年轻有过工作经验手握技术的都看不上。另一方面，是傻花的那份诚意感动了张树峰，作为这个城市地区的人，尽管家住偏远山区，年龄有些偏大，但有这份赤诚之心，还怕什么事做不成？愚公都能移山，精卫都能填海。

傻花开门见山说明了来意，称会通过努力学会制鞋包，很快进入角色，不会给厂里增加负担的。傻花并没有死皮赖脸地纠缠着不走，声泪俱下地说家庭的苦难，来讨一口饭吃之类的话，而是大谈自己的理想和吃苦精神，以及痛下决心学艺的诚心。傻花不卑不亢的态度，让张树峰极为欣赏。

布鞋厂虽然规模很小，操作工人和生产流水线跟林坚强童鞋厂无法相比，但傻花觉得这里适合她，适合如她这般一无所有一无所长但仍想要在城市里寻梦的人。

在张树峰厂里，傻花也解决了后顾之忧，就是住和吃的大问题。她和吴洁一共四个女工，住在棚屋外面另行搭建的一个小木屋子里。其他女工，住在主楼的五层。主人住在三楼。

小木屋里两张格子铺，上下两层，她在下，吴洁在上。吴洁还带了一个小收音机，晚上下班洗漱完毕睡觉之前收听广播，有情感夜话类的，有歌曲点播类的，还有社会新闻类的。地方不大，很简陋，却很温馨。

一日三餐由张树峰家里的大厨房供应，由张树峰的妈妈张妈和妻子采购烧煮，早餐吃粥为主，下饭的有咸菜、虾皮、皮蛋和豆腐，有时还有实心包和油条。厂里给每人一个铝饭盒，工人们拿饭盒盛上米到厨房蒸笼里来蒸，蒸熟后各拿各的，接着用一个小碗到厨房盛菜，菜品价格合理，月末从他们工资里扣。这方式跟林坚强童鞋厂无异。

傻花终于有了一台缝纫机，与她排成两列面对面操作的有二十来个女工，大部分来自外省。缝纫机属于机械化操作，需要的技术说简单也没那么简单，特别是对于一直在农村除了会挑水和拿锄头，其他什么都不会的如傻花此类的人而言。

刚开始那几天，她的手屡屡被缝纫针刺得血流如注，鞋包也做得粗劣不堪，一条条做起来六不像，有一条做成了小袜布，让张树峰哭笑不得，拿出来给大家看，作为反面教材。

但傻花坚持不懈，任劳任怨，她还要感谢张树峰，发自内心的，在最困难的时候，是他收留了她，让她得以继续留在这座城市，让梦想能够延续。这样的人，一辈子没能遇上几个的。

都说傻人有傻福，在傻花生活中出现的另一个贵人是吴洁，一个来自这座城市最为偏僻经济欠发达山区的姑娘，上过初中的她，成了傻花的老师，也成为她生命中一个重要的人。

吴洁虽然脸上肤色有点黑，但五官端正，鼻子高高的，头发很黑很多，眉毛细长，抿着一张小嘴，身体很健康，双腿稍有点粗。

吴洁从事成人鞋包的制作已经一年多了，现在不但速度奇快，而且做出来的成品针脚精细，线路清晰，方位准确，缝合口圆满收尾，几乎没有弯斜，像一件件艺术品，是厂里做得最好的女工。

对于坐在身边的傻花，吴洁不厌其烦、手把手地教她，包括放布的位置，落针的准确点位，针数的合理性，频率的大小等等。为了早点掌握技艺，尽快入行，除了工作时间之外，傻花就利用晚上的时间，坐在缝纫机前嘣嘣地踏着，用的是那些地上已经作为垃圾处理的破残小布料。

这使看在眼里的吴洁愈来愈用心地教她，张树峰看到也很是欣慰。一个星期过后，傻花做出来的鞋包已经初具模样，基本上能上低价和断码鞋面了。

成功的背后都是汗水的付出，那几天傻花都是如佛像般端坐着，圆睁双目死盯着机器不断练习着。

一个月后，傻花跟着吴洁吃了两餐肉、一餐鱼，是吴洁掏的腰包，在路口的温州小排档里。当拿到第一个月工资时，傻花摸着自己伤痕累累的手指头，蜷在被窝里偷偷抽泣，想起终于告别了一个多月的流浪生活，重新在城里活过来了，真正体会到了天无绝人之路，不由得百感交集，她想起年轻时不懂得有技术才有饭吃的道理，以为那片番薯山、水稻田，就是人的一辈子。

吴洁爬下来拍她肩膀，问为何而哭，她伏在她的肩头哭得更加响亮，吸引隔壁主楼的好几个女工闻声过来了。

日月如梭，两年很快过去了，傻花在温州已是第四个年头了。

吴 洁

这年冬天，吴洁向傻花提出了一个提议，她说：“要不要到大厂试试，工资高出三分之一，年终还有大红包!”傻花不置可否：“随你便，跟你混没错的!”她接着跟着问了一句：“你怎么知道工资高?”“山区老乡嘛，上次我回家时，遇到时说的。”吴洁神秘地说。

其实在傻花心里，也是想走的，现在她和吴洁两个人承担了这个小厂三分之二的鞋包量，但工资并没有水涨船高，其他的女工也换了三四茬了。

出于感恩，傻花硬着头皮留了下来，而吴洁也陪她留着，两人成为这个巴掌大小的厂子的元老和台柱子了。工资涨不起来的原因，也并非张树峰这个先富起来的老板剥削她们，而是市场化的结果。

遍地雨后春笋般涌起的鞋厂，其规模、技术和生产力都超过了张树峰布鞋厂，造成了鞋厂的市场占有份额非常有限，在价格上没有上升的空间，导致利润没有上升空间，傻花她们的报酬也相应没有增加。

在一个月末，傻花和吴洁将厂里的活计全部做好，终于到张树峰办公室说明来意。张树峰没怎么挽留就同意了，他明白，天要下雨，娘要嫁人，心里要走的人是留不住的。从另外一个角度讲，如果不是她们，工厂的利润也不会一直维持到现在。离开的时候，张树峰还特意交代妻子给她们各发一个红包。

接下来的日子里，傻花和吴洁并没有顺利在大厂里接到活儿，因为当年已过6月，一般的大厂鞋包工都已经招满，不缺用工。傻花她们只好屈就，在新桥另一家叫安稳的小厂里暂时谋得一份鞋包工作。这个小厂的形式和结构与张树峰家一样，估计占的市场份额也差不多，量也就是那么一点，客户就有限的几个，扩展不了。

与张树峰家相比，此处优点在于下午六点就下班了，接下来的时间由工人自己支配。

由于有了这个时间，傻花要么与吴洁一起去散逛，要么就一个人溜达，到城市中心的大马路上闲逛。傻花最喜欢看街上越来越多的摩托车，有黑色的本田王，红色的铃木王，她特别喜欢本田王。

他们坐在车子上，两个轮子在地面上卷起来，从身边呼啸而过，有些后座上还捎带穿着裙子露出小腿的城市女郎，头发飘起来，眼睛直视前方，高傲却不惹人厌，特别吸引人，特别潇洒。傻花想，如果莫小平坐在上面开，会不会很帅，很潇洒，但念头一转，又想不可能，他坐上去的话，会伏在上面，佝偻着背，像一只鼬鼠。莫忠好像还太小，虽然上次到家他又长高了，但是脸上还有稚气，特别害羞胆小，没有城里人那个有富贵自在自我感觉良好的特殊气质。

城市里开这些车的大部分是老板，有长得精瘦、肤色白皙、个子高挑的，坐在上面任由下面轮子唰唰响着往前飞驰；有长得肥胖的，挺着大肚子坐着，后面屁股口袋里别着一个如砖头大小的大哥大，据说这个东西拿在手里可以随时随地打电话，不用电话线连着，比起张树峰家办公桌子上那个花了近一万元装起来的电话机可先进多了。据说价格要好几万。

记得傻花第一次打电话给李红，上下拿反了，把听筒放到嘴边，话筒放到耳里，说了半天对方听不到一点声音，张妻获知真相后，“笑死了，笑死了”，捂着肚子笑个不停，从站着笑到蹲下去笑，只差一点就要在地上打滚了，好不容易站起来时连说肚子疼死了。

闲逛时傻花经过以前睡过躺过的各个地方，河岸边、桥头、公园边甚至田野里，发现大部分都矗立起了高楼，或者正在一层层建造着。这些大楼外墙都涂上了各种颜色，黄色红色蓝色的都有，看起来炫丽斑斓。傻花需要把头仰起来方能看到顶层。她睹物思情不由得感慨万分。

这使傻花又做起了梦，梦想着能有一个套间，进门要换上拖鞋，再吃饭睡觉，傻花会把它打扮得漂漂亮亮，清清爽爽，不沾一丝灰尘。

接下来几年，傻花并没有在安稳小厂里干到底，而是转了好多地方，换了好几家鞋厂，现在与以前相比不同的是，她再不会像无头苍蝇似的流浪，不用再像夜耗子般在桥底下过夜。还有，傻花做鞋包的技术已经达到了炉火纯青的地步，与她的启蒙老师吴洁相比，青出于蓝而胜于蓝。这也使得她在这座城市里生活游刃有余，无论去哪个工厂，都能解决生计问题，让她深深体会到手持一门精深手艺吃四方饭走遍天下都不怕的道理。

人生就像一个轮回，要么在原地转圈，要么在外转了一圈又回到了原点或者起点，这似乎是定律，也是正常的现象。就像傻花，在城市里兜兜转转了几圈之后，又回到了一个大鞋厂，她和吴洁找到一个做成人皮鞋的大鞋厂，名叫荣耀皮鞋有限公司，位于杨府山，距离市中心也就四五站公交车站距离。与初来乍到在林坚强童鞋厂打工的感觉有相同，又有不同。据说这家公司所生产的皮鞋远销国外，包括欧洲、北美的发达国家。老板对她们俩娴熟的技术和超快的手法甚是满意，给了她们一个单间居住。

这使得傻花自离开张树峰布鞋厂后，又有了一种安居乐业的踏实感。

周新森

在新的一年即将结束时，岸村再次传出了新闻，新闻的主角还是傻花，新闻的内容是，她说到做到，去了一趟江心屿，痛痛快快地游玩了一天，成为村子里第一个去江心屿玩过的女人。

据不太准确的调查消息，全村男人们去过江心屿的也寥寥无几，听说除了那几个吃公饭的老师、邮递员偶有去过一次之外，其他人基本就没有去过。谁去过，肯定会大肆宣扬，如通过村子里的广播喇叭或敲锣打鼓进行专题报道一般。

这毕竟是一件大事，尽管傻花被认为是村里的傻女人。

傻花将两张照片拿到了周荣家小店里，给周玉贵等人一一传阅，这个旁证是村里的邮递员赵小文，他给傻花送来了她在江心屿拍的照片，信封上落款是温州市公园路照相馆，铁证如山证明她绝非撒谎，绝非拿个假照片来糊弄大家。

只要村子里有人问起，不管其要不要看照片，傻花都拿出来给他们看，在返乡过节那段时间里，她就揣在口袋里，随手拿进拿出，在村里上下走动次数也多了好多。

一张照片上的她站在江心屿码头上，眼睛看着前面滚滚流过的瓯江，背景是大门上面镶着“江心寺”三个大字的黄色江心寺，还有高高耸立着的著名的双塔。另一张是她爬到江心岛屿的最高处，即在东塔塔基上面，与二姐站在一起，望着江对面的房子。她穿着那件黄色冬装，咧开嘴傻傻地笑着。

至此，全村人都相信了傻花确实去过江心屿，而一些抱着怀疑态度的如周玉贵、赵乐新、周大海等人，现在也只得确信无疑，接受这一个对他们而言极其残酷的现实，虽然他们再次听到赵乐新在绘声绘色地描述那张照片上的旖旎风光时沉默不语，但内心却像打翻了醋缸一般，他们几个堂堂七尺男儿，还没去过江心屿。

其实，去江心屿那一趟，傻花当时并不想去，说到底还是花费的问题。之前在家时仅仅是异想天开说着玩的，她才没心思这么认真来兑现这样的承诺，村里人说话都是不算数的，周大海还说开公司，赵乐新说要出国当华侨，何况她一个妇道人家，去哪里玩关他人什么事，她犯不着信守承诺。

而最后能够下定决心去一趟的，是由于二姐小春苦口婆心地劝说。那时她还在林坚强厂里，年底回家过节那天，傻花收拾好工厂里的物品后，去找李红告别，欲趁机早点回家。

厂里打点妥当后，傻花当天住在小春家里。在吃晚饭时，敲定回家的日期延后一天。就在她心情愉悦，畅想再次衣锦回乡光宗耀祖一番时，小春叫她明天到江心屿一趟，好好玩上一天，小春说忙死忙活整整一年了，一直没去景点走走，去走一次，作为对自己的酬劳。

傻花其实不太想去，今年虽然挣了一些钱回来，到家后可以过个富足无忧年，这是跟岸村其他人家相比而言的，也可以让莫忠和莫愚高兴一把。傻花犹豫的原因，是觉得自己也很不容易，每天起草摸黑，累心累身不说，节外生枝的事情，横遭变故的意外，也屡屡找上门来，从没一帆风顺过，她屡遭打击，灰心丧气，一度有了打道回府过老日子的念头。

这些过程，也让她明白，即使在城市里有小春，如果没有经历风雨，没有磨难和挫折，觅得一席之地存活下来并不容易。她现在的状态，还仅是一个过客，她的家并没有安下来。去玩与否并不重要，那是存活之外的，这个花费，她实在舍不得。

可是小春还是苦口婆心，苦劝不止。她拗不过，只得在第二天稍稍打扮，放弃了原本要给自己买几件衣服就回家过年的打算，和小春一起去了江心屿。

江心屿是城市北首瓯江中的一座岛屿，这边江水连接着望江路，那边连接着永嘉县的重镇瓯北。岛上花草树木葱茏，绿荫遮蔽。

因为这个独特的地理位置，许多文人墨客纷纷来此游览，包括谢灵运、孟浩然、杨蟠、张又新等，有的还隐居下来，由此留下了许多著名的诗篇、文章和书法绘画，以及许多历史悠久的建筑物，包括双塔、浩然楼、英国领事馆和江心寺庙等。

第二天一早，她们起了个大早出来，坐 4 路公交车到底，再走个一公里左右就到了江心码头。她俩都要抢着买票，手里拿着钱推来搡去，最后还是小春买了，傻花凑够钱数硬塞到她的口袋里还给了她，她知道这票价较贵。到江心屿船只来回少，游客却与日俱增。个子娇小的傻花，在船儿离岸的那时刻，咬紧牙关，缩成了一只猴，好不容易挤过去靠在船舷上，双手扶住一个柱子。

后面的人还是越来越多地往前挤，她的双脚都不能着地了，几乎要被挤出来像一片落叶一样掉在瓯江里。小春胖一些，身子也颀长一点，别人不怎么挤得过去。

但傻花还是感觉很好，在她的记忆中，这是她第一次坐船，尽管一来一回就那么几分钟的时间，但那船在江水中破浪前进，迎面吹来的江风，虽然带来寒冷，但还是很能感受到那份乘风破浪的豪情壮志和儿女情长。

她不由有点扬扬得意起来，感觉是在太平洋的游轮上，对面是美国曼哈顿，或者是在上海的黄浦江上，对岸是陆家嘴。

一到了风景区，就有胸口挂着相机的中年男子凑上来，手里拿着照片样本给她们看，建议她们也拍一张。

那时相机属于高级货，傻瓜机也一样，小春等一般人家没有的。傻花生怕被骗，怯生生地不知所措，倒是小春用标准的城市口音跟他讨价还价，在她的坚持下，姐妹俩在庙宇前拍了一张，后来爬到最高峰，又拍了一张。小春给拍照人留下了地址，包括傻花家的。

真正到了岛上，不懂人文历史的傻花，既看不懂那庙宇上面的诗词、书法，尽管都是名垂青史的名篇，为名人所写，也看不懂双塔的来历，有什么名人来过，那个建筑物的特点和风格是什么，对于周边环境的意义又是什么。

在她和小春参拜过里面的佛神之后，便转过身子来看江水和江对岸的房屋建筑了。她觉得瓯江的水很急，有时都能激起浪花，特别是它在碰到石头时，在岸边都能听到哗哗的声音，这瓯江比起家乡的小溪算得上是汪洋大海了。

她听小春介绍过，家乡龙溪流下来的水也是到这儿来，再汇到东首，最后到东海。岸村、五凤垟乡、泽雅、藤桥、瓯海，傻花不由得用手指掐算着。

江水两边岸上的建筑，是越来越高、越来越美了，那真的是在天上的玉皇大帝和如来佛祖住的房子，这让她想起家乡的房子，她家是给阎罗王住都不要的。

想到这个问题，她知道，凭她这样打工所拿到的报酬，是挣不了房子的，小春说，城市任何一个套房，都要十几万，而她的年薪，不吃不喝不花，才八九千，一年下来，各种花费之后，基本没有余额。

住在这座城市的她，虽然如一只失群的蚂蚁，但有机会来此欣赏，已是莫大的恩遇了。

关于江心屿，小春懂得多点，可见她来此不止一次，她给傻花讲故事，但讲的不是历史上江心屿的人文典故，而是讲近几年江心屿景点重建重修发生的变化，以及那些游客们到岛上玩时发生的各种各样的故事。

比如某某游客坐船时不小心掉到江里，因不会游泳水流又急淹死了，尸骨都找不到了，民间有传说，是因为龟宰相一病不起，被龙王召去当宰相了。

这把傻花吓出一身冷汗，如果刚才不死死抓住身边的船舷，她可能也要步他的后尘，到瓯江里去找他了，而龙公主的位置她是轮不到的。

傻花很喜欢岛屿上的树木，她觉得这儿的树特别高大，直冲云霄，也特别古老，有一棵枝叶打开来，可以盖住家里整个院子了。那枝缠藤，藤绕枝，几近凋谢的叶子硕大无比，这些在岸村都是没有的。

这里的花，很是奇异，花色也很特别，粉红和紫红的都有，还有白茶花，在这个冬季都盛开了。这里的小草特别细小，非常平整，呈半黄色，使整个草地看上去有些荒凉。

里面的小桥都是用精雕石白玉栏杆造的，特别精致，也很和谐，像电影里出现的皇宫里面公园的样子。小桥下面的小河里有小木船拴在岸边，可以租过来划，河水清澈透亮。岸上面一些石头奇形怪状，有的很大，形状像家乡陈成家的老黄牛。

在岛屿的最高处，即东塔塔基上，傻花看到了瓯江向东流去，一眼望不到头，看到了这座城市巍然的面貌。冷风轻轻吹来，使她心旷神怡，曾经的不快和荫翳一扫而光。

在回来的路上，傻花想，无论怎么样，到江心屿游玩是她到城市工作和生活的一个梦想，一个目标，是她魂牵梦萦的地方，日夜操劳的动力，忍辱负重的方向。

这次游玩她很满足，她下次的目标就是把莫忠和莫愚带过来也玩一趟，这两小子可是在她每次回家时都念叨着。

周末回家时，我向妈妈打听周新森的经历。周新森是村子里第一个到温州打工的人。不想一问问对人了，妈妈比较了解这个人，她说傻花有一天上门来，与她闲聊过周新森。

年方十八正值芳龄的周新森，出落得如花似玉。她早就辍学了，个性与傻花颇为相像，干农活很懒，不想顶着烈日上山下地。由此，她与父亲周永兴成了一对父女冤家，不停进行着你来我往的拉锯战，成为村头巷尾的笑谈之一。关于她辍学的原因，妈妈说对她而言上学跟随她爸爸一起上山一样恐怖。

有一天她到岙村姑妈家找表妹郑妙灵玩，姑妈告诉她，妙灵到城里工厂当鞋工了。城里？工厂？鞋工？这几个关键词让周新森像看到西洋镜一样，不由打破砂锅问到底。

姑妈告诉她，郑妙灵是三个月前她表姐郑花英介绍过去的，厂里有吃有住还有钱挣，郑花英每月可以挣到四百元。周新森心里咯噔一下，四百可是养一头三四百斤猪的收入啊。同时，她可以跟种菜砍柴告别，挣到更多的钱，一年五六千，比得上养十几头猪的总价了，何况还是零成本，凭劳力就行。

当天回家，根据姑妈给的地址，周新森给妙灵写了信。三天后收到了回信，妙灵在信中说可以到她所在的厂里做鞋子，基本工资为每月 300 元，多劳多得，不劳不得。几天后，她孤身一人，义无反顾地背井离乡循着郑妙灵的步子到了城里。离家前一天，周永兴特意去了一趟亲妹家，在通过亲妹口述，看过妙灵写过来的信，了解其基本情况后，才放心让周新森去工厂。

那年周新森过年才回来，皮肤白皙了不少，嘴唇抹得猩红，眉毛画得很长，一下子从少女步入媛主儿（青年未嫁女子）。她上衣穿全棉灰色西装款式的风衣，据说要一百多块钱，下身是紧贴大腿的喇叭裤，上窄下宽，细长的腿部和丰满的臀部线条一览无遗，走起来像两朵喇叭花在移动。周永兴说她是妖精，莫小武说幸亏当初她没跟莫洋结婚，林松伯说她穿着跟城里姑娘无异，可以嫁到那里去。

在城里六个多月的时间，周新森摇身一变成了城里姑娘，出门时，屁股后面跟着林业、林立、林克、周强和周文武那几个游手好闲的男青年，俨然成了前呼后拥的公主。

后来我通过周大海，得知前几年周新森经周士松的姐姐介绍，嫁给了温州市中心的一个本地人，生了一男一女两个孩子。此人是一个刑满释放人员，系周士松姐姐的邻居，出狱后人老实了很多，没有职业，乖乖待在家里，一天两包上游烟，每个正餐一瓶双鹿干啤酒。这让我想起张禾正。他是城市农民，有一间位于繁华地段小南路三层落地房供自己和老父亲住，生活费用来自房子靠东南一间店面的租金。周新森嫁过来后，便再也没有去厂里上班，二人赡养父亲，抚养孩子，生活用度绰绰有余。

她与傻花并没有什么交集。只是她与死去的莫洋有过一段感情，后来是周新森嫌莫洋好吃懒做，没有安全感，最终双方没有修成正果，据说当时二人已发生关系。这是我从周文武处了解到的，有一天他过来找我，为林立在泽雅移民区赌博而被梧田派出所抓获一事，要求我帮忙，我们在忆苦思甜回忆往事时他无意中告诉我的。

而周新森外出打工这事，顿时如龙卷风、海啸一样，在村子里刮起了风潮，荡起了波澜，打破了如水般平静的日子，正当年轻的林立、林业、周文武等决定改变面朝黄土背朝天的生活，纷纷收拾行囊欲背井离乡到城市打工。

这也深深打动了傻花，让她早已波动的心再也平静不下来，这也为她今后的飞黄腾达埋下了种子。

周士松

周士松是一个深入生活，而且很会总结的人，关于村里人生活的方方面面，他都知晓得明明白白。通过他，我了解到了傻花生活的另一面。

傻花每天面对自家院子和田地里清一色的油桐菜、大白菜、青菜、卷心菜、冬瓜、南瓜、丝瓜和菜瓜等农作物，感到浑身无力，更加坚定了她外出打工的决心。

她家的饭桌上摆放着的都是咸菜、咸菜头（白萝卜）、咸菜梗、菜干（霉干菜）、菜头干等，从菜缸里拿出来金黄金黄的，经过猪油一炒，油光锃亮，即是一家过冬的菜品。

快到过年家里母猪杀了之后，傻花会用一点半肥半精的猪肉来炒，二者结合后，便成了妙不可言的咸菜肉。一次可以炒多点，盛放到圆柱体的瓦杯或铅碗中，就饭可以吃上好几餐。

我妈妈曾经在闲聊时说，傻花曾经跟她说起过，在莫忠和莫愚的童年记忆里，吃上猪肚的滋味可以从年初说到年尾。猪肚在年底宰猪时截留下来，是除夕和春节的重头菜。它在做菜时，傻花一般会加入当归、生田、菜头（白萝卜）和珍筋（黄花菜干）等配料，精煮半小时以上，熬成汤盛在大瓷盘里，在家里招待客人时才会端上来。坐在桌角的孩子们，此时才能吃一点。而其他时间猪肚都是作为工钱给了赵屠户。

傻花平时也会到赵屠户家买猪肉，但这都是在重五、中秋或者需要摆酒席招待客人时才会买，少有为了吃肉而去买肉的时候。长大后的莫忠在一次回忆中说，一直钟爱吃猪肉，除了它脖子下面的那块下巴涎外，其他每一块地方的肉都是回忆里的珍馐美味。小时候的味道，总是最为美好的，而猪肉则是人们餐桌上的主角。

傻花家也养了鸡鸭羊和猪，除了雄鸡之外，其他能宰了供自家吃的寥寥无几，基本都是整只卖掉换一点供家里日常开销的钱。有一年遇上鸡瘟，莫忠、莫愚发现在院子松树下啄虫子的家鸡里最为高大威猛的一只雄鸡病恹恹的，过去擒来，拿给傻花时鸡已经奄奄一息了。

果不其然，傻花把病鸡拿给林松伯看，林松伯告诉她“在死之前杀掉还是可以吃的”，傻花便手起刀落一下子解决了这只病鸡，还吩咐莫忠、莫愚将家中余下的七只雄鸡统统给抓过来，全部杀掉端上饭桌。

而隔三岔五吃肉的待遇，只有村子里少数几个吃公饭的教师、邮政工作人员家才有，如林夷家、周士松家。

上学的日子，莫愚到林夷家叫他相伴上学，经常能看到林夷白米饭才吃一半偷偷倒给奶奶，只把桌上的肉吃完。在莫愚的记忆里，少年儿童时期只过过一次生日，傻花给他烧了一碗鸡蛋粉干，还放了一点肉碎。他先把粉干全部吃完，然后再吃鸡蛋，一个荷包鸡蛋，被他用筷子分成了十几小块，一块一块吃得一点不剩。总之他吃得很慢，似乎在做一件精细雅致的艺术活，一点一点吃了个底朝天，一滴汤都没剩，他吃完后用舌头舔着碗底，似乎还听到他往嘴里放粉干时那呼呼的声音。

自此以后，一直到他结婚前，莫愚就没过过一个生日。

后来，傻花利用房子西边猪圈旁的一块自留地，在里面栽种上茭白，从直流过犄角的小水渠里引来流水进行灌溉，同时增养了鸡鸭鹅和田鱼，这样就能不定期宰杀一个雄鸡或者鸭子，供全家人好好吃上一顿，林强友说她可以叫郑西坡。

家禽肥了，蛋就下得多，鹅生出来的蛋如莫忠手掌般大小，莫忠他们时不时地到地里去寻找，总能满载而归。为了加味好入饭，傻花给制成了咸蛋，放在饭锅里与饭一起蒸熟，拿上来时用菜刀切开，一人半个，里面那蛋黄红得炫目，可以与晚霞相媲美。这样就大大提高了伙食质量，增加了营养。

他们喜欢吃蛋黄，放在口中黏黏腻腻的，都不舍得一下子吞下去快速融化，而是经过细嚼慢咽，慢慢地来享受，不错过细调细酿出来的每一丝味道。

元宵过了，才是过完了年，到别人家做客，翻箱倒柜能够找出几绺粉干，到田里采来几个未长成完全的菜籽头，或者油桐菜，混着烧成一碗清汤青菜粉干，就是客人能享受到最好的待遇了。

一天早上住村东头的周士松上位于村西头的茅坑，经过一片田野中的石子路，到了一排五六间茅坑的自家位。他头一低，拉下裤子，坐了上去。恰好隔壁坑陈十九也在，两人几乎同时拉上裤子出来，互问“吃了没”之后，各回各家。周士松绕了一圈，回的路径与来的不同，经过赵勤家、林松伯家，再过来就是傻花家了。

莫愚渐渐长大后，发现在院子右侧的茅坑这样的空间方便，相当于没有了隐私，特别是去时和来时，都有可能出现在村里一些年龄相仿女孩子的眼皮底下，很不雅观。莫愚有时白天方便时，就跑到对面飘雨峰上解决，幸亏一直没被人抓住。

从周士松讲的这些情况来看，改善家里的伙食，提高生活质量是傻花决定外出打工的直接动因了。

郑林张

“只要是假以时日，没有什么不可以战胜的。”这是我在书里看到的一句话，成为我继续侦查的动力。

傻花还提到，在鞋厂上班期间，她过了一个好年。

那一年年底当傻花回家时，她过了一个平安舒心的年。这是郑林张对我说的。

这是一个团圆年，一家四口团聚，家里没有吵架，是一个吃得最好、过得最热闹的年，当然，她在村子里也再一次风光无限。

以往过年，猪肉和蔬菜都只有零星一点，根本不够一家人吃。而这次莫小平将家里那头养了整整一年重约三百斤的母猪杀掉了，将大部分精肉和内脏都留给了家里，包括猪肝、猪肚、猪脚、后腿肉，作为过年的主要菜品，没留下多少卖给杀猪的郑林张。

傻花还破例带着莫愚到镇上去了一趟，购来花菜、芹菜、泡肉皮、黄花菜干等，这让莫愚兴高采烈，欢欣不已。加上傻花从城里带来的鳗鱼干、虾仁干、小黄鱼干，以及苹果、香梨和瓯柑等，年夜饭摆了满满的一桌。

当一家四口围坐在四方桌子上，在四下里红蜡烛摇曳的火光下，在四周鞭炮声声中，傻花时而站起来，时而坐下来，兴奋地叫孩子和老公多吃多喝。

他们边吃边说着这一年来村子里的趣事，以及孩子的乐事。莫小平到酒缸里舀了一碗去年年底酿成的糯米白酒，乐呵呵地喝着，脸上通红通红的，像个关公。他话也多了起来，都是围绕着孩子的各种话题。

莫愚穿着红色新衣服，一边嚼着猪脚，一边听着妈妈的指导，喝着从城里带来的冰汽水，还喋喋不休说个不停，不住地问妈妈城市里的模样，问她有没有看到飞奔的摩托车和长长的公交车，还嚷嚷着要到二姨家去玩。莫忠则呵呵傻笑个不停，吃着他最喜欢的泡肉皮和猪肚。

吃完年夜饭之后，莫小平在院子里放了几个烟花，啪啪声响彻云霄，声震檐瓦，他说这几个烟花是近几年来声音最响，升得最高的。

经过他的特许，莫愚从兜里拿出几个小火炮，在旁边点燃后直冲天空，烟炮吸引了隔壁的小朋友过来看，还追逐着烟花。

前些年，莫小平不敢在院子里放鞭炮，怕惹人笑话。他怕家里弄出大的动静来，会招惹来村子里人的笑话，他们会用嘲讽的语气说："莫小平家也放鞭炮过年了！"好像他们家就不配过年似的。

今年不一样，真的不一样，也要像他人家一样放个响亮，给大家听听，给大家看看，你们有的，我莫小平家也有，而且是名正言顺地有。

而两个孩子，前几年从来没有放过火炮，都是站在旁边既羡慕又胆怯地看着别人放，偶尔别人递过来两三个二踢脚什么的，他们也怯怯地不敢拿。

今年这种情景，让傻花很是感动，也是她所希望看到和体会到的，这使她的心中第一次感到了温暖，第一次感到了她作为家庭中的重要成员所具有的成就感。

而这样的情景，给傻花的启示，就是要想方设法把家庭经济搞上去，贫穷落后就要挨欺负，就要受冷眼，只要富起来，这些自然就没有了。人就是这个样子，说复杂很复杂，说简单很简单。

这一年正月酒，傻花来了一个大全喜，在家中大摆宴席，所有曾经来往的亲戚、要好的邻居，都叫了个遍。娘家除了爸妈没来，其他兄弟姐妹，包括上来拜年的小春等都来了。就连平时有嫌隙的赵小文、周永兴、周大海和林强友等家庭，都在邀请之列。饭桌上的猪心、小黄鱼干、凤尾鱼干和鳗鱼干等“名贵”菜端上来，使傻花家成为村里公认的富户了。

莫忠和莫愚也收到了历年来最多和最大的红包。在觥筹交错之时，在笑迎喜送之间，傻花的自尊心获得了极大的满足，原来做个有脸面的人是这么简单，又是这么荣耀。

今年让傻花开心的事，还有两个儿子越来越懂事，身体也越来越结实；而丈夫莫小平的身子骨尚好，没有大病大灾。

林小麦

时光总是匆匆又匆匆，唰唰地在眼前掠过。不知不觉，三四年的光阴又在几个春秋轮回之中过去了。

傻花不在的这几年，岸村发生了巨大的变化，她每回一次家，都能看到新景象、新景观，这让她很是感慨。

原来这个过于偏僻的小村庄，在岁月长河中，也能够慢慢跟城市接轨了。

都说要致富，先修路。岸村也通起公路来了，起点在乡里林村，终点在岙村。其实除了庄村，岙村就是这片山村的终点了，庄村翻过一片山，是丽水市青田县了。

林村的公路是前几年修的，直通集镇上，因此林村上面村子的人需要到城市或者集镇，都得到林村坐车，回家也坐到林村，再步行回家。傻花坐过好几回，有一次坐的还是大巴，那是新车，不但宽敞明亮，而且一吸气还有特殊的气味，闻着都很舒服。

据说修这个路的钱是上级政府下拨扶贫的资金，村里和乡里都没有出，但公路仅仅是通到村子外面路口的梅雨古桥，没有到村口。

有了路，当然得有车，起初那会儿，都是自行车，某某人家有一辆自行车，都是让人艳羡的事。记得这条公路刚一开通，仅赵小文有一辆大型的蓝绿色邮递自行车，从公路丁零零地过来，越过两边的田野，小河都能看到其倒影，即使在石子路推着往家里走时，也吸引很多人羡慕的目光。这车好人家才有，村里人都这样说。

后来，各种类型的自行车多了起来，特别是年轻人，有凤凰69，有大小飞达，有小凤凰，最让人喜欢和最为豪华的是小凤凰，据说价格要六七百呢。

有一段时间，林小麦带着郑义从城市里推过来许多辆小凤凰，卖给同村的其他年轻人，据说价格比商店里的要便宜。这班年轻人白天有事没事就骑着车子招摇着，在晚上也没消停。

车子给了莫小冲他们福利，哪个村放电影，一班人就相约着一起骑车过去，一般后面还载着一个，像个车队一样雄赳赳地出发。

后来村子里有两三个人开起了拖拉机，包括住在村庄最上面的陈旭，这时的拖拉机还是手摇式，一个声音奇响、速度极慢的家伙，但在当时可是时尚产品。陈旭等人用拖拉机帮人家运货，有时在村与村、村与乡、乡与镇之间运砖块石头，有时到集镇或者其他远的地方运些物资带回来，顺道还带人，但生意不多。

莫忠岙村的大姨莫喜弟有个夫表侄叫徐建仁，还买来了一辆大货车，高高大大的他每天早上开到城市、集镇这些地方，傍晚开回来，引来许多人关注的目光。但也有人说，这辆车费用很大，生意一般，有点入不敷出。还有就是载人的三轮卡如雨后春笋一般冒出来，一般是开到集镇，少有机会开到城市，有一次有一辆开到了大若岩拜佛。这个车也成为这几个村到集镇上的主要交通工具。

莫忠与其他同龄的男孩子一样，也喜欢汽车。村口公路上一有响动，来了什么车，莫忠都与莫愚打开窗户偷偷地看。记得以前公路还没有建成，村里林爱寿等用木头、钢珠和铁管造成了一辆人力小车子，有方向盘、轮子、车架和座位，他们将车子搬到茅竹岭上一条整齐下斜的石子路上开，竟然也咣咣当当地开下来了。这让莫忠很是羡慕，非常渴望自己也能够造出这样的车。

当然，拥有一辆自行车，对莫忠而言也是奢侈的事。

但莫忠也算是坐过车的人。有一次学校带他到镇上参加朗诵比赛，他坐过徐建仁的大货车、陈旭的拖拉机，但都是坐在后面车斗里。

村子里另外的变化，是有较多人家造起了新房子。通上公路后，确实方便了他们的生活，与外界的“通商”也让许多人的裤兜鼓了起来，于是纷纷破土动工张罗着自家的房子，有整座拆迁重新造一座的，有外墙翻新的，内部重新装潢的，整个村子的面貌焕然一新。

全村张强家的房子造得最漂亮，最为豪华。记得他家造房子时，莫小平和莫忠还帮他们家扛过木头，站在长长的队伍里递砖头，从村口马路车上一个个递着，像一条长龙，接到他家里。

村子里几个在外跑的，也都买了自行车，骑进村口时，特意按铃丁零零地响着，像考上状元荣归故里，在村子里好好地靓了一把。在建设公司上过班享受干部待遇的陈爱良，买来了凤凰

69。他的一直在城市搞国营建筑公司的儿子陈义坤，买来了摩托车，轰隆隆地开进来时，还轰动了全村。本土医生李老师，在乡中学兼职，他开着摩托车上下班，有一次骑着经过中学前面的垟乡桥时，莫忠、胡兴华和林文华把其拦下来，围着要求坐一下，拍张照留念。

当莫忠怀着无比激动的心情跨上去，像模像样地横握着扶手，目视前方，他感到了一种迎风飞翔策马奔腾的壮烈，血脉偾张，好像在刀光剑影里奋力杀敌，同时又好像在城市里穿梭，俨然一个现代城市里的骑士。

全村都通上了自来水，装上了水龙头，再也不需要每天去陈明康家水井挑水。不过他们说，还是水井里的水好喝，有一点甜。一些人饮用的水还是水井里的，照样不辞辛劳去挑水过来用。他们洗衣服用的还是小溪里的水，是为了省一个月一块钱的水费，农村人就图个省钱。只是水务集团会大跌眼镜，从镇上拉水到这儿，距离远，地形复杂，却成了高投入低收入项目。

村民们翘首以盼的电灯终于装上来了，这可是 24 小时都可以照亮的啊。村里人不怎么舍得用，怕耗电费，每每到晚上已经漆黑一团了，还舍不得拉开关，实在看不见了，才打开亮一会儿，孩子在做作业时，他们也是从严掌握亮灯时间。

有一次，周士松城里的姐姐过来，在他家总觉得黑咕隆咚的，很不习惯，于是就打开了他家的灯，但她打一盏，周士松关一盏，她在前面打，周士松在后面关，电灯一闪一亮，一会儿白天一会儿晚上，把他姐姐弄得晕头转向。她回家后，跟他们说起这个事，家人笑得前仰后翻，说一个大男人，宁愿在黑暗中生活，也不舍得这么点电费。这事几天后反传到村里，成为岸村人的一段笑料。

在这个方面莫小平相对比较好，两个儿子学习和做作业时，不惜电费任由他们开灯使用。傻花还买来一个床头灯，专门供他们晚上读书学习使用。每到晚上，两个脑袋一起凑在柔和的灯光下，只听见哗哗的翻书声和唰唰的写字声，让莫小平深感欣慰。

以前岸村所有春秋冬夏的光明，都得依靠着太阳或月亮，和一个半死不活的水电站，现在安装上的电灯，让人们在夜晚可以尽情地看书、做作业了。

唐 勇

有一天，已经上初中的莫忠来城里找到傻花，同他一起来的是一个暂住在温州南站父母经商的同学唐勇。唐勇的父母租了一家店面开杂货店，一家三口挤在不足二十平方米的店面和同样大小里面堆满货物的二层楼房里。在镇上，唐勇来到泽新粉干点心店，招待莫忠吃了一顿饭。

莫忠和唐勇一起坐着公交车往城里走，到城里已经傍晚六点多了，当天莫忠睡在唐勇家。他和唐勇躺在唯一的一张床上，他父母打了地铺。那个逼仄的空间，让莫忠很是愧疚，他还听到为收留他，唐勇不断在给他父母进行解释，说他成绩非常好，是个好学生。

第二天一早莫忠和唐勇就找到傻花了，莫忠能够找到她的原因在于，一个月前傻花到荣耀皮鞋厂做鞋包后，托吴洁写了一封信给家里，上面详细写了到厂里的路线以及乘坐公交车的班次，莫忠循迹而来。他在汽车南站一下车，坐 5 路车沿杨府山方向坐到底，到一片新建的刚刚结顶的住宅区里，再把荣耀鞋厂的名字报出来，向人打听一下就可以了。

当时傻花正在上班，用脚“嘭嘭”地一前一后一上一下踩着缝纫机，看到一下子出现在眼前的莫忠，又惊又喜，还以为在梦里呢。

唐勇回去后，当天莫忠就在傻花与吴洁的单间住了下来，一个人睡在一张床上，把傻花和吴洁挤到了另一张床上。

莫 忠

莫忠中饭吃的是傻花从厂里打来的饭菜，饭粒有点黄，相比于家里，有点硬，菜有小青菜、小黄鱼干，还有一个紫菜蛋汤，两菜一汤。为了他，傻花特意加了一碗猪头肉。莫忠吃起来津津有味。

其实莫忠学业那么重，根本没闲心来这儿找傻花玩，他是来看病的。已经在泽雅镇上寄宿初中的他，近来晚上老是睡不好觉，整天无精打采，上课总是想伏在课桌上瞌睡，一拿起课本就头痛欲裂，致使他成绩一落千丈。

班主任把莫小平叫到学校，莫小平了解情况后便带他到泽雅镇医院里开了几服中药，吃了后不仅不见好转，反而上吐下泻，整个人变得面黄肌瘦，弱不禁风。莫小平说要带他到城里找到傻花后一起到大医院看病。但已经长大懂事的莫忠不答应，说莫愚需要人照顾。他告诉莫小平，他可以和唐勇一起去找傻花，再一起去看病。

莫忠一到城里，傻花就带他去看了病，随后又与同事吴洁带着他去看了录像。三人推着自行车，步行往回走到一个路边夜宵摊上，他们坐了下来，傻花点了一盆锅贴（油炸饺子）以及几个平常小菜，傻花还告诉莫忠，锅贴要趁热蘸着酱油吃。

莫忠吃得最香，他长这么大没吃过这种满嘴香韧脆酥的东西，吃到后来，傻花和吴洁要了一瓶啤酒喝，把剩下来五六个锅贴都给莫忠吃了，莫忠吃完后抹着嘴巴想，这恐怕是他长这么大吃过最好吃的东西了。

当天夜里，独自一人睡觉的莫忠辗转反侧难以入睡，深更半夜突然起来，到厂里车间晃悠。

迷迷糊糊中，莫忠把厂房里的机器打开了。傻花得知后问莫忠原因，莫忠说当时自己是清醒的，但他控制不了自己。傻花意识到事情的严重性，急忙带着莫忠去了医院。医生最后的诊断是，莫忠患了神经衰弱，必须马上休学，进行治疗！傻花犹如遭晴天霹雳，傻了眼，眼泪不断地流下来，原来无形之中他们给孩子的学习期望形成过重的负担，让十五六岁的莫忠承受如此的折磨。

傻花特意请了七天假，她和莫忠到医院开来医疗证明，拿到学校办了休学手续。

傻花告诉莫小平在这一年里，莫忠要定期到医院就诊。而经过一年的治疗和恢复，莫忠的病基本上痊愈，经过医生的诊断，莫忠也再次回到了学校。

他每次来医院就诊时，都要到傻花的厂里，多则玩十几天，少则五六天，每一次回家前，顺便再去医院就一次诊，这样一趟来回，能够就诊两次。

有一次他还到郑小春家过了一夜，当天晚上全家人围坐在一起闲聊，话题就围绕着张亮亮的山地车被偷的事展开，车子是他在五马街摸奖时获得的，他怪张禾正又喝酒，中午人都在家里，被贼溜进来“白闯”偷走。张禾正居然有了一份骑人力三轮车拉客的正经工作，小春说车子是租来的。第二天早上莫忠告辞出来去医院，小春安排他给骑三轮车送了出来。到达阳岙车站后，莫忠给了他几支烟，他以为莫忠也要抽烟的。

傻花由于工作，走不出来陪他，都是莫忠一个人单枪匹马去就诊。他听从李医生的建议，买了几支牡丹烟同病历、药丸等一起，放在傻花给他买的一个黄色小皮包里，就诊时拿出来递给门诊的吴医生几支。吴医生是个烟鬼，来者不拒，对他的病情，倒问得详细，看得细心。

待在傻花厂里的日子，莫忠不敢走远，顶多到外边公交终点站一带活动。他走得最远处，是到一个新建的住宅区门口，在一个小书摊里买来几本《读者》《海外文摘》《收获》等翻着看看。

他没事就帮傻花洗衣服，或者同她厂里的男同事调侃打闹。傻花一个叫小包的男同事，莫忠觉得他心术不正，有一次莫忠在睡觉时，小包过来掏莫忠的黄包，莫忠醒过来之后，察觉到了，但他假装还在入睡，不敢声张。因为怕小包打人，或者身上有刀会杀他灭口，再说是妈妈的同事，弄不好撕破脸皮，让妈妈难堪。

待他出去后，莫忠急急查看自己的包，没发现丢什么，其实包里就病历和几瓶药丸，还有几十块钱，他可能是看不上这点钱，不然早就下手了。打开背包的人，肯定是图财。

在这段日子里，情窦初开青春萌动的莫忠暗暗喜欢上了鞋厂老板的千金，她跟莫忠差不多年龄，有娇小柔美的身子，梳着小辫子，清澈的眼睛看过来时，会满室生辉，她会跟工人们笑闹，没有一般城市孩子的清高，让人觉得像一个邻家少女。她估计也是在上初中，小包说她上的学校就是附近的十七中。

在大部分时间里，莫忠看到她都是跟爸爸在一起，坐在厂里办公室玩耍，极少有拿起书本做作业的场景。到点时，莫忠会看到她拿起书包往外走，一个人时嘴上也挂着笑意，让人觉得非常亲近和欢喜。

有时她看到莫忠会笑起来，木讷的莫忠却一直不敢跟她说话。莫忠有一次还发现她在偷看他。其实寂寞的他是多么想有这样一个女孩子在身边说说话啊。如果比他低一年级，还可以教她做作业，莫忠想，不知道她的画画还有书法水平怎么样啊，这个方面可以互相切磋。

她跟莫忠一直没有说话，莫忠唯一一次与她近距离接触是她到傻花的小房间里来叫傻花过去做事，但也仅仅是看了莫忠一眼，马上就低下头去，脸上飞出几朵红花。

半年时间过后，莫忠不再来医院了，后来的日子也一直没来过这里，在其他地方也没有遇到过她。

陈 婶

陈婶是如何与傻花扯上关系的？这还得从傻花做保姆的事说起。

那是一次偶然的机会，傻花去看望小春和姐夫，在公交车站正等车，不期遇上了前工友李红。当时李红肩上背着一个小袋子，头发理成了花菜爆炸样式，身着红色的裤子，白色的衬衫，是当时最为潮流的衣着。

多年不见，李红脸上皮肤愈发白皙了，里子透着红，身子微微发胖了一些，不见多年岁月留下的风霜，反倒年轻了许多。

两人一对比，傻花相形见绌，刚开始根本不敢把她与李红联系起来，李红叫她时才恍然认清了她。此次见面难免有一番话要说，在一系列的寒暄、问候过后，她们的话题自然就转到了当前所做的活计上面来。

李红说，她早就离开了林坚强童装厂，开始阶段也像傻花一样在各个鞋厂走马观花般换了好几家，后来在奥庄皮鞋厂干了几年，从去年开始就彻底告别了鞋厂的活，做起了保姆。

“保姆是什么样的活啊？”傻花觉得新奇，眼中满是疑惑，瞪大眼睛问她。“就是帮城里人带孩子啊。”李红轻描淡写地说。

“怎么带啊？”莫忠和莫愚她是凭着感觉带的，对于此话现在和那时均一塌糊涂的她问出了傻问题。

“呵呵，你不是两个孩子的妈吗？就像带自己的孩子一样，照顾他吃饭、喝水，抱着他玩耍、哄哭，晚上和他一起睡觉。当然，城里人还会要求你做好家庭卫生，烧菜做饭这些。菜最好会烧，这样他们更喜欢。”李红竹筒倒豆子一般向傻花解释。

“这样很辛苦的吧，一个月多少钱？”傻花越发好奇，有点跃跃欲试了。“现在的行情都差不多，一千多一点吧，包吃包住，住在雇主家，他们会提供独立的房间给你。吃得跟他们一样，他们吃什么，保姆也吃什么。”李红掐着手指说着。这让傻花的心思不由动了起来。如今在荣誉皮鞋厂，一天不停不歇下来腰酸背痛，一个月除去必要的开支，也就是几百元，跟一千多元差距大着呢。与其这样做，不如试一下保姆这个工作，挣得多不说，还包吃包住。

于是傻花向李红打听，哪家城里人还缺保姆，李红说要问问雇主看，有的话就跟小春说，或者直接到厂里找她。

几天过后的一天中午，傻花正在车间里热火朝天地做鞋包，经理跑到车间叫她，说有人打电话找她，傻花跑去接起来，原来是李红。李红在电话中说，有一户人家要保姆，照顾一个五个来月大的小男孩，工资比她要低几百元，在试用几个月后，会逐月增加到跟她一样高。傻花听后一口答应了下来。

当天夜里，傻花与吴洁一直聊着，下半夜才迷迷糊糊睡下。在聊的过程中，傻花聊到了在省城杭州上大学的莫忠，莫忠每天吃饭要花钱，还有其他必要的开支，这也给傻花带来了经济上的负担。

孩子好不容易考上大学，成为全村人和家里的骄傲。还有莫愚也不负众望，上了区里重点高中——瓯海中学，而且学习成绩比莫忠还要好。他们说进入此校，一只脚已经踏入了大学。他和莫忠一样都是全日制住校生，每学年需要一笔不菲的费用。

第二天，傻花找了一个借口请了假，与李红会面后，就到了那户要保姆的城里人家。雇主一家三口人，住在水心桦组团一个八十余平方米的套房里，他们都是上班族，脸上稚气未脱，至少在傻花看来是这样。小男孩胖胖由男方的妈妈陈婶带，陈婶是一个五十多岁看上去精明干练的城里女人。他们与傻花简单地谈了工作范围以及工资标准之后，说同意的话马上就搬过来。

女主人小梨说，陈婶白天一般情况下都在家里，与她一起带孩子，他们傍晚下班后才回家。这在傻花的意料之中，李红说过，城里人一般不会把孩子单独放在家里全部由保姆带管，害怕保姆没有尽职，甚至虐待孩子，与其说陈婶是在家帮忙的，不如说是一个监督者。

当天，傻花就到厂里办了离职手续，和吴洁告别后，就提着大袋子到了雇主家里，由此开启全新的保姆生涯和崭新的人生征程。此时的她还不知道什么叫万事开头难。

当她脱掉鞋子，放在房门边的鞋架上，再穿上里面的拖鞋，踏进那间套房时，她不由得百感交集，这是她梦寐以求的生活啊。有一座只有一层的房屋，里面有客厅、厨房、餐厅、睡房和阳台，每个人有一个独立的睡房，打扫得干干净净、一尘不染，人进入要换鞋。这是城里人住的标准房子，四周有绿树、公园和青草地。

这房子的样式，这种生活的姿态，以及这样的安居环境，曾经无数次地出现在她的梦里，她的幻想里。如今生活就在眼前，标准全都一样，只是房子是别人家的。

保姆第一个接触的当然是孩子，胖胖有点胖，皮肤白白嫩嫩，让傻花想起莫忠和莫愚小时候的样子。据陈婶说胖胖平时很娇气，特会哭，所以当傻花伸手过去抱他时，面对这张完全陌生的面孔，他把头一扭身子一转，不但拒绝，还“哇”的一声哭了出来，后来都歇斯底里了，像受到了极大的委屈。陈婶当即上去抱起来哄了一阵，他才嘤嘤着止住了眼泪。

当天晚上，陈婶回家去了。胖胖感受到了家中少了一个熟人，多了一个陌生人，就又号啕大哭起来，在小床上四脚朝天哭了个天翻地覆。小强夫妇和傻花手足无措，只得再叫陈婶过来主持大局。陈婶当晚住在了傻花的房间里，跟傻花没来时一样，哄着宝宝一起睡了整晚。

睡在客厅沙发上的傻花，隐隐约约听到他们的话音从房间里传出来，说她不太会干保姆，没有一点经验，碰到孩子闹和哭拿不出一点办法。她心里不由一笑，没经验他们不是早就知道的事？陈婶倒说了客观实在的话，说胖胖个人也有问题，过于任性和易发脾气，是满月后这几个月里面事事顺他，宠惯了的。这倒是让傻花挺感激，在做保姆的道路上，陈婶帮助了她。当天夜里，傻花没怎么敢睡着。

为了弥补经验上的缺失，第二天傻花早早起床，主动打开煤气灶烧粉干煮鸡蛋给他们当早餐，陈婶尝过后，说她的厨艺还可以，这让她放心了些。她接着就干完了拖地、洗碗、理被子、洗衣服等家务。

在做完这一切之后，傻花想尽办法来接近孩子，谢天谢地，慢慢地，他也允许傻花抱起走，一起指引着看窗外的风景、天花板上的灯光、墙上的墙纸之类的，傻花基本上能够照顾得下来。

傻花于是叫陈婶白天睡觉，把昨晚缺的觉给补过来，由她一个人照顾着孩子。中午，傻花简单地蒸了几只虾和一条鱼，就与陈婶吃了。

下午，趁胖胖睡着时，傻花收拾了房子，又做了晚饭。这样下来，傻花也是累得够呛，感觉到根本没有在厂里的舒坦和自在。晚上小强、小梨回来时，询问了白天照顾的情况，陈婶说得还算客观，将今天的情况描述了一遍，实事求是地说了傻花的表现，他们脸上也露出了笑容。傻花心里的一块石头才落了地。

吃过晚饭后，陈婶悄悄溜走。可能是天色暗下来，胖胖又见不到熟悉的人，不安全感增强，又号啕大哭手脚乱蹬起来。独挑大梁的傻花一直抱着哄着，但胖胖哭声有增无减。傻花无计可施之时，突然之间想起以前给莫忠、莫愚唱的摇篮曲，便随口哼了出来："阿哥阿妹的情意长……"不想神奇的事情发生了，胖胖听着听着竟然停止了哭泣，用一双清水般的眼睛看着傻花，梨花带雨的脸上竟然慢慢露出了笑容，最后在傻花的怀里响着轻微的鼾声进入了梦乡。雇主二人在听到傻花的歌声时，忍不住了，哈哈大笑，小梨都俯下了身了，捂着肚子"嗬哧"着连说疼。

都说实践出真知，傻花也慢慢摸索出来了一些经验。譬如胖胖爱哭是有名的，但只要知道他每一次哭的原因，想出哄他不哭和入睡的方法，工作便得心应手起来。

傻花还努力了解孩子喝奶粉最适宜的温度，以及喜欢的辅食。为了做到恰到好处地穿衣和盖被子，她除了每天通过电视和报纸查一下天气预报做好预防之外，还打开窗户，伸出手让风吹进来或者伸手到窗外亲自体验，还要看看太阳有没有出来。这让小梨夫妻大为宽慰，少操了许多心。

一段时间过去后，胖胖没上过医院，没吃过药，长得越来越胖乎了。他爷爷合不拢嘴，奶奶的脸色也是多云转晴了，自然也少了埋怨不满的话语。

可贵的是，对于烧菜和煮饭，傻花的技艺也日益精通了起来，对于一些没有接触的菜肴，只要简单地问一下，也能烧得有模有样，有滋有味。有一次陈婶不在，她不知道怎么烧，就把一包如家乡田螺般的花蛤放进去煮了，端上桌来时剥开壳，里面一无所有，这让小强、小梨他们笑个不停，成了一个笑话。

在傻花了解了烧法之后，第二次烧时，就烧得很好，不但好剥，而且里面还都是鲜红色的，属于恰如其分最上口的那种。他们都说她有烧菜天赋，可以去做瓯菜酒馆里的大厨。对于米饭煮的数量，软度和硬度的掌握，傻花也做得游刃有余，轻车熟路，让奶奶无话可说，无可挑剔。再加上孩子爷爷也经常过来，买菜、送玩具，或者抱着孩子出外玩耍，趁此机会也会跟傻花说说话，谈谈心，主雇之间的关系越来越融洽了。

他们按照原来的约定，定期给傻花加了工资，也使她的心安了下来。付出总算有所得，毕竟这个工资算上吃和住的话，超过厂里一倍多了，环境也好得多。即使能说上话的人不多，但傻花不怕孤单。

李红曾经来看过她一次，带着东家比胖胖大两周岁快要上幼儿园的小女孩一起过来。小女孩很会说话，即使是跟傻花第一次见面，也叽叽喳喳地说个不停，“阿姨阿姨”不停叫唤，让傻花很是喜欢。胖胖见到小女孩之后也特别高兴，哇哇叫着爬过来牵着她的手，想要和她一起玩。

当时陈婶恰巧不在，傻花不免对李红说起在这儿的近况。

李红宽慰她说，自从事这个保姆工作以来，她也遇到各种各样苛刻的雇主，比如有一个就认为给了她钱就得什么事情都要干，什么活都得给做好，因此家里什么事都叫她，他们夫妻在大多数时间里跷着二郎腿靠在沙发上抽烟喝茶看着电视，事后还得李红收拾干净，而且动不动就疾言厉色，给她脸色看。这让李红很反感，在一个月工资结算完后，就打包离开不干了。她说当前的这个雇主还算可以，没怎么把她当外人看，平时也很客气，她也就更加尽心地照顾这家女孩。时间一久，她与女孩的感情越来越好，整天黏糊着在一起，女孩对她都超过对于父母的依赖了。

李红临走时告诉傻花，在五马街旁边的一条巷子里新开了一个保姆市场，有许多城里人到那儿找保姆，如果不满意的话，可以放弃这儿，到那儿去碰碰运气。

乐　乐

第二年春节过后，傻花因为薪酬的原因，决定另谋他家。初十过完，她就到了小春家，第二天就在小春的陪伴下，到了李红所说的保姆市场。傻花通过市场里的招聘信息发现，像她这种家住城郊，会讲温州话，与外省市的人相比，更招城里人喜欢，比较容易被聘用。

这次，傻花决定找那种双职工而奶奶和爷爷不帮忙的人家，图一个清静。

住涨桥头的一户人家夫妻是双职工，有一个九个多月大的小女孩。爷爷奶奶在外地，平时就女方一个人在家带着。这对夫妻见傻花说着标准的温州话，还有保姆就职的经历，更有城里人小春的担保，对她很满意。双方谈好薪酬后，傻花就提着行李包到了他们家。

小女孩乐乐不太会闹，很听话，较嗜睡。接下来的四个多月里，傻花在白天不仅能按部就班把所有事情都做完，还有一定的时间用来消遣，或在乐乐睡时看一会儿电视，或累了躺在她身边小睡一会儿。小两口每天回来，看到女儿被照顾得很好，家里收拾得井井有条，他们笑逐颜开，欣喜异常。这样的日子波澜不惊，倒也让傻花觉得很轻松。

人算不如天算，人有旦夕祸福，乐乐发生意外了。一天下午，傻花放水给乐乐洗澡，不想一向文文静静的乐乐突发顽性，在水还没倒满时，就一摇一摆地过来，一下子扑在浴盆里，碰着了背对着她正在往浴盆里倒开水的傻花，傻花猝不及防，提在手里的热水瓶头往下一个俯冲，里面的水冲溅了出来，洒在乐乐的左臂上，乐乐发出让人揪心的惨叫。

从来没有遇到类似意外的傻花顿时面无血色，急忙把她抱起来，脱掉她的衣服，发现手臂上方已是淤红一片，上面起了一个个如小野果一般的水泡。

六神无主的傻花找出小两口单位的电话打过去，那夫妻闻讯赶回来，见此情景心疼不已，几个人手忙脚乱带着乐乐到了楼下，火急火燎地赶到了烫伤医院。医生诊断是一般的烫伤，只要上药，按时换药就可痊愈，不会伤筋伤骨，但会留下疤痕。

傻花心里说着阿弥陀佛，称幸好不是烫在脸上。医生也说，幸运的是，不是烫在脸上，否则医院可没这么好的美容技术。只是医生在处理伤口时，乐乐手臂上一张小皮给掀下来了，小女孩泪水像下雨一般，看得那夫妻心如刀绞，傻花内疚万分。接下来每星期，傻花都同他们带乐乐来换药。每次换上新药之前，要把伤口清除干净，去掉腐肉，直至长出新肉愈合为止，因此在换药时，乐乐都要被他们按住，因为疼痛，免不了号啕大哭。后来只要一到医院门口，乐乐就知道面临的是什么，就会用哭泣和双手乱舞来抗拒。这在无形之中使傻花与主人家的关系有了隔阂。孩子痊愈后，住在外地的爷爷奶奶过来探望，得知孙女因为傻花不小心而遭此罪后，就劝说夫妻俩辞掉傻花。

但小夫妻不同意，他们说在市场很难找到像傻花这样的保姆，傻花虽然有失误，但在其他各方面都很称职，做起事情来如流水一般熟练。而且随着孩子的长大，她活动范围随之增大，带她的难度也会随之加大，很难再找到这样尽心尽力的保姆。

但乐乐爷爷坚持己见，他们认为这次没烫到脸是幸运，但幸运不会天天来临，下次如果烫到脸了，会给孩子一辈子造成影响，再后悔就来不及了，保姆到处都是，有钱还怕找不到人。

他们对于这一切的分歧和争论，傻花知道了一个大概。其实发生这样的事，傻花也一直很愧疚，工作上有失误，小女孩受了苦，她都看在眼里，记在心里。

她决定离开，因为她知道，在这种事情上面，爷爷奶奶有很大的发言权，小两口也要照顾老年人的感受。他们也都是为了孩子，没有对错之分，只是观点不同而已。她向他们提出来辞职，称这个月里的十天工资就不要了，算是她给小女孩受伤的补偿。

最后，无奈的小两口同意了傻花的离开，傻花又开启了她的求职之路。

林 贤

傻花在采访中，还提到另一个问题，即关于她人生转折的事，我从录像中找出了傻花与林贤、李红的那一段。

从傻花接受专题采访的叙述中获知，她的最大贵人毫无疑问是林贤和林芳，她这只麻雀能够跃上枝头成为凤凰，他们是引路人，功不可没。

我想起来，在开业典礼那天有一对三十多岁的男女站在一起，男的长得高高大大，女的身材高挑，他们气质高雅，举止端庄，一看就知出身不凡，曾引得我不由自主多瞟了几眼。

从乐乐家出来后，傻花想起，乐乐父母口中曾提到，有许多郊区的妇女在做月嫂，于是傻花在小春家打电话给李红，询问做月嫂的事。李红一听这话，在电话里就发出了爽朗的笑声，说傻花真是运气好，还真有一份工作可以介绍给她。

林贤就是李红这次介绍给傻花的雇主，也是傻花事业和人生转折的贵人。

李红强调说林贤家是大富人家，是她雇主的朋友，待人客气真诚，为人更是无话可说，在他家做保姆是福气。

“关于工资的问题，林贤他们要求我自己提，多一点没关系，这可是我在遇到所有雇主里面的第一次，如此大方，我说就按市场来，不要多拿。这样李红根据行内的价格，就给定了下来，双方都很满意。林贤要求我过段时间就过来。

“在回来的路上，我眼前屡屡浮现的是那个大房子套间，我对李红说，在保姆房里找女主人，说话即使拿着大喇叭，她也是听不到的，要拿起床头柜上的电话来打给她，或者一圈一圈像哥伦布航海绕过好望角去找她。李红说，我长见识了，都知道哥伦布了，我说是从一部电视剧里看来的台词。李红说，房子仅是他们财产的冰山一角，他们两夫妻搞企业的厂房那才叫大，有村里10亩稻田大小。人家还开着小汽车。最后李红特别强调，只要做事尽心尽力，这个雇主很大方，年底绝少不了我的红包。还有他们很能体恤下情，不会看不起我们这些打工的。

“我在汽车西站对面雪山路一家面馆端了25天的面碗后，准时进入了林贤家做起了月嫂。

“富人家孩子受到很多人的照顾，林贤的父母寸步不离，络绎不绝的亲朋好友都会来抱，而我做的事情就是准时泡牛奶给小王子喝，晚上哄他准时入睡。

“小王子五官像极了妈妈的精致，身材胖墩墩像爸爸，而且喜欢笑，一见到大家就咧开嘴，大家都非常喜欢。玩具堆满了小房间，光那种电动的小汽车就有四五辆，林芳说一辆都要一百多块钱。

“有一次，小王子被亲朋好友抱到门口晒太阳，爷爷奶奶轮不到抱了，不由在林贤面前埋怨起来，说来的人太多了，正牌的爷爷奶奶都轮不到抱孙子了。

“我和大家一样，也很喜欢孩子。最让我宽慰的是他虽然小，但懂事、听话、性情平和，吃饱喝足之后，头一转就朝摇椅床里侧呼呼大睡，基本上不会胡乱发脾气。

“我只是在忙碌之中会偶有感触，孩子之间相比有那么大的距离，小时的莫忠和莫愚受到宠爱和家庭的条件，与现在的小王子相比，如有百分之一，我就很满足了。当然了，除了家境不同，还有时代也不一样，不能同日而语。

“月嫂跟一般保姆不同之处在于，名为一个月，其实有四十天，有如魔鬼般的忙碌，特别是在这样一个不同于一般的家庭里面。无论是白天，还是晚上，林贤家都会有很多客人，这些人都是非富即贵，在温州都是响当当的人物，跺一下脚郭公山都能摇几下的。我有时想，如果能与其中一个人攀上亲戚关系的话，命运就可以改变了。

“泡茶、烧面条等之类的活儿，就已让我疲于应付了，一天下来不是腰酸腿疼，就是头晕眼花，还不算他家天天宾朋满座要弄菜肴和清洗碗盘了。

“关于菜肴的烧煮，我相继学会了如鮸鱼烧豆腐、清蒸葱油黄鱼这类相对而言味道要求较高、厨艺要求也高的菜，而我做的醉虾、江蟹生这种厨艺要求不高的传统菜，连林贤和林芳的父母都说好吃。

“林贤家人把我看作后勤工作人员，是他家一分子，而不仅仅是一个带孩子的月嫂。

“有意思的是，坐月子的林芳，受不了天天待在床上，趁人不注意就下床帮我做事，被其他人和我看见后，都耐心地劝告她，但都无济于事，她还振振有词地说，在外国产下孩子的母亲是没有休长假的，休息三四天就要下床干活。她这样动动无妨，还能锻炼身子，利于产后恢复体形。我想想也对，自己在生下莫忠和莫愚时，何曾有过正式坐月子的日子，现在身子不还是好好的，腰痛是被莫洋殴打，还有到城市务工过于劳累造成，而不是没有坐月子留下的后遗症。

“我在林贤家不光吃得好，睡得也很舒坦，尽管在睡觉之外的时间是很忙碌的。他们家从来没有给我吃剩菜，林芳嫌给她吃的补品太多，有时一碗分成两份，另一份都给我吃了。我的卧室里盖的被子光滑柔软，每次拉到胸口，鼻子能闻到特有的香水气味，林芳说是正宗的蚕丝被。我房间顶上的大灯，有十几个灯泡，展开来像一朵绽放的向日葵，亮起时金光闪闪，光亮柔和，很是高档。

“在小王子满月时，他们到酒店设宴请客，我还坐了他家的小汽车。开车的是林贤，我不知道什么牌子，前面车盖中央上方竖着一个圈子，里面张着一个三条叉。车子很宽敞，我抱着小王子坐在前面，后面坐着林芳等三个大人。这是我生平第一次坐小轿车。

“刚坐上汽车时我无比激动，心脏突突跳得厉害，脑海中只有一个念头，好想把坐车的这次经历，第一个告诉莫忠和莫愚。告诉他们妈妈坐上了小汽车，以后他们也会坐上小汽车的。有一次回家时，莫忠曾说起他有一个同学持有摩托车驾驶执照了。

“生活紧张而忙碌，日子很快就过去了，四十天期满时，林贤、林芳还有他们的父母，在给足了我大额红包和工资之后，不约而同地要求我留下来，希望我成为小王子的长期保姆。我也觉得实在是没什么可以挑剔的，就一口应承了下来。不要说那1000块放在信封里沉甸甸的红包，光是他们的为人和这种轻松的环境，就让我没有拒绝的理由。”

林　芳

一年多以来，傻花很感激东家，不单报酬可观，难得的是很善待她，对她很客气。她打算送些礼物给东家，她发现家里实在拿不出名贵和高等的烟酒或者人参等礼物，他们家应有尽有，不缺任何东西。

傻花斟酌再三，决定带两小袋番薯枣送给他们。不想林芳、林贤吃过以后，赞不绝口，连说好吃，林芳说吃起来甜而不腻，韧而不坚，像蜂蜜一样，比以前她吃过的都要好吃。

傻花说，村里大部分人是用红薯做番薯枣，火候恰到好处。傻花还说，即使是因天气原因用炭火烘干的，也有一种独特柴火的醇香。傻花挑出了几条递给林芳，全身沾着黄泥的山里人用双手从泥土里掏出的山货，经过柴火和阳光之后，被城里人吃到口里赞叹说好像看到了噼里啪啦的柴火熊熊燃烧的样子，不减丝毫韵味。

林贤认真地问了一些番薯的情况，包括种植的土壤、地碱方位、成熟周期、收成季节和施用肥料，以及全村人种番薯做番薯枣的成本、收入情况等等，傻花如数家珍，一一做了回答。

几天后的一个晚上，林贤没有出去应酬。吃过饭后，傻花抱着小王子坐在沙发上玩小皮球。林贤对傻花说，从商人做生意投资的角度，下面几点值得她考虑：

第一，村里种植的番薯是不是区别于其他地方的？

第二，村里的番薯产量大不大，是否适合做成加工品？

第三，番薯的成熟周期如何？

第四，番薯是不是无公害、无农药的有机农作物？

第五，这是否是个商机？

经过林贤的分析，傻花知道，在飘雨峰番薯园山地上种植出来的番薯，包括成品，曾经作为她吃了二十来年的主粮，比起全乡其他村子种植出来的要好吃得多。而她也认为，在这样特殊土质、阳光、湿度和温度的土地上种出来的最好的农作物就是番薯，成品个子又大又圆，水分也足，其味甜又蜜。她虽没有做过科学的调研、测验和比较，但实践是最有说服力的证据。这一点她很清楚。

她非常赞同林贤的观点，长期生活在城里的人，当食物日益丰富，每天都在做选择时，最为渴望享受的就是原生态健康的、卫生的和绿色的食物。

最后林贤还说："能不能把村里这些番薯枣以合理的价格收购过来，再运到城里高价卖掉，那就能挣到差价了。当然不能狮子大开口，价格要定得合理。凭你的辛勤劳作与聪明才智，至少不会亏。另外，开始阶段挣多挣少不是最重要的，主要是有了这种经历，积累起来都是人生的财富。"林芳听后也表示赞同。

一语惊醒梦中人，林贤不愧是大老板，城里人，就是有见识，有眼光，让傻花的思维发生了根本性的转变。从没有涉及买卖的她，此时有了尝试一下的念头。

林芳跟着说："林家有如今的品牌企业，当初也是从一个小小的加工作坊开始，从第一个小客户第一个产品开始。生意做亏了，不比打赌炒股输掉，性质是不一样的，没什么可责怪和遗憾的，只要在此过程中吸取经验教训，不要怎样亏掉都稀里糊涂不知道。得之我幸，不得我命，何不尝试一下呢？"林芳的话让傻花下定决心拼一把。

这一年年末，傻花非常诚恳地对林芳等人说要早点回家，为的是买卖番薯枣这个事。林贤一口就答应了。

到家后，核心的事情便是番薯枣的事了，傻花不免想起年轻时带着儿子，在那片番薯园里度过的岁月。

那时莫愚还只有三岁，莫忠也只有五岁，在寒风呼啸的隆冬季节里，也是番薯长大收成时，傻花和莫小平各挑着两个装番薯干的竹箩筐带着他们上后山，一路上经过一段陡峭的山路时，箩筐在肩膀上会自动摇晃起来，惹得莫忠和莫愚在里面咯咯地笑，那稚嫩的声音冲上云霄，惊飞在树梢间晒太阳的燕子。此时傻花会放声歌唱："阿哥阿妹的情意长……"

虽然五音不全，但这足以使莫忠和莫愚欢欣雀跃，喜不自胜，小脚丫踩着箩筐，随着节奏不停地跳动着身子，还呼叫着摇晃幅度要变大，像乘在汪洋中的一条挪亚方舟，连一向不苟言笑的莫小平也绽开了笑颜，乐呵呵起来，满脸皱纹像一张树皮。

当莫小平他们在园里忙碌时，两个小家伙每人只要分到一只大白薯，便坐在山坎上摇晃着脚，放在嘴里津津有味地啃着，里面的汁水流到嘴里渗出了甜味，让他们嚼得"咂吧咂吧"有声。

他们还会拿着小锄头，走马观花一般，在那片山园里找未挖干净遗留在泥土下面的番薯“漏”，有的话会很快挖出来，像挖到宝一样，拿着跑过来上交给傻花。如果找到大红薯，或长长的有五角形叶子俗称“五脏番”的五叶紫蕃，则是属于意外、重大的收获，他们会第一时间拿给傻花，由傻花带下山去，特意与其他薯分开来蒸给他们吃。喷香和红粉腻甜味达到极致的紫薯，是他们最为喜欢的。

这种薯个长得很小，成活率很低，莫小平一般很少种，他种的大部分是白薯和红薯，个儿大，生长快，番薯干和番薯枣做出的量多一些。

在那片番薯园上，每到深冬，都有一道独特的风景线，片片迎风招展着的竹篾制成的竹排，斜着倚靠在三角形木头架子上，上面晒着番薯干，威武雄壮，威风凛凛，像赤壁水战战场上的战船。

每家每户还会在旁边搭一个竹制棚屋，里面用来放置收挖过来的番薯，上面用稻草盖住，相当于仓库。

莫忠、莫愚在竹排下面绕着棚屋进行捉迷藏，尽管鼻涕被风吹得凝固成如山上的茅草冰条，他们仍顶着寒风呼啸带来的刺骨寒冷，像两只小兔了 样里里外外上蹦下跳，跑来跑去，笑声响彻上空不绝。

回过神来的傻花，开始了她的创业之旅。

陈 旭

傻花决定按照林贤、林芳的建议，开始创业。

傻花很清楚，如果仅靠干保姆的工资，老实地过日子，是改善不了生活的，只能和大多数村里人一样，解决温饱问题，只是解决的方式不一样而已。俗话说“舍不得孩子套不到狼”，她决定拿出大部分积蓄，进行投资，无论成功与否，都要试试，给自己一个机会。

傻花叫莫相洪用墨笔写了公告，在周荣家、村委会一楼进行了张贴，说她以每斤 2 元的价格收购番薯枣。她和莫小平一起拿着蛇皮袋挨家挨户上门收购，现场过秤之后立马付钱，因此颇受村里人欢迎，纷纷把家中的番薯拿出来卖给他们。

就连与莫小平家关系有点微妙的徐迟、李小红夫妇，闻讯后也送番薯枣上门来。周永兴和周大海父子也都倾其所有，还通知岙村的亲戚拿过来卖掉，傻花也没计较材质的差别，一概按现有价格照单全收，只是做了记号，拉到城里卖时，一斤降低了五毛钱。村里人也都高兴得合不拢嘴，都没想到平时不起眼的番薯枣还能卖上好价钱，成为经济来源之一。

傻花收购之后一合计，竟然有 5000 来斤。

于是，傻花叫来开三轮的陈旭，以一个来回 400 元的报酬，让他帮忙把番薯枣拉到城里卖掉。

到了城里，傻花以每斤 4 元的价格出售，没想到生意红火，下午就全部卖完，回程途中陈旭用羡慕又讨好的语气同傻花说道："花嫂，下次有这样的好事，不要忘了再叫我的车，保证随叫随到，服务周到。"

傻花笑着答应了。

陈旭还说，几年前莫洋也曾叫他拉了趟，不过是他个人来回，到达的终点好像是她姐姐小春家附近，晚上莫洋一个人进去了。待他回来往家拉时，已是晚上 9 点多了。

傻花听了，若有所思。

晚上傻花和莫小平躺在床上数钱，不到五天的时间，就挣了傻花在城市四个月累死累活打工所挣的工资，经商跟打工和上班就是不一样啊，这也是傻花挖到的第一桶金。

接下来，傻花就向林贤请教公司怎么申报登记，国家对农民创业有怎样的扶持政策，等等。

小　翠

傻花的人生经历中涉及的人和事，跟杀人凶手似乎越来越远了，作为侦查员的我，再不刹车的话，离查案的初衷也会越来越远。案件至此又陷入了绝境。我不由沮丧起来，幸好所里千头万绪的工作琐事，让我没有空来深究和自责。

直到我再次遇上杨树哥，我才又打起精神调查起来。

杨树哥当时是全市最年轻的派出所所长。我在跟他的寒暄中不免提起这桩陈年旧案，他稍稍沉吟说："思路与方向都是正确的，这条线还是要继续侦查下去，一定要深挖，才能发现别样的风景。但是有一个问题，案件的思路过于纠缠在单方对象上，有点走远了，思维的开拓上受到了限制，简单一点来说吧，死者的社会关系人排查不够展开和彻底。"一语惊醒梦中人，原来我一股脑儿钻在了傻花这条单一的线上，而对于莫洋的其他各种利害关系人了解甚少，思路上走入了死胡同。

想到这一层，我第一个想起来的人是莫洋的前妻小翠，她的身上有太多的谜团，她的老家到底在哪里？现在人在何处？她为何如此绝情地跟爱情和亲情一刀两断，一走了之，难道真的是因为生活环境差吗？

解铃还须系铃人，我通过堂哥莫小冲，几经曲折，在梧田找到了已嫁为人妇育有一女的莫琳。

我们约在一间茶楼见面。多年不见，如今的她浑身散发着少妇的风韵，感觉她还是一样的乐观开朗，一说话咧开嘴微笑，举手投足和眉眼之间，还是当年那个小女孩。

她亲切地称我小叔叔，不停为我倒茶。我也直接说明来意，莫琳对我的问题也是知无不言。于是，我了解到了以下信息。

村里人都说莫洋虽然懒惰但脑子挺活，属于聪明人之列，连外地的老婆都能娶来。那时在岸村，外地嫁过来的几乎没有，都是本村和邻村婚配。

莫洋与小翠相遇于莫琳出生的三四年前，当时莫洋和莫小冲、陈建忠、周小梁等一起出去做“割稻客”，即家里收成完毕，趁过年之前的农闲，抽空出去用劳力挣点钱。只是去哪个地方的都有，江西、安徽，甚至丽水，他们确定不了。

小翠系雇主家的女儿，不仅长得水灵，还有北方女子高挑的身材。小翠家的条件比莫洋家要好上几倍，不仅鸡鸭成群，还有二十来亩稻田，一年到头吃的都是白花花的大米饭。据说，双方遇上看对眼后，莫洋就把小翠带回了家。

当时莫洋撒了一个弥天大谎，谎称自己住在温州城底（城市），生活很富裕，家有自行车，粮产很丰富，每年粮仓堆满如山，吃都吃不了，黄鱼和海虾一捞就是一大筐，每次吃饭都摆满了桌子，番薯枣味道天下第一，吃弯了嘴还想吃。他出来割稻子挣钱纯粹是因为父母逼迫，嫌其懒惰而强行要他去锻炼锻炼。

在吃了莫洋捎带的番薯枣后，小翠就很向往，加上喜欢莫洋，就信了他的鬼话。她不顾父母和兄长的反对，在一天夜里，跟着已经结算好工钱第二天就打道回府的莫洋私奔了。

经过二十多个小时步行、三轮卡和长途汽车一番长途颠簸后，他们到达了温州。天真的小翠以为莫洋家就在城市里，但跟莫洋坐上一趟公交车到达汽车南站后，再上一辆公交车，方向是往泽雅镇。她以为一会儿就能到的，没想到公交车却很快就驶离了城市，她一路上看到的道路越来越曲折，房子越来越破旧，四周也越来越偏僻荒凉。

她心中的疑虑也越来越大。公交车足足走了两个多小时，到达了郊区穷乡僻壤的泽雅镇，她的心降到了冰点。不想至此还没完。一路上闷声不响一问三不知只会傻笑的莫洋，此时说，走几步就到了。

不想这几步，又是整整两个多小时，而且都是步行，不见公路的影子，一步步往山岭上攀登。在登过一条叫西山岭的山峰后，小翠感觉走到天上云端里了。一路上除了一两个小村落寂寥地坐落着几座房屋，其他都是苍茫绵延的大山。

当经过一番长途跋涉到莫洋家后，小翠气得七窍生烟，只恨自己过于年轻，过于单纯，轻信了莫洋，现如汪洋中的一只小鸟，去留不得。莫洋和莫小武倒是对她说，如果真的要回去的话，可以送她回家。她没有勇气回去了，是因为旅途过于劳累，还是因为没脸回家见父母，只有她自己明白了。

几天后，莫小武选了个好日子，在莫小冲、莫小吉和几位堂兄弟的张罗下，杀掉一头猪、几只鸡，在自家院子里摆了几桌酒，叫来姑姨舅叔和邻居房族，端出自家酿的两缸老酒，草草吃过之后，小翠就算正式嫁给了莫洋。

在家自由自在，饭来张口，衣来伸手，衣食无忧的小翠在这儿不干农活，就喜欢到每家每户串门。而莫洋也算是照顾她，对于她的种种，没说什么难听的话，或提什么要求，莫小武虽有不满情绪，但也无可奈何，谁叫是莫洋先前骗了人家呢。

岸村的生活环境，在小翠的感受里，除了番薯枣好吃，其他没什么值得她留恋的。莫洋家那几亩地，一年连米饭都供应不足，还要吃番薯和番薯干来凑。刚开始那段时间她觉得番薯和大米一起煮熟后，番薯用木饭铲碾碎成黏粉状，同饭一起混着好吃，有时她饭都没吃，就吃番薯。但时间一长，就觉得难以下咽，一端起饭碗，一闻到番薯味，喉咙就发痒，变得如嚼白蜡了，比不了家里白如珠玉般的大米饭。于是她就霸道强抢，一顿全吃米饭，莫洋、莫小武对此也是束手无策，不敢声张。

于是村子里就传开了，小翠成为吃番薯的人家唯一一个享受全吃米饭特权的人，平时在村子里骂人有名的莫小武，对内对外均不敢说小翠半句不好，对于别人的打听，也是三棍子打不出一个闷屁来。

婚后半年，小翠怀孕了。她生下一个胖儿子，这让莫洋家上下喜乐开怀。他们找了莫相洪，给这个宝贵的儿子取名为莫荣继，意为承继祖宗，延续血脉，生生不息之意。

孩子满月后的一天清早，莫洋睡梦中被荣继的哭声吵醒，发现小翠不在身边，他找遍了家里的每个角落，陈丹茹家，包括二楼后间的柴房，但还是不见她的踪影。

于是他给荣继吃过米粉后，叫醒莫小武一同寻找。村头村尾各个角落、小翠的朋友周新森家，还有她平素常去的龙溪边、岙坑边、田野里都找遍了，还是没有。一种不祥的预感浮上他的心头："小翠逃走了！"急急忙忙赶回家查看小翠的衣物，发现小翠随身带来装衣服的粗布箱子不翼而飞。

当天晚上，正当莫洋、莫小武一家人如热锅上的蚂蚁时，庄村周忠武闻讯赶来报信，说早上七八点时，在梅雨古桥看到小翠和另外一个女子走过，那个女子好像是包村的徐胡珍。莫洋到包村打听，老徐家的胡珍确实大清早就到温州去了。她们是不期而遇给小翠寻觅到了结伴的机会，还是小翠早有谋划，瞒着莫洋暗中找人带她离开这儿？

小翠这一走，可苦了莫洋，才个把月的荣继晚上睡觉老是醒来，一醒来就哇哇大哭。莫洋手足无措，只好交由爸妈带。视荣继为命根子的二老用尽心血照看。荣继毕竟还小，慢慢地适应了妈妈不在的日子，对陈花很是依赖，一到晚上就扎在她怀里，死死地抱着她，一刻也不松开。无可奈何的陈花只好咬着牙强撑着。

莫洋在埋怨小翠不讲情义的同时，也时时盼望着她能够回心转意回家来。他的这个愿望在三个月后实现了（不是村里人以讹传讹的一年），小翠出现在他和荣继的面前，她立即抱住荣继失声痛哭，有些懵懂的荣继一阵茫然，恍惚了好一会儿，才"哇"的一声哭了出来，让村里赶来看热闹的妈妈们感动得流出了热泪。

但是关于小翠为什么要离开，又为何要回来，又去了哪里，莫家一直讳莫如深，没有透露半个字。

不想时过不久，小翠又故技重演逃走了，半年后又在一个阳光灿烂的日子里回来。由此，关于她的去回，不再是新闻了。就这样在去去来来之间，一晃三年过去了，其间小翠生下了莫琳，这样的状态又持续过了两年。她终于在一个早晨带着荣继再次出走，莫洋和莫琳望眼欲穿，苦苦等了两年，但她自此再也没有踏进岸村半步。

莫琳也不知道，在跟陈明香结婚前，莫洋有没有出外找过小翠。时过境迁，莫琳虽有意向找到亲生母亲，但一直没任何头绪，因此无从着手。只是现已为人母人妻的她，不明白小翠当时为何心这么狠，扔下刚刚学会走路的她，扬长而去。

我记得傻花有一次在闲聊中说起小翠的为人，说她干脆、直爽，是个直肠子，有啥说啥，是村里少数几个对傻花及其家庭成员都没有偏见的人。小翠在院子里看到莫忠和莫愚时，会避开莫洋等人，偷偷把他们叫到里屋，拿一些大白兔软糖、硬糖或者红枣，偷偷塞他们手里给他们吃。傻花觉得她跟别人不一样，撇开侄媳的这份关系，是一个值得深交和信赖的朋友。

小翠最喜欢去的是周新森家，她们时常在一起到山上摘“果公”（一种红色的野果子），一起去看露天电影，到镇上供销社买布做衣服。

与莫琳告别时，我交代她，如果有小翠的消息，方便的话就告知我一下。我又打电话给莫小冲，在电话中莫小冲表示时过太久，割稻的地方好像是安徽与江西的交界处，但只记得地级城市好像是黄山市，其他什么县、镇、村的，因为时过太久，已经毫无头绪了。周小梁和陈建忠的说法跟莫小冲大同小异。

小翠带走儿子这么多年一直没有回来，且音讯全无，其间如没有突发事情出现，是不会偷偷回来对莫洋下毒手的，其动机明显不够，关于她别后的生活以及现在的住处，目前一点线索都没有。

陈明香

关于对小翠的调查，只能到此告一段落，而莫洋关系人的调查还需要继续。莫洋第二任妻子陈明香进入我的视线，原因是她婚后有过风流韵事。

陈明香来自陈村，家里兄弟四个，姐姐一个，嫁给莫洋时，她已经33岁，至于为何晚婚这么久，没人知道原因。有人说是不会生娃，跟庄村未婚夫已经订婚同居，后被“退货”。

村里人说，她和莫洋结婚整整两年，没能为他添上一儿半女，原因肯定是一样的。

有一天我回老家，叫了陈成、赵勤和周晓峰几个少年玩伴一起到乡上陈成合股的凤凰农家乐吃饭，一来是叙旧，二来是想从他们那里打探一点八卦。

我们点了卤豆腐煎、锦粉蛋、苦菜炒本地鸡蛋、野猪肚、生田猪蹄，还有一盘麂肉等。前几天陈成用了整整一个月守兽器，在飘渺峰顶上捕获一只四五斤重的麂，放在店里宰杀待客，还有一半冰着没烧。

陈成说，陈明香跟比她大两三岁的电站电工周大海通奸，有一天下午他们在后山飘渺峰一块草地上脱得精光，正欲干不轨之事，被得到风声过来抓奸的莫洋抓个正着。于是莫洋就跟周大海干起来了，结果被高出一头的周大海给揍了个鼻青脸肿，灰溜溜一个人下山了。据说当时陈明香还帮了周大海，揪住了莫洋，才导致莫洋被痛打成花脸的。

陈成还说，周大海和陈明香经常偷偷约好，借到飘渺峰山上干活之机私会，曾经被林炳进发现过。事发后，周大海的父亲周永兴带着另三个儿子和两个兄弟、四个侄子一班人，到莫洋家兴师问罪了一番，当时周大海的老婆陈海珍也一起前往，指着莫洋家的人骂了好一阵，弄得满村风雨，人人皆知。

赵勤补充说，莫小武当时一声也没有敢吭，像受到惊吓的老鼠一样，蜷缩在屋子里不敢出去，连门都关得紧紧的，悄无声息。

周永兴过来臭骂了莫小武，说他管不住儿媳妇。

过了一天，莫洋欲揍陈明香一顿出这口恶气，脸上反而再被她抓了个满堂红，两天之内，脸上两次受伤，莫洋一个月待家里不敢出来见人。

赵勤在无意中还说了傻花对此事的看法，当傻花听到这个消息时，她说："这是什么事儿啊？"她感到很难理解，传统的价值观得到了颠覆，莫小武、莫洋他们在她家人面前兴风作浪不可一世，在别人面前一下子变成了连龟孙子都不如，老婆被人睡了还要被人痛揍，还被对方上门问罪？这样的事亘古未有，武大郎虽然丢了性命，还没遭到对方的公开上门问罪，男人尊严的底线还在。而莫洋此时，却是什么都丢尽了。

过了几天，莫小吉、莫小冲罕见地到家来找莫小平，欲三兄弟一起到周永兴家讨个公道，遭到莫小平拒绝。

赵勤接着补充说，自那以后陈明香和周大海更有恃无恐，二人出去越来越大胆，有时还不避人眼目，陈明香经常借周大海傍晚到龙溪口岸边的电站开闸放水开电的时机，过去和他幽会。

莫洋无可奈何，只好睁一只眼闭一只眼，对内打不过，对外噤若寒蝉。莫小武看不下去了，有一天傍晚发现陈明香不在家，喝上二两烧酒，拿了一条木棍子，单枪匹马欲到电站抓奸，却在半路上不慎踩到田岸上石头崴了脚，不仅奸没抓成，还弄得脚肿成了冬瓜，一个月躺在床上动弹不得。在这段时间里，陈明香没来过床头一趟。

周晓峰想起有一天晌午时分，他在飘渺峰上放羊，陈明香扭着腰肢和大屁股走上山来，手里拿着竹针织着毛衣，来向他打听有没有发现周大海，他随口答了一句没有。当时的他并没有觉得这有什么不妥，现在一想才觉得其中大有玄机。

难道是陈明香和周大海为做长久露水夫妻，联手做掉了莫洋？但二十多年前那天有无作案时间无法查证，能够做的，就是查他们现在的行为轨迹，来推断其有无作案动机，再来看有无蛛丝马迹留下来。

过了几天，我电话联系了莫琳，从莫琳口中获知，陈明香是2000年左右到梧田镇与莫琳一家住在一起的，前几年曾经在湾村堂舅李建国的梧田工业区家具厂里打过工，近两年都待在家里帮莫琳带女儿。陈明香除了跟陈村的娘家舅舅，还有夫家少数几个亲戚偶尔有来往外，其他人都没有联系。

李建国

三天后，我到了位于梧田工业区的李建国的家具厂。他脸上山里娃的羞涩和拘谨早就在成长岁月和非凡经历中褪得一干二净，“西装笔挺，皮鞋尖顶”，白衬衣外着一套黑西服，脚上一双黑皮鞋，活脱脱是一个精明强干的商人形象。

他带我参观了厂房，那是该地最早一批建起来的工业建筑，占地 5 亩左右，独门独院，建筑总共三层二幢，分为办工区和生产区，生产产区有三十多名工人在四五个流水线上各就各位做着器具，地上四周堆放着如山高的各种家具的零部件，办公区只有一个办公室，里面摆放着几张电脑桌，上面均摆放着台式电脑，每台后面都坐着工作人员，整个格局是敞开的现代化办公模式。后面仓库里则装满了成品，有沙发椅、办公桌、大床等，几个着工作服的工人正在门口装货，把一套办公家具往一辆四轮小货车上搬。

他是湾村、陈村、包村和岸村等山头山尾一带最早下来办企业“先富起来”的少数那几个人之一。一直以来安分守己、传统保守的他，竟然成了时代的弄潮儿，为我们这一代人和这批同学争了光。据说他和李福弟是最早拿大哥大手机，最早开上本田王和铃木王摩托车，最早开上四轮汽车的那一批人。

这么多年了，如今相逢自是谈故人和旧事，李建国说，原来这个厂是他和吴益一起搞的，后来解散了。吴益去了内蒙古呼和浩特，在一个全新的环境从零开始创业了，据说生意做得风生水起。寒暄了一阵，我便说明来意，李建国也是知无不言。

几年前周贤芬和赵乐新结婚了，周贤芬是村花，个子高，人也长得漂亮，皮肤白皙，五官精致，眼睛大大的，清澈透亮，是这一带包括岙村和陈村许多适龄男青年的梦中情人。赵乐新是邮递员，算是吃公家饭的人，家境比一般人要好，个子高高大大，鼻梁挺直，大帅哥一枚。他们二人称得上是门当户对。对于他俩结婚宴请全村的事，傻花倒没有什么特别的感受。这事在傻花心中，倒也没什么特别，即使孩子分到糖吃了。她一直对赵小文不满，因为赵小文是周永兴的同父异母的弟弟，周永兴的母亲因意外去世后，父亲周太爷续弦赵女二婚，生了赵小文，架不住赵女的软磨硬泡，小文便随了母姓。有意思的是，赵小文作为公职人员在计划生育条例颁布之后，明知故犯偷偷生下陈建忠，由于担心公职被开除，就将陈建忠给了只有二亩地极其贫寒的陈家做了二儿子，陈建忠理所当然随姓了陈。周太爷家一个根脉三个姓，也算是创造中国普通家庭的姓氏纪录了。

傻花说赵小文表面上道貌岸然，衣着笔挺，其实内心奸诈，她对他一直耿耿于怀非常不满的一件事情，是莫愚在电站发生受伤事件后，周永兴家不理不睬，把责任推得一干二净，这个背后的指使者，傻花怀疑就是赵小文。

与别人花好月圆洞房花烛相比，林立没娶到老婆就很自卑，很少出门参加社交活动，即使在路上看到，也是拉着脸，没有一丝笑容，像个活死人。有一次林立还到傻花家里，也算是平生第一次，无事不登三宝殿，求傻花的事就是帮忙给介绍个对象。傻花倒很愿意帮他这个忙，但委实没合适的人，她也知道，林立找到她了，村子里其他人家肯定都走遍了。

陈林凯在瓯北成功脱离师傅另立山头，租了一间落地房，叫了五六个工人，开了一个机械家庭作坊，生意还不错，林炳进说陈明在资金上支持他不少。

李建国还说，林强又发疯了，跑到上下屋之隔的赵晓西家，欲对晓西行不轨之事，正在洗碗的赵晓西吓得花容失色，夺门而跑，林强在后面追赶，涎着脸咧着嘴说着黄色段子。赵晓西逃到周荣家，藏在了他家二楼后间的粮仓里，外面梁上的两只大黑棺材，吓得她簌簌发抖，手还触到了老鼠屎。林强被莫小冲、张强和陈明等人强行按住，用绳子捆绑了起来，交给了林花和林强友，面对他们的质问，作为监护人之一的林强友一脸委屈，说林强发起疯来他们也没办法。

李建国说，周贤芬也在温州务工，近段时间不知什么原因在闹离婚。

他还说原打算招林立来厂里上班的，但迄今未婚的他，心理上多多少少有一点问题，如果严重的话，适不适合在此工作，也要深思熟虑一番。

李建国最后说，陈明香是他母亲林碎叶的亲侄女，即他表姐，在听说他办了厂后，通过他母亲说情得以在里面做事。

陈明香个头大，身子骨好，搬起重物来丝毫不逊男工，刚开始几年，跟其他外来民工一样，吃住都在厂里。莫琳后来在梧田教育机构工作，在龙霞小区买了房子，就跟她住在了一起，两年前她才辞职不干，专心在家带外孙女。

关于陈明香社会活动的轨迹，特别跟周大海有无来往等，李建国拍着胸脯进行了保证，说她这几年安分守己，一直待在这里没出去过，前几天还带着外孙女来厂里玩耍。

告别李建国后，我决定再去了解周大海的情况。我通过曾在泽雅水库管理处工作过、现已通过公务员考试转岗的庄村的陈龙，打听到了周大海的情况。

因为有水库管理经验，1999 年周大海和陈村、岙村几人被泽雅镇水库指挥部临时抽调，到镇上做水库移民和建设管理等工作。他经历了那次镇上发大水，深夜战略大转移极其危急的几百户居民的“会战”。当时他会同其他工作人员组成精兵强将，不顾个人安危，冲锋在前，不漏一人地将所有居民成功转移到城里的移民区，堪称镇上有史以来最快的移民大迁移。他最后撤出，深受领导和同事赞赏。

关于个人品性，陈龙说，周大海为人热情，性格有点内向，做事是一把好手。水库开建期间，他就留在指挥部监工帮忙，建成完工后，留在了管理处当了一个门卫，平时吃住都在那里。偶尔会见到他老婆女儿过来一起吃个饭过个夜。

周大海老婆？我放下电话后，马上转打给了赵勤，赵勤说周大海老婆陈海珍现还居住在山上，是一个老实巴交的农村妇女，守着家中三亩薄田，每天日出而作日落而息。她有一次翻过北林垟的崎云山，到达青田县的田鱼村，受到当地养田鱼的启发，照样画葫芦，也在水田地里种稻谷养田鱼，养出的红田鱼又肥又大，味极鲜美，鲜鱼和鱼干卖到泽雅风景区周边的农家乐，深受欢迎。她还将其远销城里，鱼干价高达60元一斤，一年收入上万元。

难道周大海私自截留了水库里的大田鱼种在自家稻田里？我不由得在心里想着。他们的女儿叫周明珠，经周新森介绍，在城里一家鞋厂务工。

周大海

快要挂电话时，陈成说周大海与傻花之间也有一段恩怨旧事。我在心里做着假设，先听一听与莫洋之死有无关联，再行判定。

那一年炎热的初夏，才八岁的莫愚九月份就上学了。那一天中午，莫忠上学去了不在，莫愚在家觉得无聊，欲到龙溪岸边的水电站玩。当他出门时，傻花说天太热叫他不要去，会晒坏身子的，莫愚站着犹豫了一下，但还是去了。不想这一去，却发生了让他终生难忘的事故，后悔没有听妈妈的话。

当时管理电站和开机器的周大海，正在发动机器房操作。蹦蹦跳跳而来的莫愚，简单跟周大海打了一声招呼后，跟平时一样，用手去摸那正在呼呼转动着的机动轴，感受那光滑的圆轴与手掌的接触带来的唰唰声。不想这个机动轴跟平时不一样，以迅雷不及掩耳之势，“嗖”地一下像巨蛇一样卷住了莫愚身上敞开来的红背心衫，继而把莫愚整个人掀翻了过来，缠在上面，像电风扇扇着扇叶一样，啪啪带动着转了好几圈。

突如其来的变故让莫愚猝不及防，只觉得脑海中一片空白，随之而来的是腿上剧烈的疼痛，不由大叫出了声。周大海听到叫声，慌忙关掉发动机赶过来，莫愚已经倒在地上动弹不得，地上满是鲜血，他的左腿血肉模糊，惨不忍睹。周大海急忙脱下衣服包住了莫愚的腿部，背起他三步并作两步跑到傻花家。

阵阵剧痛不断袭来的莫愚，被傻花从周大海手上接过去，闻讯赶来的邻居们七手八脚地用毛巾、衣服包裹他的腿来止血。莫愚看到了傻花脸上无比焦灼和惊恐的神色，不由得一阵揪心，但后悔已晚。

莫小平图省钱，当天送莫愚上乡卫生院看，接诊的一个姓王的医生信誓旦旦地说，骨头没断，就是皮肉伤，上些消炎药就会没事。当天晚上，住在卫生院里留院观察的莫愚觉得疼痛越来越难忍，根本无法入睡。莫小平到外村亲戚家借钱了，只有傻花一个人陪着莫愚。傻花也是想尽办法，用言语安慰着他，见他疼得眼中全是泪水，自己却手足无措，不由得心疼万分，所能做的也只是躺在他身边，紧紧地拥住他，跟着他流眼泪，希望以此来减轻他的痛楚。

第二天莫愚疼痛还在加剧，傻花去问王医生，但他仍坚持认为骨头没断。傻花转头见莫愚脸色苍白，呻吟声不断，痛得已是死去活来，形势是不对头了，深觉不能再留在卫生院了。

气喘吁吁赶过来的莫小平听从傻花转院的建议，手忙脚乱地带着莫愚到镇上给全镇骨科最有名的李医生诊断一下。

李医生俯下身子，仔细地给莫愚检查了一番，确认情况后，站立起来对莫小平、傻花说："骨头肯定有断，问题是一条还是两条。"莫小平此时认识到问题的严重性，连忙请教李医生："那我们要去哪里就诊？""镇上卫生院是没有能力接骨的，马上送市里大医院第三医院骨科，赶紧，越快越好。”

像这种严重外伤的病是不能拖的，越拖越痛苦，越难治，这个道理莫小平是懂的。但三医在哪儿，路怎么走？莫小平和傻花可谓是一头雾水。

李医生对他们说了三医院所在的方位，傻花和莫小平在认真听着。

等他们顺利到达医院，已是下午四点多钟。

在等待了六七个小时后，当天晚上十一点钟，莫愚开始做手术，莫愚只觉得被抬到洁白的手术台上，室内白色的无影灯光照过来，就什么也不知道了。第二天醒来时，他已经躺在病房里，白色的床单，白色的灯光，着白色衣服的阿姨们端着药瓶来来回回穿梭在病房里。

傻花就坐在床边，见他醒来，笑逐颜开，莫愚发现她眼里布满了血丝。原来她在床边坐了一整晚，又是一夜没合眼。傻花对他说，昨晚经手术发现，他的腿只断了小骨，已经是不幸中的万幸了，经过手术已经接好了，现在为了固定位置，打上了厚厚的石膏。夜里他睡得很好，但说了梦话，还喊叫了几声，估计是因对手术的恐惧而引起的梦魇。

莫愚过起了住院生活。不久小春来医院探望，给傻花送来医药费，给莫愚一些吃的和穿的，医药费傻花坚决不收，之前麻烦小春很多，这次无论如何也不能收。

由于莫愚的腿皮肉伤严重，而且送诊时间过晚，因此手术后，需要不断输液来消炎治疗伤口。

莫愚怕痛，每当护士过来打针时，都会因疼痛而哇哇大哭大叫，每次都要费一番周折。二十多天后，莫愚可以出院了，但还需打上石膏，好好休养。林文汉见莫小平家没有躺椅，莫愚只能躺在床上休息，于是从家里搬出一张竹躺椅，借给莫愚用。莫小平还请李医生定期上门来给莫愚诊断、换药、观察石膏、配药丸之类的，省得去医院复查。此时莫愚屁股和两个手臂上留下一个个小印痕，看上去像蜂窝一样或是天上的小星星，手摸上去满是一个个小凸点点。

都说吃什么补什么，傻花会到赵屠户家买来猪蹄炖给莫愚吃，希望他早点好起来。

中午已经吃过一块的莫愚，想起锅里温着等晚上吃的还有一半猪蹄，于是就吵着要妈妈给再吃一块。傻花生气了，她想晚点给他吃，这样营养吸收会均衡一点，于是劝慰他说要到晚上再吃，他不肯，仍旧在吵，结果被她狠骂了一顿，而不管他是不是还在重病中。

莫愚要这要那是有原因的。他还不能下地行走，生龙活虎的他像困在笼子里的老虎，不能移动一步，这无异于是坐牢。他百无聊赖，在那个最想动的年龄，没事时就想着吃。他在百无聊赖之中，用手指甲在躺椅靠着的那面刚涂好白色石灰的墙壁上作画，像是原始人的壁画和石画，慢慢墙壁上就涂满了，有花、草、树，还有牛、羊，连环画中的情节三顾茅庐，人物薛刚、张飞、林冲、杨七郎等，他的这点基础是从莫忠那里学过来的。在马的画法上，他一直模仿不了莫忠的水准，莫忠说他是乱涂鸦。

莫小平不舍得给他买个画笔或者纸张什么的，莫愚也不太适合坐着，最多也只能斜靠着。莫愚有时还会用手来撕扯垫在竹椅上面的棉花被子，那被子没装被套里，仅在上面盖了一条被单，久而久之，整条棉被惨不忍睹，布满一块块像稻秸梗一样的疤痕，仿佛被老鼠啃过一样。

陈成会不时过来，拿来小人书给莫愚看，他还在一旁讲解，故事很生动有趣，都让莫愚入迷了，也使莫愚从小就爱上了看书。他还会讲村里的奇闻逸事，让莫愚眼界大开，二人不时发出稚嫩的笑声。

莫愚一场大病终于初愈了，可以用一张小方凳当小拐杖下地了，迈出这一步的他，似乎感觉全世界都在对着他微笑，心里有说不出的喜悦和欢快。当晚，傻花专门安排他到陈成家睡，大小两个孩子窝在陈成奶奶林松兰的脚下，美美地睡了一晚。

第二天，春风得意的莫愚拄着拐棍一个人到村中去看远房的一个亲族周太婆。已经八十多岁做太婆的她很高兴，秋冬之交手不离火箱村里唯一一个裹小脚的她，颤巍巍摇摇晃晃地迈着步子，随手给了莫愚一个饭碗般大小的香梨。曾孙周强说，曾有一次看到她缠脚，那白布有几尺长，一层层地缠着，那伸出的脚丫子像粽子或像小鸟，与她稍微显胖的身体极为不协调，看上去很是怪异。而最为难受的是看到她走路，像一只病中的企鹅，还要出来努力为小的寻找食物一样。

莫愚兴高采烈，像捡到宝一样，脱下外衣包着香梨，拿着回来和莫忠两个人吃一点放饭桌上一会儿，再吃一点再放一会儿，整整吃了一个下午，连一块皮都没漏网。

这样一折腾，莫愚错过了当年的上学时间，也使得他后来在上学时，比同级的孩子要大上一岁。事发后周大海、周永兴把责任推得一干二净，没出一分钱，在住院、家里疗养期间，也没过来探望一次。只在莫愚痊愈之后，父子二人送了一袋红枣到傻花家里，傻花拒绝了。傻花其实知道这主意都是赵小文出的，因为陈丹茹告诉了她。

这件事后，傻花与周大海家便也结下了仇怨。

莫 愚

一度让傻花非常骄傲而且让全村人刮目相看的莫忠和莫愚，成长的道路充满了艰辛和坎坷。穷人家的孩子早当家，他们虽然没有早当家，但童年的生活并不幸福，甚至是灾难性的，值得回忆的美好时光少之又少，这也造就了莫忠内向胆怯的性格，就像莫小平一样。

在零食少得可怜的年代里，一根冰棍五分钱，傻花看到了卖的人打着板子“啪啪啪”过来，也会掏钱买来一根，让莫忠和莫愚合着吃，看着他们吃得嘴巴吧嗒响，傻花既心酸又欣慰。

在莫忠的记忆中，小时还有吃大锅饭的朦胧记忆。有一次傻花带着他到村里大食堂去吃饭，莫忠发现那里放着一个如稻桶般大小的大铁锅，上面米饭堆起来像山一样高。傻花拿来一个中等大小的瓷碗，从大碗里给他盛了一碗饭，他很快吃完了。接着傻花领他到隔壁一个房间，地上的竹席上放着许多米糕，里三层外三层的邻居们都在拿。傻花挤进去双手拿满后，叫莫忠上去也拿几个，胆怯的莫忠往后紧缩着双手，不敢伸出去拿，被傻花狠狠骂了一顿。

莫愚最喜欢的电视剧是《西游记》，但自家没有电视机，得跟着林夷到林强友家看。有一次过去有点早，电视还没开，他俩就坐在长凳子上看林小麦他们吃饭。莫愚看到他家锅里十分之九是白花花的大米饭，十分之一才是番薯，与自家五五分的比例形成了鲜明对比，更别说他家下饭的菜还有肉。小麦一碗饭还吃不完，趁奶奶夹菜之机，偷偷倒在奶奶碗里，接着夹起一块大精肉放到嘴里一边大口嚼着，一边“噔噔”跑到房间里开电视了，让吃过晚餐的莫愚口水直往喉咙里咽。

看了几天，林小麦的妈妈陈娜悄悄对林夷说：“你下次来看电视时不要带莫愚过来！”自此以后，莫愚虽搞不明白林夷为什么不再邀他同去，但他没有死缠烂打着要跟着林夷过去，他把傻花给他到镇上参加数学竞赛时用来买中饭的钱，省下来买了一本《西游记》连环画。

在村子里，他们遇到其他小朋友欺负或者大人责骂时，总是林夷出面帮他们摆平，这让他们对他非常信任，三个人成了无话不谈的知心朋友。林夷成了少数几个在莫忠的童年留下美好记忆的人。

莫忠大学毕业后，被分配到镇上的学校当了老师，这让莫小平顿感荣耀了。

相比于莫忠，莫愚毕业后择业的道路要曲折和困难得多。也就是在那一年，国家取消了大中专生毕业分配制度，改为双向选择，参加考试或者自主择业。

无奈之下，莫愚只好拿着简介四处寻找工作，但都没有如愿。

我的同学，周建池的儿子周晓峰入赘在陈十九家做上门女婿，梦想着能够像莫忠和莫愚这样。有一次他脚上穿着解放鞋，肩上挑着一担沙子，从五凤垟沿着下甫园岭往家走，碰巧在岭脚遇上了莫忠，他无比羡慕地说，真的很希望像他一样做一个读书人，不用像村里的大部分人靠天吃饭，背朝太阳面朝黄土，天天为雨水和阳光的多寡而忧心如焚。他们一年到头几乎所有的时间，都是脚蹬着解放鞋或者趿着拖鞋，身上穿着缀满补丁的中山装，破破烂烂，像叫花子一样，扛着锄头或扁担下地上山，每天回家时都是泥巴缠身。只有在走亲访友或者进城时，才能拿出压在箱底的新衣服，不是袖子太短只到手臂，就是裤子太长要折上几层，方能避免曳地，出来时身体极其僵硬不自然，细一看还会发现脖子上、耳朵后还沾有泥巴。

莫愚时不时地到莫忠的学校里，二人相约着一起去了几趟城市人事局，接待他们的人告诉说今年形势不好，取消了分配就业制度。但有招考公务员，要通过考试，按一定比例录取，工作地在各乡镇。莫愚复印了相关毕业材料，拍了照片，及时去报了名。

接下来就要复习迎考了，莫愚到新华书店买了两本应用书，没日没夜地抱着来背，政治理论的、行政管理的、法律法规的，还有申论写作的。另外需要做一些行政倾向能力的题目，有点类似于脑袋急转弯涉及逆向思维的，莫愚以前从来没有接触过。在考试时，莫愚压力太大，发挥不好，申论和基础理论考得不理想，揭榜时名次处于中游，处于非常尴尬的境地，这让莫忠和他自己都提心吊胆，时时有不祥之感，不知道是否能录取。

一个月之后，录取名单出来了，大约录了报考人数的三分之一，很不幸的是，莫愚差了几名，名落孙山。这个结果让莫愚简直要崩溃了，关在房间里偷偷地哭泣。在这么艰苦和备受打击的日子里，傻花回家来看望过他，但一些安慰性的语言并没有带给他什么好的心态，他最需要的是逆境中的光亮。

看见莫愚这样，傻花也曾找到小春想办法，但都没有效果。

有时为了逃避这个严酷的现实，莫愚就一个人出来瞎逛。沿着后山的石子路到达飘雨峰山上，再从山的另一侧下来，或者走到村子前面的田野中、龙溪边。这些曾经熟悉无比的场景，伴着他长大、就学，直至毕业。虽然上高中和大学都到了城市，但这儿的一草一木却一直在脑海中清晰无比，都是他在外面魂牵梦萦的。每次回来，在帮莫小平做农活之余，他都要和莫忠一起出来逛逛，会想起小时候在这儿长大的情景，爬过的每寸土地，翻过的每块石头，种下的每棵小树，摘过的每个南瓜，挖过的每只番薯……

如今如此的凄凉，无论是父母，还是自己，都花了这么大的代价，付出这么多的心血，读了这么多年的书，竟然还没有一份固定的工作，一直以来省吃俭用背井离乡苦读的努力，都要付之东流？

看太阳的光辉，还是那样的慈祥，从小看到大，一直这样安详地照着这个小山村，并没有夏日里该有的猛烈。看远处的山峰，也没有那么突兀嶙峋，像守护神遮风挡雨，既隔绝了外面的世界，也带来了温暖。

小溪里边的水，还是一如既往地流淌着，有几个小孩子在里面抓溪鱼，岸边的小篮子里已经有三四条拇指般大小的了。如果莫愚小时能够在如此短时间内抓到这么多的鱼，肯定会兴高采烈的。现在可能抓的人少了，水里面的鱼多了起来。

莫愚还到林夷家玩了一天，林夷请了假陪他，他晚上就睡在林夷家里。林夷已经成家了，在镇上、城里都买了房子。嫂子对他也很客气。林夷也是绞尽脑汁地想着有什么关系可以帮他的忙，同时还是坚持叫他到各个人才市场走走，多多毛遂自荐。

天无绝人之路，就在莫愚如热锅上的蚂蚁度日如年之时，一个好消息传来，村主任上门对莫小平和莫愚说，乡政府要招人了，而招的对象就是本乡的大中专毕业生。

这样在经过报名、审查、体检、考察等一系列程序过后，莫愚接到了通知书，到乡政府报到，正式成为一名公务员。这在岸村可是一件大事，成为争相传说的新闻，一时间，村里人都羡慕不已。

在听到这个消息时，傻花专程从城市赶回来，到乡政府看望了莫愚，给他的领导和所在的科室送上鱿鱼干致谢。

为了庆祝莫愚上班这个事，傻花在家里摆下五桌酒，专门来宴请亲朋好友，还有村里、乡里的领导，搞得热热闹闹、风风光光的。她替莫愚高兴，同时心里乐开了花，莫愚能得到此工作，是运气，是上天的眷顾。当然了，与莫愚个人努力也是分不开的。

当晚躺在床上，她整夜没合眼，这么多年以来，含辛茹苦，受尽磨难，终于将两个儿子带出来了，她的人生无悔，努力没有白费，她终于吁出了一口长长的气。她决定明天在去城里之前，先搁下其他所有的事情，买个巨型蜡烛到岙村的陈十四庙献祭给神佛。

林 克

村里林克有一次对我说，傻花是知恩图报的人，她对于有恩的人，都进行了拜访和回报。

事业成功了，吃水不忘挖井人，傻花决定要感谢一些人，那些在她生命中有重要影响甚至起决定作用的好人。她对所有的恩怨情仇都要有个交代，有个结果，人生方能完整。

当她再踏入林贤家的门时，已经是她离开他家十多年之后了。他家已经搬到了城市南区全市最豪华的新城别墅区了，在此之前，傻花曾经去过他公司几次，一直没去过他新家，他们搬了新家自然是不知道的。展现在傻花眼前的是隐藏在绿荫丛中的一座三层楼的房子，欧式汉白玉和大理石柱廊、古典装饰的墙壁和地面，让傻花觉得好像进入了古代欧洲的宫殿或城堡。

小王子身高已经长到一米八了，正在念高一，他声音厚重低沉，待人接物谦逊有礼，不卑不亢，一看就知道是个有教养和内涵的好孩子。

林芳说，那时小王子虽然已经是五周岁了，但傻花离开伊始，还是很不习惯，每当晚上来临时，吵着闹着要跟傻花睡，整整闹腾了一个来月，才慢慢习惯。但自此之后，他独立性非常强，小学二年级就一个人步行上下学了。在初中也一样，他大部分时间都是坐公交车来回，一直坚持到现在。整个中学，林贤开车接送他就只有期末考试或者省市大考时有限几次。林芳还说，要感谢傻花那几年悉心的照顾，使他养成了独立的个性和良好的生活习惯。

傻花拿出公司生产的各个系列农产品送给他们品尝，不出所料，他们吃过后，一致称赞好吃，傻花还送给他们十几条溪石斑。

傻花还找到了张树峰，在看到如今光鲜亮丽的傻花后，夫妻俩不由得又惊又喜。他还在办着布鞋作坊，在闲聊中他们说起，现在像这样规模的小作坊没有市场竞争力了，他们就靠几个老客户苦苦支撑着，挣到的钱也仅够养家糊口。看到眼前的困境，傻花很想帮帮他们。傻花想起，随着市场的扩展，市场占有量大的企业，光靠本厂的流水线远远不够。许多大厂家都通过外包来提高产量，供应市场需求。她灵机一动，不如从林坚强那儿按月拿几个订单过来给张树峰加工制作。她立即拿起手机打给林坚强，说明自己的想法，在得知张树峰有近二十年做鞋的经验后，林坚强一口答应，要求张树峰联系他，质量过关的话可以长期合作。傻花将林坚强的号码给了张树峰后就告辞了，夫妇俩千恩万谢。她跟林坚强还有来往，是因为向他推销番薯产品，他也喜欢，订购了部分。

傻花去找荣耀皮鞋厂时，那儿面目全非，厂房的占地面积扩大了一倍，林立着高大雄伟的新厂房，如果不是名字没变，傻花还以为找错了。她以前的工友一个都不见了，眼前都是一张张新面孔。老板也换成了一个二十多岁的年轻人。她到人力资源部打听，说原来的老板因订单太多，他在交货日前做不出来，但又无颜面对如朋友一般的老客户，竟于几年前在卫生间割腕自杀身亡。现新老板是他的女婿。这让傻花感到生命的短暂与人生的无常。

傻花给以前要好的同事吴洁打了电话。在电话中，吴洁说在傻花离开五六年后，她也离开了，回老家嫁了一个男人成了家，过起了生儿育女、相夫教子的家庭主妇的日子，现在大儿子快要念初中，小儿子也快要上小学了，自己在家里正没事干。傻花告诉她可以到她分公司来干，吴洁一口就答应了。

傻花颇费了一番周折，找到了郑大妈以前的老宅子，但房子的主人变成了一对年轻夫妇。他们说，这是他们刚买的，之前的主人不是一个老太婆，而是另一对夫妇，还说这儿是学区房，房子虽然又老又旧，但买卖频繁，价位全市最高。傻花问来一个买家的联系方式，但电话一直无人接听。他们对那一对夫妇具体住哪儿说不清楚，据说也是外县的，为了女儿上学在此买的房，入学后就转卖给他们了。傻花还找到了林医生，他找到了当时的住院记录，但上面只有郑大妈在九山的住址，没有其他联系方式。没找到郑大妈这事，成了傻花的一个遗憾。

林 立

此时村里人都对傻花感恩戴德起来，因为她对岸村和岸村人有恩有功。这话是林立跟我讲的。我想这主要是他已经结婚且有孩子的缘故，否则，他可没这心思对我说这个。

要想公司业务蒸蒸日上，一方面离不开人情世故，另一方面也离不开报答恩情，傻花很清楚这一点。分公司成立不久，小春就打电话来，说能否给三个子女安排妥当的工作。傻花二话没说，就安排张任任、张亮亮和张素素都到她公司里来做行政，结束东打一枪西打一炮没个固定落脚的活。兄妹三人在公司里能各司其职完成任务，只是不太会与人相处，偶尔会跟外来务工人员发生点小口角。

张亮亮娶了郑妙灵，二人是前几年在鞋厂务工时认识的。小春对傻花说，婆媳之间相处并不融洽。

张素素前几年结婚了，嫁给本地镇上的一个男青年，不久生下一男一女，靠着一个游戏机店维持生活，日子过得不温不火。

在村子的公司本部，应爸妈的再三要求，傻花将郑金宝招来做管理人员，让他任了一个部门经理，给了一份高薪。想当初，郑金宝完全有条件就读到大学毕业，但因过分的娇生惯养，他一直没好好念，初中毕业后就在家待着。他仗着有爸妈在上面罩着，好吃懒做，整天叼着香烟，在村子里晃悠，一点活也不干，浑然不顾父母已经慢慢老去，身体在悄悄衰竭的现实。到了傻花公司，已经三十来岁的他每天过来晃一会儿，要么指手画脚，要么大放厥词，工人们都叫他空谈家。

自从公司成立，只要村里人有要求，傻花全都给予安排工作，不计较彼此之间曾经的恩怨。她知道，她有现在的成就，岸村和岸村人也是功不可没的。

村里上门求助的陈东、林康、林钦令、周荣、赵晓丫，以及张强和陈小洁夫妻俩等人都在她的厂里谋得了一份工作。

傻花将番薯枣烘烤二次加工的活给了陈爱聪，双方约定了权利义务关系，陈爱聪口里哼着《牡丹之歌》，屁颠屁颠把这活儿干得很是起劲。

林松伯的儿子林钦令，在家既不干农活，也不外出闯荡，见见外面的世界，寻找安身立命之路，整天在村里晃悠，让林松伯心急如焚。白发苍苍的他找到了傻花，傻花永远记得当年遭莫洋毒打时，林松伯说的那句公道话，如今他来求，她也是二话不说，就给安排做了保安。

周荣这么多年了，还在经营着那个小杂货店，既没有扩大经营，也没有缩小规模，只是如今店里特别冷清，与以前每天人来人往天差地别。他家小女儿周慧，还没嫁人，一直在家没有外出打工，当周荣过来求时，傻花也给安排到了仓库做保管员。至于他的儿子周新，是村里的治虫大王，对于农作物的各种疑难杂症，能药到病除，那几种农药，在他手中翻来覆去，像变魔术一样，总能调成置虫子于死地的断魂散。因此，傻花聘请了他，将番薯园的所有治虫工作承包给了他，双方签订合同，明确职责和薪酬。英雄有用武之地的周新自是非常开心。

赵小文的女儿赵晓丫没有子承父业，原本在杭州四季青服装商场开了一家美特斯邦威的服装连锁店，生意也较为红火，过年回来时见到傻花办了公司，她就主动找上门来，称决定把杭州的店转掉，来傻花这里谋个职，以便能够与家乡的亲人朋友长期在一起。傻花见这个姑娘头脑机灵，善于言辞，记得以前二人的情感交往，看得出来是一个讲感情的人，就留下了她，由她来协助做好内勤财务事宜。由于勤劳能干，思维敏捷，赵晓丫很快就成了傻花的得力助手。

陈良华之父陈明康患了癌症。现在全村除了他家之外，其他每家每户都装上了自来水，他家还吃屋后的井水。有人说是里面青蛙生蝌蚪时分泌一种寄生细菌，它们毫不客气全进了陈明康的肚子，导致生病。陈良华曾经问过傻花介绍的林医生，林医生说可能是青蛙到井沿上来，吃了在井边陆上一带活动的中华石龙子、山羊和鸡鸭的粪便，一些寄生虫也随之进入到蛙的体内，井水是活水没有过滤，经煮沸喝开水时，可能还带着青蛙传播的病菌，或者含有其他矿物质，但这仅是推测，要查证井水致不致癌的话，需要取样检测。

张强找到傻花，说陈良华现在家无业，守着那几亩地，还要买药给陈明康吃，日子过得甚是拮据，要求给安排一个岗位。傻花甚是同情，给安排了一个管理财物的后勤工作。陈明康千恩万谢。傻花好人做到底，一拖二给陈康也给安排了保安工作。近几年来，陈康在就业上很是不顺，在温州市区一直处于干保安、洗碗工和服务员等打散工的状态，找不到一个安稳的点落脚，由此造成他一年有三分之一的时间在公交车上，以及往返于温州和岸村的路上。

张强还不忘自家人，要求傻花给老婆陈小洁安排一下。傻花没有答应。陈小洁已经是五十多岁的女人了，天天赋闲在家，打扮成花一样，按照用工制度她是到了退休年龄了，如果用她，村里人和其他员工都会有意见，于公司制度也不符。但又不能违逆张强的意望，傻花明白，他这种人搬出陈小洁，一方面无非是要体现出跟一般村民不一样，即他的村支书的地位，另一方面是想讨点小便宜，沾点小利益罢了。她想来想去，决定给他在镇上中学代课的儿子张才秀一个机会，让念过高中的他担任经理，负责岸村公司的运作经营。她问过林爱寿，张才秀为人还是真诚的，虽然受他爸爸遗传影响，在个性上有一点痞子气。张强心里虽有些不愿，因为按照傻花这样安排，家里人少了一个吃公饭的名额了，但他明白，傻花已经很给面子了，他如果明事理的话，本不该提这个要求，这是为难人的事。

傻花还主动出击，笼络人才，如安排村子里长得高大强壮的林业、林立兄弟俩负责搬运货物。

务农好手周小梁、林相翠和陈建忠，负责那片番薯园的种植，以保证产量。

傻花还把嫁到市里赋闲在家的莫晓亮叫过来，专门管宣传教育。傻花要求她定期聘请专家教授到厂里来，举行各类企业文化讲座，给员工上上课，跟他们谈谈心，多多交流沟通。她还要求莫晓亮精心总结本企业的文化，归纳为几个词或一句话，言赅意简，通俗易懂，以宣传标语的形式进行广而告之，作为企业发展的方向和文化积淀的承继。这是林贤、林芳告诉她的，企业要长远发展，就要有文化的承载。

由于陈旭一辆车跑运输周转不过来，傻花叫来了徐建仁，由他承包了所有的产品运输任务，陈旭在他下面负责岸村这一块。

村民们唯一有点不解的是，不是至亲的周新森做了城市里分公司的副总经理，傻花给出的理由是她在城市工作时间较久，积累的人脉较广，经验丰富可堪大任。

人人都向往大城市，而事业有成的傻花还是希望能够回到岸村安度余生。

傻花已是远近闻名的女企业家，还成了人大代表，每年要去参加好几天会议，区长和市长的选举她都有投票权。她开着一辆红色宝马，如不外出，就停在公司门口，白天阳光从飘雨峰上射下来，反射出道道红光，很是惹人眼球。路过的人看到了，说这是宏图大展，红运当头。傻花还在城里房地产市场最不景气的时候，一口气买下十几套房子，五年后涨到总价的一倍达五千万以上。傻花说，城里的房子全都留给儿子，她一套不要，她还是喜欢住在村庄，她对城市的空气、污水、噪音和饮食不喜欢。想起十几年前，如能在城里找到一个安身的地方，能够吸上城市的空气，吃上城市的锅贴，还能够挣点劳务工资，补贴家用，特别是两个儿子求学的费用，对于她而言就已经心满意足了。而有朝一日能够拥有一套房子，那可是她连做梦都不敢想的。如今她却想回归，回到曾经她怨恨、埋汰和嫌弃的地方，想不到人生是一个轮回，终点也是起点，现在的她反而希望在村庄生活，安度下半辈子。

林 康

得到实惠的林康，也对我补充说明了傻花的其他善事。

都说有钱人小气，如巴尔扎克笔下的人物葛朗台一样，但傻花跟自私自利、一毛不拔绝缘，跟得意忘形，在村人面前趾高气扬，不可一世也绝缘，还没有对曾经是“傻花”名号落地的岸村人和岸村有成见，其实傻花明白，每个人的终点都是一样的，岸村是伤了她的心，但成就她的也是岸村，有些村里人是过分伤害了她，但今天的傻花，也是离不开他们的。

所以挣了钱的傻花不忘报答村里，不用村主任、书记上门要求，她一有资金宽余，就出资给村里。在出资的方式上，她不会拿出钱来打到村委会户头就了事，她有自己的方式，比如叫连任村主任的陈明牵头，赵勤承包工程建设，召集村民，修葺了村里岸芷、汀兰、跨虹和腾雾桥等破旧的老桥，加固了泄洪的小蛇渠。还叫张强组织村民推倒破旧的村委会大楼，在原地由周建林主持给改造成崭新的现代化综合办公楼，里面有文化礼堂、文化驿站、百姓舞台、老人活动室、妇女之家和百姓书屋等配套的空间，办公楼的装潢也照顾到了郑义，由他负责。新的办公大楼外表气派壮观，里面宽敞明亮，每天人声鼎沸，都吸引了陈村、岙村的人过来参加活动。接着傻花专门安排李红载上陈小洁、陈娜和赵春梅到市里瓯江帆影广场去学广场舞，经过连续两地奔波半月的时间，她带动了全村六十来个妇女，在妇女之家跳起了舞，成为泽雅镇第一支广场舞队。就连年近七十的王媒婆也不嫌路远，骑着自行车过来插入队伍随着凤凰传奇的《月亮之上》摆动起了四肢，扭起了屁股，陈十九和周文强等路过见到，说她是老了成妖了。

傻花出钱贯通了村中的公路，在原来从厂里到泽雅延伸公路的基础上，沿着大小蛇溪，经过林康家、林松伯家和周荣家等，终点是村里最高点与番薯园相邻飘渺峰的梅山坡了，即与青田县、桂川村的交界处，实现公路通过家家院子。

以上这些项目，傻花和村干部全让给村民们自己动手来建造，有劳有得，多劳多得，钱给他们挣，成果由他们享受，双重造福他们。

对于因生活困难而上门开口借钱的村民，傻花有求必应，实行“四不”原则，不写欠条、不定还期、不催还款和不收利息。王国和上门为近 40 岁还单身的儿子王夷，在镇外瞿溪买房首付而来借 10 万元。傻花知道，在泽雅的年轻人，如果在城里有房子，包括天长岭隧道外的巨溪、郭溪等地，只要有一套不管大小的房子，就能娶上老婆，如果外面没有，即使镇上有 1000 平方米的豪宅，娶妻也有难度，一辈子打光棍也有可能。据说泽雅某个村有十几个四十多岁的男子还打着光棍，原因在于天长隧道外都没有房子。当时张才秀结婚，张强为了把婚礼办得热闹一些，就选择在岸村办，新房也暂时安在岸村自家房子里。不明真相的新娘舅舅在婚宴上发飙，口口声声称不同意这门婚事，哪有城市嫁到山里的，张才秀拿出房产证给他过目后，事才平息。傻花给了王夷 25 万，当年王夷就结婚了。婚宴上我跟傻花同坐一桌，在忆苦思甜的回忆当中，傻花提到当年在姐姐家遭遇的火灾，可能跟本村人有关。

退休金每月达六七千的周士松也过来借钱，说周建达要在岙村凌云山脚开农家乐和民宿，急需资金周转，还说傻花可以入资合股。傻花知道，周建达存在的问题，是对朋友比对家人都好，这样性格的人不适合当老板，做生意会血本无归的，属于适合做事不适合做决策的帮手。她给周老师出了个主意，叫周建达跟陈成合作，他当副手，全局由陈成做主，还叫上曾经在泽雅镇上开过菜馆的周文强、周强父子做主厨，双方达成协议在岙村开一家凤凰农家乐分店。后来这家店经过周文强雕花师的手，整体风格精致清雅，充满古朴气息，装修时傻花借了 30 万给他们，借款人为凤凰分店。

白发苍苍的郑金寿带来了郑小杰和张老汉，说他俩身体不好，每周都要吃价格昂贵的进口药，傻花借给了他俩各 5 万元。他们的到来，让傻花想起了往事，有些事即使是细节也很难忘，在心里会住上一辈子的。傻花不免向他们打听徐青的近况，她堂叔说，徐青跟凤村的郑花英恋爱时，经常带她到羊角山上的凌岩峰过二人世界，后二人结婚生下一男一女两个孩子。2000 年左右他俩在温州开了一家房屋介绍所，做起了房产中介，七八年前他俩离了婚，徐青要回了儿子。这些年来，村里人很少看到他上来，因为他自离婚后父母都随他迁到了市里住。

现在风光无限的傻花，有一个说出来别人也不相信的秘密，那就是她对于带给她财富和地位，让村民致富，城里人趋之如鹜的番薯及其各种产品，不敢尝上一口。如果在餐桌上、路边摊、烧烤店或排档见到，她会像遇到瘟神一般，避之唯恐不及。平时在家里吃饭，她绝不会上同番薯相关的菜饭的。这在一般人难以理解的背后，隐含着许多辛酸的泪水。

有些人说傻花是傻人有傻福，其实个中缘由，只有她自己清楚，明艳的小花，历经了风雨给予的磨难，他们燕雀哪知鸿鹄为了实现自己的志向经历的苦难之旅！

有一天晚上，莫小平在客厅里看电视，傻花忙碌完了之后，躺在床上想休息一下，一抬头看到了贴在卧室墙上的公司海报，上面画着一只正在破土而出长出第一条藤梗的红番薯，她突然间百感交集，往事一幕幕不可遏制地浮上心头，泪水如泉水一般涌上来，很快溢满了眼眶。

周晓峰

以下内容，我是通过周晓峰了解过来的。在一个夏日的午后，我和他一起到龙溪潭一带钓鱼，他宝刀未老，钓到了三条红鳃，四条巴掌大小的红田鱼，两条溪斑。我们就这样待了整整一个下午。

“子欲孝而亲不待”，那一年过年时，傻花约来小春、小米，三姐妹叫上郑金寿和郑小英，跟着旅游团飞到北京旅游。已届花甲之年的二老，怕花女儿们的钱，开始死也不肯去，但身份证号码被小米用手机拍了去给买了机票，当两张共计4500元的机票拿到他们眼前时，戴着老花镜只识数字的他们见生米已经煮成熟饭，只好乖乖就范，跟着她们踏上了去北京的旅途。

其实去首都是二老的一个梦，这次总算圆了，近距离目睹到了它的真面目。二老身子骨非常好，是坚持劳动结成的硕果，一路游来，丝毫没有拖大家的后腿，相继瞻仰了伟大领袖毛主席的像，看到了升国旗，逛了故宫、颐和园、圆明园和天坛，爬上了长城……返回的航班上，他们不约而同地说，总算是见过“大天”（世面）了。他们在花甲之年，还能圆梦，自是非常开心。

傻花还做了一回媒人，将郑小米介绍给了陈林凯。现为傻花公司营销总监的七妹郑小米，跟在瓯北自办机械企业的陈林凯的结合堪称门当户对。

经历过大风大浪的傻花，见识到了比她大富大贵得多的人，也看到了比她最困苦时期更加穷苦贫贱的人，所以她很坦然，深知平淡平凡的重要。所以她不会计较童年的忧欢，少女的忧伤，还有成人后出嫁的不幸。她的跌宕起伏的人生，无论有怎样的曲线，到最后阶段，究竟要走向平缓和朴实，所以她丝毫没有怪父母。她明白，这是时代的特征，是时代的局限所造成，对于极其平凡的他们，奢求太多不现实。更为重要的是，他们毕竟是父母，给了她身子还有肌肤发丝，养大了她，恩重如山，就是一辈子也还不了的。如今早为人母的她，要在有生之年，尽可能找时机尽到孝道。

当把这最后一个心愿完成后，傻花决定退休，她让莫忠辞了职，接她的班，担任公司的董事长兼总经理。莫忠叫来胡兴华、林文华担任副总。他俩初中毕业后，合作办了一个服装厂，原来的厂房是租用他人的，后来在不断开拓市场过程中，获得了利润，就自购了厂房，服装也从贴国外品牌到申请登记了本土“五凤”品牌。他们还利用业余时间读了大专、本科和硕士文凭，最后读了工商管理硕士。在莫忠发出邀请后，他们称可以兼职领薪水，真心诚意帮毫无经验的他。林文华还叫来了上学时自己心仪的女同学陈小华，读过商学院的她担任了公司的财务，她嫁给了在税务部门工作的徐增程，育有一个女儿。

莫忠给人事也做了另外的安排，招来了唐勇，由他负责保安，把妈妈的前同事、后在永强盗窃摩托车被判过刑，现已改邪归正的小包也叫来当了一名保安，他还通过小包，颇费了一番周折，找到了那时在十七中就读的荣耀鞋厂老板的女儿杨小婷。时过境迁，满脸胡楂儿挺着啤酒肚其貌不扬的老板已故去，其女儿现在三十多岁，笑起来时还会低头害羞。她竟然还记得莫忠，这让莫忠甚是高兴。从她口中获知，她只念到高中毕业，考不上大学，不久就结婚了。世界说大就大，说小就小，她嫁的人竟然是现在瓯海区里担任公务员的陈龙。舍弃家族企业在外贸公司上班的她，听从莫忠的召唤，为他在城市的公司做营销。

莫忠叫来一直在省外闯荡的陈义坤和陈武，由兄弟俩来负责本地公司的营销。至于这些人事安排，莫忠说不是一朝天子一朝臣，而是为了更新换代，更新血液。

脸上皱纹阡陌纵横如梨沟一样的林强友，佝偻着身子上门来，要求莫忠给安排一下林强和林花夫妇。贫贱夫妻百事哀，守着三亩薄田的他们现在养育两个儿子，日子很是难过。莫忠安排林花在食堂工作，林强做卫生保洁工作。他们干活认真勤劳，努力完成要求，虽然刚开始有点粗糙，但经指点后很快就纠正了。这让莫忠大为欣慰。原来他们就是缺乏一个平台，一个能让他们挣到钱解决家里困境的平台，这样家庭生活自然就会和睦融洽起来。

傻花向政府申请了三亩地，它是村子的最高点，位于平缓如丘陵的小山头上，掩映在飘雨峰和后山绵延的群山之间，再过去就是番薯园，她建成一座小别墅，完工后即刻从下面搬上来住进去。小别墅的设计由陈义坤负责，花了傻花 10 万元的费用，陈义坤说绝对是友情价，图纸的出炉就花了 25 个日夜。建设工程项目则承包给了陈武，混迹过大小工地和项目的他，尽量就地取材，因势而建，建成后对傻花说，跟市里相同面积的建筑成本相比，节省至少一半的价钱。

它外观是一个宫殿，全都是欧式装饰，包括立柱、围墙和屋瓦，里面又像小时的两层房子，傻花叫周文强和陈亮给装修了一番，即中式江南老屋布局，楼道、房间、窗户、取景和材质，跟小时的家一样，而在家具的使用上，也大部分采用小时使用过的外形，只不过在功能和质量上迥然不同，件件价格不菲，里屋在很大程度上还原了旧屋的样貌，溢着满满的回忆。

傻花在新房子正前方右侧划出一块面积 500 多平方米的山地，四周筑上一人来高的铁栏杆，把土翻成一条条松软的小土梁，种上清一色的红番薯。番薯园右侧那块 200 平方米的斜坡，用竹排围成栏杆，里面放养着鸡鸭鹅等十来只家禽。在 300 平方米的后院，挖了一个十来米深的大池塘，建了一条小渠，把从后山上流下来的大蛇溪中的清冽山泉水给引灌过来，注入池塘，再养上红田鱼、马口鱼、溪斑鱼、草鱼和鲤鱼，对于外来品种，她只引进了一种胖头鱼。池塘的两边浅水处，则种上茭白、芋头和藕。

傻花向莫忠等人约法三章，除过年过节外，平时无特别重要的事，不要上来打扰她，有事电话联系即可，包括公司上的事。

她前半辈子的大部分时间，都过于忙碌，她决定好好休整几年，让下半辈子清静一些，即使是孙子和孙女过来叨扰也不行。

她在新家做的事，可以概括为煮茶、牧耕和吃斋念佛。莫小平内向木讷，在傻花公司成立之前，基本上没怎么离开过岸村，在田地里忙碌了大半辈子的他，在存款的数字不断增多的情况下，陪同傻花到苏州、杭州、珠海和深圳，还有北京、上海和哈尔滨、港澳台，甚至远赴日韩和欧美等地旅行了几趟。本就不喜欢过多与人交往的他，如今彻底闲下来，要做的事情就是照顾好这片番薯园和鸡鸭鱼，他自是乐意不已。他其余的时间就是看电视，《三国》《侠客行》《射雕英雄传》和《冬日恋歌》《大长今》，他都能看得津津有味，没有落下一个镜头。

他俩白天大部分时间各干各的事，自得其乐，相安无事，晚上吃饭、喝茶、上网和看电视时，会时不时地闲聊几句，傻花会对莫小平说："这辈子在物质和精神上你没有给过我什么，但我跟了你也没有后悔，虽然很贫穷。这么多年来，你给了我安宁安心，没有让我担惊受怕，让我无地自容。当然了，如果我是男，你是女，那是绝配了。"每当此时，已经变得异常憨厚，唯傻花马首是瞻的莫小平一声不吭，大多数情况下呵呵一笑而过。

安乐静谧的日子也过得很快，一晃就是好多年过去了，安居一隅两耳不闻窗外事的傻花不知道赵乐新壮年得癌症死了，邮局为照顾他家庭，允许周贤芬顶替他的工作到退休，享受退休待遇，相当于续上他的班。周贤芬改嫁给了夫弟——也处于丧偶状态的陈建忠，孩子们管各自的新父母叫叔叔阿姨。她跟赵陈家三个有血缘关系的人都扯上了关系，亘古难有。林相翠自杀过世已经两年了，喝的是老鼠药，去的时候很安详，嘴角还有笑意，她好像很喜欢去另一个世界。陈建忠陈家哥哥陈老汉和儿子陈成则一反常态，里里外外帮忙办好了丧事。给莫忠诊治过的吴医生说林相翠患有抑郁症。陈花过世后，莫小武晚年病得很重，奄奄一息，生不如死，身边连个长期照顾的人都没有，莫琳叫来李小红做保姆照看着。林松婶反映，李小红有时会虐待他，经常听到他的呻吟声传出来。周大海后来从水库管理站辞职，下海做起了生意，不幸亏得血本无归，货款和借款不能偿还，在债主起诉后被拘捕，进看守所拘留了几天，出来后因受惊吓，以及还款的重大压力，再加上生计困难，在多重打击和高压之下，患了精神病，疯了。他时进时出西山的精神病院，病一直未能根治。陈海珍要照顾小的两个孩子，周明珠也在忙于务工，实在抽不出时间来照顾他，他只能由白发苍苍的周永兴日夜不离地监护着，防止其危险行为，维护个人和他人的安全。在周永兴的陪伴下，他曾去政府机关找过曾经的同事陈龙，刚进去时很正常，坐下来后，他突然拿出一个象棋，说它能够指挥千军万马，占领世界，控制人类。陈龙想这又不是指环王，何来如此高超的功能，这可是遍地都有的廉价物。陈龙知道他病还没好，送他出来时，周边的同事们全都看出来了。陈龙跟他们到门口辞别时，看到周永兴背驼得厉害。陈十九患了肝癌，呕血而亡，当时在自家里身边一个亲人也没有，整张床和一面墙壁都给血染红了，身体蜷伏、脸部扭曲，看来死前经历了许多挣扎。据李医生说，陈十九如果住在医院，可以用止痛药，会减少许多痛苦。此时的上门女婿周晓峰和妻子刚好去了上海，也是去华山医院检查妻子有没有此类遗传病，平素他们夫妻对于他还算尽心尽力照看的，只是久病床前无孝子，这样状况已经整整四年了，他们也很难承受。还有周士松患上了帕金森综合征，属于很严重的那种，双脚基本报废，只能坐轮椅活动。

周建达想要造一条短公路直达老房子的院子里，接上傻花造的直贯村中心的那条，为的是接送他去医院或者外地方便，但途经的林康、周玉贵和郑义等家不同意把地让出来，他也只能搁置着。后来郑义被抓进去了，据说是在龙湾永中偷摩托车，警察布置警力，撒开大网在小区停放着的摩托车旁暗中守候，郑义自投罗网，还招出了先前偷过五六辆。周新森的老公壮年早逝，才五十多一点，在医院做手术时，脚趾都切掉了，但回来不久复发，很快就撒手人寰，还好女儿、儿子已经长大，一个读高中，一个读大学。

傻花娘家方面，先是母亲过世，接着父亲过世，他们二位没什么大病大灾，在身体不适时，送到医院就去世了，属于自然死亡，很安详平静，没有什么痛苦。按照他们的遗愿，羊角山上成为他们最后的归宿，他们早就在这里选好建好墓地。八十来岁的他们这样寿终正寝，埋骨青山，也是较为良好的结局。只是比他们小二十来岁的张禾正，在两年后就因肝病去世了。小春说一个大活人好好的硬是给喝酒喝死了，他曾经做过切指手术，但没有办法阻止病情复发。他一死，对子女有些宠溺的郑小春就有些力不从心了。张任任和张亮亮在各自老婆的挑唆下，把她赶出了正屋，住在傻花以前住过的那小房子里，住了整整三年。后来，政府对这片区域拆迁，老房子被拆后分到了五套房，小春一平方米都得不到，签了字全都由他们两兄弟瓜分完毕，她一直住在老人周转房里，手里只有十来万元政府发给的征地款，来满足衣食需求。在她、丛丛和素素的坚持下，兄弟俩倒是拿出 20 万元，给两姐妹作为房子补偿。即使这样，过年过节两姐妹还会过来从她手里拿一点补贴家用。四个子女这样做的理由，是他们子女众多，而且老大都长大到了谈婚论嫁的年龄，该安排他们的成家立业了。小春知道，他们四个人除了老大只有两个子女，老二、老三和老四都有三个子女，养儿育女的任务很重，她也就在心里想，你们这么待我，待你们的子女长大了，我的现在，不就是你们的将来翻版吗？她没有说出来，想到他们也不容易，也就忍了。获此信息后，傻花赶过来，叫小春拿出 10 万块，用一部分一次缴纳了失土农民保险个人缴纳部分，这样小春下个月就有 1500 余元的工资收入。小春余下的钱，由傻花带着到建设银行给存了一个定期，傻花告诉她非身体出现问题急着花钱，这钱不要取，给自己应急用。另外傻花出钱买下一套 70 平方米的安置房，产权证登记在自己名下，就在任任和亮亮家的旁边，送给小春住。

时光是一个调剂容器，可以抚平所有的伤痛，淡忘所有的欢乐，摆平所有的不忿，经过这几年，那些人那些事，那些怨那些恨，早已在傻花心中烟消云散。因她发现，即使是至亲至爱的人，也会归于尘土，还给青山。

莫小武

想不到本来没有头绪的案件，在21世纪的第二个十年，又因一个偶然的相遇而再次进入人们的视线。

那一年，我离开了公安队伍，到区政府信访部门担任一般公务员，以为莫洋之案会离我越来越远，不想案件的转机再一次出现，而且是根本的定性问题，又把我卷进了这个绵绵的波涛之中。

有一天我下乡到泽雅，督查一个山羊被猎狗咬死案件，以及另一起反映岸村土地被政府违法占用粗暴施工侵占祖坟的投诉案件，顺便拜访了林尚文。当过区委宣传部外宣科科长，下基层当泽雅镇党委委员、常务副镇长，再当上镇长的林尚文，滔滔不绝向我地介绍了岸村投诉案件涉及的项目问题。

在对岸村傻花承包种植的番薯园进行考察调研后，林尚文决定批手续给傻花，由她和从内蒙古招商引进的桥村吴益共同出资经营一个招商引资项目。其规划是保留三分之二土地种植番薯，对于划出的三分之一土地，连同四周圈进来的飘雨峰、飘渺峰等80亩山地，建成一个集民宿、种植、餐饮和娱乐于一体的农家山庄。这个项目由于涉及招商引资，被区里定为重点建设项目，要求限时保质保量完成。

接着他话锋一转，眉头突然紧皱了起来，说目前项目进不去，因为这一带是村里的坟山，项目建设图纸红线范围内有五十多个坟墓，镇上给出的政策是移到潘桥生态公墓，所需费用全都由政府承担。但村民们不同意，因为祖坟被挖是天大的事，也是巨大的耻辱，人死后要魂归故里，落叶归根，对于已经入土为安的上辈人而言，生前入了土，死后还要“移民”，会惊扰到他们，移的人会成为不肖子孙。村里还有传言说，如果移的话会造成死者魂魄出来游荡，还会结伴倾巢而出，骚扰乡里，祸害村民。而选择在村内其他山地上或附近村外安置，必然又要破坏山林，与杜绝青山白化政策不符，与全域风景区的规划肯定又有冲突。

自开公司以来，与村民一直友好相处情深意笃的傻花，也曾经上门与村民沟通了多次，但仍旧没取得他们的同意。

林尚文带我到了工地现场，让我再次见到了久违的家乡，车子经过岸村，再经过曲曲弯弯的山地公路，到达了番薯园。番薯园里几台挖掘机，还有铲车在热火朝天地操作，还有抽水机在轰鸣着，一堆堆黄泥土成山一样高高垒着。陈明在现场指手画脚地指挥着几个外地人，林尚文说，这个工程给了陈明负总责，但还是摆不平。

野山岭坟山的部分，则被一排排竹篱排拦住，约有一人来高，严严实实，密不透风。陈明说一只苍蝇也飞不过去，山上还有村民 24 小时在巡逻，埋伏在飘雨峰和飘渺峰的林子里面，手里都拿着柴刀、锄头和棍棒之类的工具，这次区里、镇里派人来现场，其实都已在他们的视线中了。我有种鬼子进村进入游击队埋伏圈的感觉。

现场没有看到傻花，陈明称，傻花到附一医院看病了。我便问她得了什么病，陈明说是风湿之类的，我心想，忙活了一辈子了，她晚年平安健康就好。

下山时，林尚文称他们已把该项目当前遇到的主要困难打书面报告给区里，请区里派工作组下来协助他们，而在人员的选择上，林尚文首先推举了我。因为我是事发村的本村人，大家乡里乡亲知根知底，工作肯定好做，又在信访部门工作，懂政策，明事理，群众工作经验丰富。我不置可否，有点哑巴吃黄连的感觉，对于这么复杂的群众工作，委实没有信心。

几天后，区里文件下达了，成立工作组进驻岸村开展攻坚，不出所料，在人员的安排上，我和民政、农业局和国土局几位业务科长在列，组长由区民政的领导同样是泽雅人的卢局担任。我知道，里面的大部分人选都是林尚文推荐的。

我在对各个墓主人的调查中，获知阻拦的这班人里，起牵头和幕后指挥作用的，是卧病在床时日不多的莫小武，他给出的理由是莫洋的坟墓也在里面，作为野山岭唯一个英年早逝不是寿终正寝的人，动了他的坟，无异于是一场灾难，是极为不吉利和后果严重的。这里还有周小梁、周玉贵之父周康的墓地，周小梁兄弟认为周康也是年轻时就生病去世的，本来灵魂就不稳当，现在打扰了他，是不孝行为，对不起祖辈。至此，我知道主要原因了，原来是莫小武，他对傻花的项目，还会支持吗？

我找到了莫琳，传达了相关政策要求，表达了该项目对于全体村民致富的意义。同时我联系了莫忠，叫他私下出 10 万元给莫琳，由莫琳交给莫小武。不一会儿，莫忠电话打过来，说傻花同意了，如莫小武同意迁移方案，马上叫人送钱过来。

另外，我通过卢局，向区里提出要求，将在潘桥的另一块生态墓地也列入安置范围，由村民们自己选择，扩大了他们的选择余地。

几天后，莫琳打电话给我，说莫小武等人同意跟工作组接触。从闭门谢客到接迎入门，实现了第一步的跨越。见面后我们做的事，就是带他们到两个生态公墓进行考察，并且由他们请风水先生周建池一同前往，所需费用均由政府承担。对于莫小武，为了让他获得直观的感受，我们用当地卫生院的专用车，配备一线护士和医生，用车子和担架运抬着他一同前往。

这样来来回回二十多天后，莫琳打电话给我，说莫小武同意了，但要先拿到钱。当天我就去把莫忠叫过来，和我一起找到莫琳，交钱给她。莫琳来不及喝一口水，转身就上了我们的车，赶到岸村。当晚，她电话打过来，说莫小武已经签订协议了。

果不其然，其他人也都在协议书上签了字，当晚我们一直忙到了第二天凌晨。每一个坟墓因人而异选定好日子后，开始迁移，莫洋的坟成为第一个迁移的对象。为确保第一炮打响万无一失，赢得开门红，在对莫洋的墓破土开棺当日，我们工作组全体人员都在现场，镇里出动 30 人，另外还叫来了 40 名保安，手里拿着警棍，举起了盾牌，拉起了警戒线，由林尚文任总指挥，我们断后。

当叶顺利带领四五个外来工人，戴着手套，举起锄头，插进撬棍，挖开莫洋的坟墓时，发现木制的棺椁已经片甲不留，在一堆粉尘般的碎泥土里，有一堆灰白色的头颅骨，中间和下面散落着几块手脚骨和肋骨，叶顺利用火钳一一夹起它们，装在备好的盒子里。我的脑海里出现莫洋生前的样子，他留在小时候的我的印象中的音容笑貌，原来人死后，除外在的坟堆外，尸骨就只有这么多了，现坟堆也没有了，也就一个盒子放在公墓一小格子大的地方。世事一场大梦，人生几多秋凉，人生如一场梦，生前无论怎么飞黄腾达、权贵显赫，死后都是一样的，无非是那几根白骨埋的地方、大小、方位不同而已，但又有何意义呢？对于已经归土的人。

当他们全部夹好，把该移的全都移出去后，从凤村叫来的吹打、神职等人，按照丧葬民俗的程序一路上再次做起了法事。我不由回头再看了一眼墓地，欲给自己这么多年牵挂着的一个死人，通过意外而来的今天开棺定一个结论，就此作罢，彻底告别，断了念想，从此与我毫无关联，我和他本就天各一方，阴阳相隔了。

吴阿婆

但我万万没想到，这一回头，与他的牵扯，本来想要斩断的，但竟然又连接上了。有二十多年白事经验的叶顺利，不知是工作上本来就粗枝大叶，还是此刻一时疏忽大意，在我抬起脚转身欲离开的一瞬间，发现一小堆泥土层里，似乎还落着几绺颇似头发的东西和几块细骨头，绝大部分埋在土层下面。

此时我脑海中电光火石一下，想起尸骨未寒的光绪帝在一百多年后得到DNA技术的鉴定，其真实死因得以披露，我是不是该给自己一个完全的答案，给自己一个完整的交代？还是就此盖棺定论，就此埋没山崖，无论他的死是谋杀、自杀，还是猝死、病死，一切就让它在风里飘散？

趁已往下面走的人，包括已在收警戒线的保安不注意，借着曾在公安接触尸体经历的胆子，我悄然伸手进去，摸索着捞起几根头发和骨头，反身摘了几片番薯叶裹了，放在口袋里，神不知鬼不觉地跟在队伍后面下山。

此时阴风阵阵，刚才的晴天突然电闪雷鸣，天似乎马上要降大雨了。

山风突然四起，每棵树上枝叶的幅度都摇摆得很大，像绿色的波浪在半空涨潮着。远处天边迅疾被片片乌云笼盖，它们如一匹匹乌狼，霎时跑到番薯园的上空，整个世界突然变得黑暗。我们下山到达村子里时，大雨倾盆而下。

我打电话给已经在外县担任公安局局长的杨树，说明我的意图，一向对我此案帮助很大的他此次却推却了，说这个权限在市里，要做的话，需跟他们打招呼。我知道这也算是个麻烦事，虽然不是大麻烦，但杨树肯出面的话一定能成。杨树可能是考虑到我已经离开公安岗位，没有权力和必要对此案进行侦破。

此时我曾经动摇过，但最终还是不想放弃，莫洋的案件困惑了我这么多年，我想弄个答案，给这么多年的心事、牵挂一个交代。无奈之下，我只好搬出林金虎。林金虎现在跟赵勤一起做建筑工程承包，在这个大建设大发展的时代，他们很有挣头，当下正在梧田承包两条老路扩建美化工程。我果然找对了人，两天后，市刑侦支队通知我将头发和骨头提供给他们。五天后，不明就里的他们还以为杨树在弄投毒自杀案件的试验，打电话告诉我，样本里有五根成人头发和骨头里含有四亚甲基二砜四胺，俗称毒鼠强，有两根骨头是小婴孩的没有检出毒鼠强，他们还强调说，这个属于非常规操作，怕夜长梦多，他们会将所有的样本销毁，结论仅为口头告知，仅作参考，不能作为任何法律证据使用！

大惊失色的我，才知道这不到10%的可能性，还真的就发生在岸村。我心头涌上了百般滋味，没有惊喜，也没有悲伤，我失魂落魄，因为这个事实的真相，远远超过我的预估，使我充分认识到人类思想的复杂性、人类活动的复杂性。但是路已经走到了这一步，就像一个人已经进入了黑漆山洞的中央，只能往前，就像莫忠那次深夜赶山路一样（莫忠上初中时，曾经在凌晨孤身一人从岸村沿着古道步行，赶到泽雅上学），只能往前，下面的调查还得继续。

我问了已八十多岁但精神矍铄的吴阿婆，她说林菊花当时生出的死婴，都是她接的生，后来处理时，由于不想声张，就没叫叶顺利，而由她一人，神不知鬼不觉地给埋葬在了后山番薯园的附近。她就挖个土坑，把尸体往里一放，再盖上土就完事，因此可能会跟莫洋的坟墓位置上有重叠。莫小武当初选择坟地时，曾经和吴阿婆一起征求过林菊花的意见，但林菊花坚决予以否认，因此莫洋也就葬在那里了。吴阿婆还说，林菊花不承认，是不想回顾往事，本来就是瞒着大家的，就当这个事一直没发生过，到现在都过去这么多年了，还哪能承认呢，其实即使承认也没有多大意义。还有从客观上讲，孩子一出生就是死胎，也不是她的错，也非她所愿，是当时医疗技术问题，且这个事在农村并非少见。我想起李建国曾经说过，他有两个妹妹，出生就死掉了，也是悄悄葬在了羊角山上，而林碎叶是林菊花的妹妹，难道这是遗传所致？

至此，莫洋系中毒死亡得到了实证，我不由得悲喜交加，喜的是这个串起我整个少年和成年时期的案件，它的定性，竟然在我原本虚无想象空间的伏线里得到了延伸和实现。悲的是，凶手到底是谁，过了这么多年，我仍然是一头雾水，茫无头绪。但是我知道，案件也需要交代结果了，不会再有那么多的偶然发生，如一串珍珠一般，串起了我断断续续但一直往下走的路。

几天后，一个爆炸性的消息再一次让我万分惊诧，傻花在医院里服毒鼠强自杀身亡。关于自杀的原因，有人说是因病痛，而这样的事在医院屡见不鲜；有人说是因山庄建设资金压力过大，她扛不住，选择了这种最为决绝的方式，一了百了；还有的说是她万念俱灰，对于什么都拥有的人，反而看淡了生死，选择早点离世上天堂。一时众说纷纭，莫衷一是。

我从莫忠那里借阅了病历，获知傻花患有风湿性关节炎，还有腰椎间盘突出，都是慢性病，经过吃药、休息和静养，即可以减轻痛楚。至于住院原因，莫忠的解释是前段时间压力太大，跟村里人连续闹了一星期，医生却说此类病不需要住院，是林贤打了招呼才给破例安排床铺的。

据悉，事发前三个小时左右，傻花一个人坐轮椅曾经出去过，去过哪些地方，干了些什么无人知晓，监控里也显示她出去了，但是出了院门后就是监控盲区了。

我由毒鼠强想到莫洋之死，两人死亡时间整整相差了 26 年。傻花被莫洋暴打后，莫小平曾说君子报仇，十年不晚，难道傻花在作了案之后，26 年后才畏罪自杀？这 26 年里，傻花实现了人生的华丽蜕变，安排了人生所有应该安排的事，即使是生前最后一个建设项目，也已经尘埃落定。我偷偷打电话给李红，李红说公司里的启动资金还有四五个亿，我还问吴益，吴益说他投下的五千万还分文没动。

这两人的生命此时不约而同扯上了毒鼠强，不由使我胡思乱想起来，会不会是傻花毒死了莫洋，在多年以后再行赎罪，也药死了自己，算是对莫洋以及他的家人的一个交代，也是对于法律的一个交代？傻花采用毒鼠强毒死莫洋，如果是亲自动手，需要与被害人接近，但是当年是一个大白天，村里并没有人看到傻花出现在现场的任何一个角落。

那天，是谁把莫洋叫上山，他（她）会不会是傻花的帮凶，或者知道凶手是谁？

莫　琳

这个问题一纠结又是两年，之所以纠结是因为这个鉴定结论又使案件回到了起点，回到了案发时的那个夏天，那个暑假，开展侦查的手段无非是我重新捋一遍关于案件的全部信息，看看哪里还有遗漏或者忽略的。

就这样在迷雾中时光匆匆流逝，我除了在脑海里对过往的调查经过进行回想外，其他无事可做，因而不出所料一无所获。就在心灰意冷之时，转折点却再一次来临，直让我哭笑不得，一言难尽。

也是一个夏天，莫琳给我打来电话，说已经找到她的亲生母亲小翠了，现正在去吊唁她的路上。我急叫莫琳发定位给我，五个小时后，手机微信响起，上面显示是江西省九江市婺源县江湾镇，困惑了这么多年的小翠家乡之谜终于解开了。我决定要把关于小翠的一切弄个明白。在了解了离小翠出殡之日还有四天的时间后，我告诉莫琳，我也要去吊唁一下，莫琳在电话中停顿了几秒，大概是感到有些意外，但又不好拒绝，就讪讪着答应了。我怕耽搁，当天我就按照此导航定位，独自一人驾车前往。

一路上，我脑海里不停想着，至此串起岸村两段恩怨的三个人全部亡故，这一切是偶然，还是有内在联系？截至目前，前面两个都是非正常死亡，这一个难道是正常的？我心里五味杂陈，似乎一步一步在接近真相，但真相总是在黑暗的角落，虚无缥缈，影踪不定，我总是抓不住它。

五个多小时的车程，我只在服务区小憩了一会儿，上了厕所，到便利店买了几罐红牛，保证自己满血精神地开车。我当天傍晚到达江湾镇，镇上一条中央大道进来，西边是一条大溪流从西往东蜿蜒着横贯而过，溪两岸是一排排灰瓦白墙江南徽派风格的房子林立着。由于婺源县是国家级风景区，大多数房子都对外进行民宿、餐饮、超市和杂货店等经营活动。溪两岸亮着路灯的光，经过装饰的灯光照亮着波光粼粼的河面和岸上的游步道，以及河埠头和小公园。本来以为很热闹，人却稀少，出来活动的大部分游客都坐在中央大道两侧各个烧烤店、大排档和火锅店里大快朵颐。

莫琳在镇上中央大道南首向东拐进来的一条小道尽头一个叫蓬莱的民宿里。一座三层四间的房子，一楼房子角落里面堆满了辣椒、黄瓜和冬瓜，一个五十来斤的冬瓜像一头小猪，上面颜色已经变成了白色，岸村人叫白虎。二楼房间的窗棂是竹木搭建，里面亮着灯，是用那种雕花镂空的木头做的灯罩，从外表看上去，整个色调风格显得古色古香，古朴雅致。

披着白衣的莫琳引我到前面院子里的灵堂，四五个人在守夜，围着一张桌子打扑克牌，遗像上小翠脸上的肌肉下耷了好多，鱼尾纹明显，整个人显得苍老不堪。这与我小时候的印象迥然不同，像换了一个人似的，那时的她走起路来精神十足，脸上总是挂着笑意，我已经很难把眼前的她与印象中的她比对出相似点来，我不免又想起人生如梦。从外面挂着的挽联和遗像上，我也终于知道了小翠原来姓邵。

蔡荣继

莫琳叫来一位年约六十来岁个子不高脸色黝黑的男子，向我介绍说是小翠的丈夫蔡洪，莫琳叫他叔叔，她紧接着介绍了我，称是小翠在岸村的堂弟，从小关系不错，特地大老远开车来送她最后一程。从表情上来看，蔡洪很是感激，递烟端茶很是热情。

我还见到了荣继，曾经的怀中婴孩，现今已经长成了一米八高的帅小伙，我从他英俊的眉宇间，隐隐约约想起与眉清目秀小翠的相似点。对于远道而来如从天上掉下来的亲妹妹和堂叔，已有一女一子两个孩子的他自是满脸迷茫。一阵客套过后，就没再说什么。

我们选了个桌子坐下，蔡洪拿了一些瓜果菊花茶和皇菊糯米酒过来，摆了一桌子，他说这些茶果酒都是本地的特产，尽管多吃喝，对身体好。

我向莫琳打听，如何知道小翠家在此处。莫琳说，三天前即小翠临死前的那个晚上，小翠突然在病床上坐了起来，估计是回光返照，把荣继和蔡洪叫到床边，说她是将要死的人了，趁还有一口气在，有一个事不能带到棺材里，得要说出来，希望他们能够接受和原谅她，只有这样她才能瞑目。他们答应后，她便竹筒子倒豆一样毫无保留地向他们父子坦白，她在温州还有一个女儿，名叫莫琳，蔡荣继的亲生父亲是早已死去的莫洋，婚前婚后这么多年隐瞒该事，是怕蔡洪在意，对婚姻和感情生活有影响，但到了这一时刻，是不能不说了，不然对不起所有人。她最后强调说，这一辈子即将走完了，唯一放不下的是莫琳，经过再三思索，觉得无论是对自己、蔡洪、荣继，还是莫琳，要交代明白，以诚相待，忠于家庭和亲人，方不枉来世上一趟。

对于小翠是二婚和荣继生父之事，蔡洪一开始就知根知底，结婚前她也向他坦白过，其实这个事实根本不需说的，村里人也已经是家喻户晓，那次与莫洋的私奔，早就轰动十里八乡了。只是多了一个莫琳，倒出乎他的意料。小翠对于荣继，一直没有找到合适的时机对他说生父，还有妹妹莫琳。蔡荣继此时才知道，蔡洪不是他的亲生父亲，虽然一下子很难接受这个事实，但面对生命即将走到尽头的小翠，他实在说不出口哪怕一句埋怨的话来。后来他也感恩父母和村里人，把保密工作做得这么好。

把经过讲完之后，小翠要求蔡洪联系一下岸村，想在离开人世前见上莫琳最后一面，恳求她原谅当初抛弃她的过错，母子一场，希望莫琳能过来和她好好告一个别。他几经波折，通过 114 查到了岸村村委会电话。

蔡洪频频点头，满口答应了下来，颇费了一番周折，联系到了陈明，陈明再联系到了莫琳。也许是后事安排妥当，也许是身体已到极限，小翠在心里最后的一个牵挂放下后便释然了。最终小翠还是没有见上莫琳一面，当天夜里，就撒手人寰了。

从蔡荣继那里我了解到一些关于小翠的事。小翠原是隔壁县城蚺城街道香田村人，自嫁给蔡洪以来，两人一直很恩爱，几乎没红过脸或大声叫喊过。对于二婚还有孩子的小翠，还没结过婚的蔡洪没有嫌弃，待她很好。小翠倒有一桩心事搁在心头，一直没能释怀，就是未能再为蔡家添上一儿一女。她去了医院，医生诊断的结果是她已不能生育。小翠能做到的最好事情，就是本来跟她姓的荣继改姓蔡。蔡荣继一直以为他就是蔡家的大儿子，也是唯一的儿子，想不到母亲临死前，说出了这个残酷的事实，但也只能接受，对于已经死去的母亲，实是不能再有什么指责或不可原谅的。

我插话对蔡荣继说，他的生父，早在二十多年前就过世了。现在世上血缘关系最亲的人，只有亲妹莫琳了。

我脑海中突然闪过，不能生育，这保不准是小翠的犯罪心理动机，但这跟莫洋有什么关系吗？

蔡荣继继续说，小翠本想等到莫琳过来才说临终遗言，但感觉当天身体快支撑不住了，于是就说出关于他身世的惊天秘密，同时提出一定要联系到莫琳，给予她蓬莱民宿20%股份的要求。她还特意强调说，无论莫琳当下日子过得好与坏，股份都要给，她说这也是赎她当年离弃之罪。

听到这里，莫琳说，她全家目前日子衣食无忧，不需要给股份，双方认亲了，今后克服异地距离，有个互相往来，互相照应关爱就非常满足了。禀性厚道讲究孝道的荣继则反驳说，这是母亲临终的愿望，绝不能违背，不然就是对她不敬，说如莫琳不接受，她入土难安。

我问荣继，小翠得了什么病？荣继说是肾病，去过几次医院，医生说是肾衰竭。小翠在医院也住了一段时间，后来坚持说要回来，她说在医院难受，每天睡不着觉。近一个月里，她都在家里吃药，平时大部分时间都躺在床上，阳光明媚时，会叫他或者蔡洪推着轮椅带她到阳台上或者院子里待一会儿。

小翠的死亡，荣继说是蔡洪发现的，她走得很平静。当时蔡洪起来上卫生间，像平时起床一样绕过来看看她，发现她没有像往常一样打鼾，用手一探鼻息，已没气了。

我问荣继在发现小翠死亡前后，有没有发现其他异常，荣继说没有，一切都很正常。我让他再想想，他看了我一眼，抬起头紧皱眉头望着天花板想了一会儿，说刚进去时感觉房间里有一股药水的气味，其他人进来应该都闻到了，但是当时大家都沉浸在悲痛和后事的忙碌之中，没有关注到这个细节。

一种不祥的预感从我心头浮上来，傻花死亡的样子不住地在眼前闪烁，我叫荣继带我们到小翠的房间看看。

房里除了床是现代时兴的双人大床，房间里其他家具大部分是具有年代感的旧式家具，三门木衣柜、五斗橱和圆木桌子，恍然使我回到了岸村。我问荣继，小翠因何还在使用旧家具，荣继说不太清楚，自他从小有记忆以来，她使用的一直是这一套。据说是她和蔡洪结婚时购置的，迄今没换过。

我察看了每个角落，看到了她留下来的一些遗物，在床头柜上留有半瓶金匮肾气丸，大半瓶的龟鹿二仙胶，木桌子上摆放着一个约如麦饼大小的圆镜子。我依次打开五斗橱的五个抽屉，在最下面抽屉里，看到了一个糖果铁盒子，一打开，里面放置着一些针线剪刀等日常物品。在抽屉的最下层，我看到一些照片，它们没有放在影集里，而是一张张如书本一样叠着放置，用一个夹子夹着。出于好奇，我们不由得一张一张拿出来欣赏，像小时去别人家家里玩，喜欢去翻看影集。这一看不要紧，看出问题来了。

大部分照片都是小翠在娘家和蔡家跟荣继、蔡洪以及其他女伴的合影。由于年代已久，照片都发黄了，有些面上还起了黑斑，有的在身体部位，有的在脸部，使照片很不完整。我在翻着看着，当翻到其中三张照片时，一阵寒意从脚底直窜到头部，几乎使我的心从胸膛里跳了出来，差点失声大喊出来。

一张是小翠与傻花的合影，合影的地点竟然在泽雅镇老车站，背景有大樟树、小三轮等，还有敞开着门停着候客的10路长途公交车，旁边是泽雅大溪流，背后和右侧是影影绰绰的远山。另一张是小翠与另一个女子的合影，这女子似曾相识，应是岸村邻村的人。第三张则是这三个女人的合影。三张相片的背景完全一样，而且下角均标明有“1991年8月11日，泽雅照相馆摄”等几个字样。

天哪，难道是三个女人联手杀害了莫洋？我不敢往下想，一时心乱如麻，呆怔在原地。

“小叔小叔，你怎么啦？”莫琳见我手里拿着照片，一声不吭，脸色煞白，像个傻子一样，她不知道发生了什么，不由得问我。

我回过神来，把手里的照片递给莫琳，她看了之后也感到莫名其妙，小翠怎会跟傻花在一起合过影？我问莫琳，莫洋的忌日是哪一天，莫琳脱口而出：1991年8月12日！我一按手机亮屏开关，上面显示的时间为 2019 年 8 月 15 日。小翠死于三天前，即 8 月 12 日。

这一切难道是巧合吗？小翠生前口口声声说要见莫琳一面，但在交代完她的后事之后就撒手西归，有点不符常理。我手机拍下了小翠与另一个女人合影的那张照片，微信发给李建国，让他帮忙查一下这个女人是谁，现居何处。

我对莫琳和荣继说，在房间里再仔细找找小翠的遗物，一些有价值的要予以保存，免得下次再清理时遗失。三个人再次在房间里一丝不苟地翻箱倒柜，约莫 20 分钟后，荣继从床底下拿出一个如豌豆大小的药瓶子，说了一句："这是什么？"扬手欲往窗外紧临着的后院扔掉，我叫住了他，他顺手递给我。我拿过来凑近灯光看了看，摇了一摇，里面还有一些药水沉在瓶底，瓶身包着的说明纸上赫然写着"四亚甲基二砜四胺"，俗名毒鼠强！

荣继和莫琳一脸困惑地看着我。我对他们说这是老鼠药，荣继也很困惑，家里很久没有用了，也没听说过有人要买这种药，因而也不知道从哪里可以购买。

我说，去看看小翠，见她最后一面，三人又来到了灵堂。荣继对蔡洪说明来意之后，蔡洪轻轻掀起了被子，我看到她尸体有一点点抽搐的状态，手脚微微地向里蜷曲，背部和腰部有一点微凸，虽然仰躺着，但整个身子的曲线有点曲弯，看起来像一只仰躺着睡觉的猫。我问蔡洪，有没有做美容，他说要到殡仪馆才做。

邵小林

在葬礼现场，我还见到了小翠的兄长邵小林，一个眉眼长得很有立体感，跟小翠挺像的中年男子。在寒暄中，我问小翠最后一次到岸村是在什么时候，他掐起手指算了一下，说是大概是1991年，一个大热天，当时她一个人前往，没有带上荣继。她说是去看莫琳，但两天后就回来了。

我不失时机地向他打听小翠回来后的情感婚姻过程，邵小林说，她当初隐瞒了在岸村有一个女儿的事实，但即使这样，她在附近一带都相遍了，都相不上，人家嫌她二婚还有儿子。她后来在蚋城相上了一个婚后离异有两个女儿的男子，经过再三协商，双方谈成由小林照顾抚养荣继到18周岁，再由荣继选择何去何从的协议后，二人再次进入了婚姻殿堂。但结婚一年后小翠还怀不上孕生不出孩子，一查发现是小翠的问题，医生说她这种情况，是命中注定只能生两个孩子，第三个再怎么努力，也生不出来的，即属于患有怀不了孕的那种病症。那男子跟原配离婚的理由就是生不出第三个孩子，即没有儿子来传宗接代，所以这次他丝毫不讲情面，就打发小翠回了娘家。小翠的婚姻再一次遭遇到了挫折。

那段时间，小翠情绪极其低落，整天把自己关在房间里不出来，一天才吃一顿饭。小林怕她出事，就安排荣继整天陪伴在她身边，也劝她到岸村瞧瞧女儿，这才使她慢慢好转过来。

这对于邵家而言，可谓祸不单行。为小翠跟莫洋私奔成家生子生女后又带子回来，第二桩婚事又以失败告终，遭受双重打击，忧虑过重，70 岁的二老先后离世，间隔不到半年。

小翠自与莫洋婚后，每次逃离岸村后的去向，邵小林说都是回娘家，没去其他任何一个地方，也没做过其他任何事情，荣继跟来了之后，则全身心担负起了养育他的责任。

与蔡洪的结合，则是他主动上门来要求的，从小就对小翠有好感的他一直未婚。

自娶小翠过门以来，他视荣继如己出，从小到大没有打骂过他一次，这让在婚姻上遭受重大挫折的小翠深感欣慰，全力尽到一个妻子的责任、母亲的义务，恪守妇道，谨遵妇德，把所有的爱都集中在这两个男人身上。因此，一家人和和睦睦，直到荣继娶妻生子，子承父业，迎来人生的新阶段。

我梳理了一下，小翠第二次离婚时间是 1989 年 9 月，与蔡洪结婚时间为 1993 年 1 月。

我问小林最后一个问题，小翠抛夫弃女离开岸村的主要原因究竟是什么？小林说，从小翠零零碎碎的话语和反复逃回娘家的行为中获知，她对莫洋撒谎骗她怀有怨恨，后来在生米已经煮成熟饭的情况下生下荣继，她也是希望就这样过下去，不然也不会为她生第二个孩子。但是岸村的日子过得太清苦，从小娇生惯养不愁衣食的她实在受不了，受不了每顿从饭锅里飘出来的番薯味，一掀开锅盖直冲鼻孔就恶心想吐，她接受不了。她也曾努力去调整和适应，但就是不行。眼前的不顺，加剧了被莫洋欺骗的怨恨，导致她在岸村的日子每天都过得很压抑沉闷，感觉快要疯癫了。

虽然我知道小翠死亡的行为定性，不需要再行DNA鉴定，但还是叫莫琳从小翠头上偷偷取了几根头发，她不明所以，我说是让它们埋在岸村，作为纪念，她于是照办了。在此跟着莫琳履行完白事民间风俗的每一个程序，直至小翠入土为安后的那一天中午，我开启了回家的旅程。莫琳说要再待几天再走。

我找到林小波一个在市刑侦支队的同学，经过他的协调和帮忙，从小翠的头发中检出了毒鼠强成分。我把她余下的头发放到了莫洋的公墓中。

她们两命换一命，用数量来比，填上那多活了的几年，生命已经对等了。那么在民事上的处理呢？除了莫琳那民宿20%的股份，小翠和傻花有无其他安排？如有，又是采取怎样的方式？好人做到底，我找到陈龙，他再行与区里公安的刑侦大队联系，查询到了荣继和莫琳的户头，在2010年和2012年，荣继和莫琳分别收到一笔30多万元的巨款，汇款单位是注册在梧田的一家私人担保公司——瓯海成功金融担保公司。

忠厚老实的两兄妹虽然不是双胞胎，但不愧是一个妈生的，他俩迄今为止均未对此款有过动作，就是产生的利息也没动过一分，它们纹丝不动安安静静地在户头躺了七八年。

我请教林小波，他称曾经帮傻花算过，但她没告诉过具体原因。他再帮我算了一笔，称莫洋死亡时，对两个子女的抚养费、对老人的赡养费，还有其他民事赔偿，估计在3万元左右，因当时物价低，20年后算起来大约60来万，自然跟人民币的购买力下降，钱不值钱有关。

区公安刑侦大队通过再行查询傻花和李红当时的公私账户，发现有60万元的出账，出账方均是傻花的私人账户。而在傻花的私人账户里，除了其他款项来往之外，有陆陆继续几笔从江西九江打过来的款项，经统计不多不少刚好30万元整，而出账方就是邵小翠。

我打电话给李红。在电话中，李红说这钱跟公司无关，公司公账户纹丝没动，当时是一个好朋友给了她60万和两个账户，交代她把钱存到一个中介机构，由中介机构平分成两部分，分别打到以上两个账户里。至于跟两账号的主人是什么关系，她也没问。不久她即把此款项放在了梧田成功担保公司，一年后就叫担保公司转给了那两个账户。放一年的原因，是担保公司说这样最划算，会有利息贴头，期满后可以拿到几万块，李红方知此类民间担保属于暴利。事后朋友千叮嘱万叮嘱，让她不要跟任何人讲，包括自己的至亲。我电话打给莫琳和荣继，问他们账户中多了30万元后，有没有查这钱的来历。他们也很奇怪，问我怎么知道他们账户中多了30万，但还是一一回答了我的问题。莫琳说曾经到过担保公司了解，但担保公司说要为客户保密，不能透露，她可以尽情放心地花这笔钱，不要有所顾忌。但莫琳始终不敢。荣继说，他也打长途电话咨询过担保公司，其理由和说法跟对莫琳说的完全一样。

“人的内心有着对生活不灭的向往。这是人的天性。”生活之谜是任何大脑也发明不出来的。我一一告诉他们，可以放心大胆地使用卡上的钱。面对他们不停追问的原因，我隐瞒了所有。

徐胡珍

几天后，李建国回信，说照片上的女人是包村的胡珍，天，这不是小翠第一次离开岸村，结伴而行的老徐家徐增程的姐姐徐胡珍嘛！我要跟她见面，揭开这最后的谜团，如为一幅未完成补图的画，添上最后一笔。

在新桥一组团住宅区，我见到了徐胡珍。儿子已经在杭州上大学的她，自那年跟小翠出来后，一直在温州生活，做过皮鞋、看过店、做过保姆。她也成功地嫁给了一个潘桥人，老公是独生子，家里四间五层房子。她一胎二胎生的都是女儿，在此前后，在家里办皮鞋作坊的老公每天出去花天酒地，结果弄了个血本无归，导致工厂破产。勤劳聪明的徐胡珍不离不弃，跟他东山再起，把家里三间房子租出去，慢慢来偿还破产后的债务。不久，她跟浪子回头的老公生下了一个儿子，这让公公婆婆喜出望外，于是将家庭的大权全都交给了徐胡珍，二老专心抱孙子。徐胡珍还清债务后，在金虹东街租来一个店面，自己开了一家绿野鲜花分店，生意一直红火，后来就将店面买下来，大大节省了成本。前几年女儿长大了，她就将生意全部交给女儿打理，自己来享清福，等着抱孙子。

对于我的来意，她丝毫不知情，在看到我手机里的照片后，她甚至不知道小翠已经过世。对于我的问题，她说，头一次见面纯粹属于偶然。当时小翠孤身一人，在岸村坑边（龙溪）上梅雨古桥老石桥上遇到她，主动跟她打招呼，问她到温州的路怎么走。胡珍听她说普通话，仅会几句本地话，说起来怪模怪样，煞是好笑，觉得很奇怪，这小山村百年也难得有几个说普通话的外省人上山来。胡珍便问了一些她的情况，小翠如实相告，只是隐瞒了逃出来的事实，告诉胡珍她要回娘家，本以为认得路，不想一出来看到这么多岔路，就蒙了。胡珍便说，我也是到温州打工的，咱俩结伴而行吧。

一路人二人知无不言，甚是投缘，均有一种相见恨晚的感觉。到达温州南站，胡珍根据小翠的描绘，帮她问到了长途汽车西站，送她坐上了往江西南昌去的长途车，当时还没有直达到九江的车。在分别时，两人借来了售票处的圆珠笔，互留了通信地址，胡珍留的是新桥阳岙皮鞋厂，小翠则把娘家的地址给了她。在后来的几年时间里，她们有几次互相通信往来。

其间小翠每次来岸村，都在信中告诉了胡珍，但胡珍因务工关系，一直没能抽空来见上一面。在信中，小翠曾经问她有没有其他山路从镇上通到岸村，胡珍问她干什么问这么奇怪的问题，小翠说想试试会不会近一些，经过西山、桐桥头村的山路太陡太远，走得太吃力。胡珍说有是有，即在西山脚下，往东北方向走，经过桂川村，再行翻山越岭而来，途经番薯园，从飘雨峰北面下来，也就到岸村了。

小翠和胡珍在信上约定，那一年 8 月 11 日在泽雅镇上车站见面，胡珍请假从厂里赶过来。令她意外的是，傻花竟然同小翠在一起。小翠的解释是，傻花下来到镇上办点事，两人就顺路了。三人在泽雅泽新粉干点心店各吃了一碗碎肉粉干点心，在大溪水里抓了螃蟹，最后拍了三张照片，傻花便告辞上山，小翠和胡珍在泽雅旅馆里住了一夜。第二天一早，胡珍送小翠到了桂川村，指明了到岸村的古道，就转身回温州厂里了。后来发生什么事，胡珍一概不知。至此之后，小翠一直没给她写信，她也没写，双方的缘分好像至此就尽了。我想小翠那次拉上胡珍的原因，一方面出于对胡珍的信任，另一方面也是因为胡珍是外村人，不容易招人怀疑，行事的安全系数高。我打电话给莫忠，莫忠说是有这么一条道，他上初中时曾和胡兴华、林文华一起爬过，晚上住在陈小华家里。

至此，案件的脉络基本清晰起来了，傻花跟小翠合谋，导演了一起杀人大案。傻花应该是提供了毒鼠强，在镇上给了小翠，小翠从桂川方向翻山越岭过来，与莫洋见面后，神不知鬼不觉地将装有毒鼠强的开水或者健力宝等饮料递给莫洋，看到她惊喜万分的莫洋自是不会推脱，拿起来一饮而尽，浑然不知这一口直接要了他的命。小翠从东北方向上山，应是采取了潜伏、蹲守和化装手段，夏天的遮掩物很多，脸巾、草帽和雨伞等作掩护，以避开山上的邻居，见面也不会让他们给认出来。

那么，莫洋上山的经过是怎样的？他怎么跟小翠碰上的？这过程中还有谁吗？如果是傻花写信来约莫洋，到后山见一面而下黑手，那不是等于自投罗网？所以肯定还有另一个人。这个人可能不知道小翠与傻花的诡计，而做了不该做的事，糊里糊涂成为了帮凶，莫洋出事后，还一直认为是意外，因为一直没有官方的结论，说属于中毒或者其他方式的谋杀。案件也可能是三人合谋，明知后果，待后果发生后溜之大吉，名义是为民除害或者除暴安良。

这个人是谁？

尾 声

不论多么天衣无缝的犯罪，只要是人做的，就没有解不开的谜团。

我打开脑海里的记忆之门，像翻牌一样从1991年那个夏天开始，一张一张翻来覆去地找，正在努力还原一个个场景之际，突然“嘭”的一声，耳膜上似乎被重物撞击了一般，我不由得打了一个激灵，一觉醒来，发现满头大汗，全身湿透，窗外一缕晨曦在窗帘上影影绰绰。这个“嘭”是儿子手里拿着一只红薯，在敲我的脑袋，来给我说“早安”。

我看了看四周，才发现是在泽雅风景区门口纸山仙境的民宿中，慢慢地想起昨晚是在此过的夜，渐渐记起来是应老板周文强的邀请，带着儿子来此休闲，不想仙境一般的宁静，使我的背一贴席子，就打起呼噜沉沉睡去，不料却“梦绕家山空洒泪，魂飘野岭枉怀忧”，做了这样一个思乡大梦。

如今梦里的内容竟然一点也没被删除，也没有我要的最后一个答案，它同大多数的梦一样，在最精彩和即将揭晓结局时醒过来，不同的是它是鲜活的、清晰的。她到底是谁？无论是现实还是梦境，我得认认真真给出最后的答案，圆上梦。但是我很明白，梦百分之八十以上都是现实的反映，那个命案，也是借助于一件真事的延伸和拓展，只不过在记忆里对人物的处理中，有张冠李戴，有移花接木，但其行为是完完全全存在的。

我得先把可能的行为轨迹推理清楚，小翠杀死莫洋的动机，应是其回家后，在婚姻问题上遭受到的严重挫折，直接导致双亲的亡故，她心结打不开，不能释怀，本来好端端的人生因为莫洋被毁掉。关于岸村，之前她来来回回好几次，本意是要安心做岸村人的媳妇，好好过一辈子。我猜测，她在二次婚姻不顺后，应该是想回头安心把后面人生过完的，但不想此时的莫洋已经再婚，她便有了报复心理，会同岸村仇怨最深的傻花，二人精心制订了下毒杀人的计划。小翠一旦恨上一个人，手段是极其残忍和暴虐的。

至于这个情报传递的过程，应该是小翠与傻花进行了通信，双方取得一致意见，实施时再让村外唯一认识的徐胡珍指点迷津，避开可能遇到岸村人的路径，拿上傻花提供的老鼠药，通过放在健力宝或者其他饮料瓶子里，成功约莫洋上山后，见面递给他喝，惊喜不已的莫洋不出所料一饮而尽，直接见了阎王。大功告成后，小翠神不知鬼不觉地沿着原路下山。

文化不高的傻花，应该是通过莫忠、莫愚一个字一个字地解开信上的内容，她收到的信，都是没有寄信地址的，而她寄出的信，应是到泽雅镇上邮电局里通过工作人员帮忙寄出，双方信笺上面的内容应是寥寥几字。而傻花写字是跟吴洁学习的。

我侧面向赵小文和周贤芬了解了一下，他们称那时的邮递都是赵乐新负责，他们没有印象。两天后周贤芬在已经转移到区邮局存档的登记本上，找到了两次寄信记录，邮戳上寄信人都是江西九江婺源，收信人则无一例外是岸村傻花（郑花）。她们在谋一件杀人大事，两次通信应该还不止，傻花在荣耀皮鞋厂里时，曾经叫吴洁写过家信，这事她应该叫吴洁帮过忙，把信上的字打乱，一个个拿过来，叫吴洁帮忙辨认，组成大致意思，给写了回信。

现在想来，傻花在莫洋死亡前后有两周的时间都在岸村，应该是她为了和小翠接头特意到家，来配合寻找下手的时机。我找到了尚在傻花城市公司上班的吴洁，她说自与傻花相识后，傻花就一直在向她请教写字读字用来写信、看信，后来的几封信，也仅是个别字不识，而来请教她而已，至于信的内容从哪里来，她一概没问。

双方在信中议定的杀人方式方面，我估计是傻花的主意，因为湾村人自杀的方式大多是喝农药，如王媒婆、郑小英和林碎叶都曾经因家庭琐事服用过农药，后来到卫生院洗胃后才抢救过来。小翠一路颠簸地过来，带着毒鼠强的可能性不大，应是傻花准备好，双方有个分工，有个合作，共同担责。

事成之后，小翠和傻花也达成了一个共识，在有生之年就做一件事情，努力完成对莫洋的民事赔偿，在这个事完成后，对于自己生命要提前终结，二命偿一命，偿上法律和道义上的债，也不欠社会和国家的了。傻花在创业过程中，取得的成功太大了，这是她始料未及的，但是结果的选择，与小翠毫无两样。

第三个人应该是一个她们都能信任的人，共同斟酌商定，此人就做一件事情，偷偷通知莫洋某时在番薯园见小翠，为掩人耳目，编了一个上山除草的理由，万一被人撞见，也要有个说法，特别是对陈明香。这对于不能光明正大在村子里见小翠的莫洋来说，自然毫无怀疑满口答应。

后来这个人应该不用采取小翠和傻花一样的方式来告别这个世界，也没有采取其他方式进行补偿，因为她压根不知道她俩有此密谋，接着发生莫洋死亡的事，她虽心有迷惑，但警方并没有关于他是她俩杀死的结论，也没有其他认定谋杀的定性，她自是可以心安理得过完人生。她一直没说的原因，估计是傻花和小翠对她进行了交代，而且还塞了钱给她。

三个人联络的方式，应是由傻花去找她，说明来意，她扮演了信使的角色。

如果当初岸村没有一个正在读福尔摩斯的孩子，也许真相永远被埋在了地下。现在即使真相大白，但结局早已经尘埃落定，揭开这既有刀光剑影，又有道义柔情的内幕，有何意义和价值吗？

是到了揭晓第三个人的时候了，我尽管是猜测，但她就是——周新森或者陈丹茹。